NOIR DE LUNE

ESTELLE TOLLIAC

NOIR DE LUNE

NOUVEAUX AUTEURS

Éditions Les Nouveaux Auteurs
16, rue d'Orchampt 75018 Paris
www.lesnouveauxauteurs.com

Éditions Prisma
13, rue Henri Barbusse 92624 Gennevilliers Cedex
www.editions-prisma.com

« Nul ne peut la voir,
nul ne doit lui parler. »

Règle 1 du Codex de l'O'haï

Chapitre 1

Le messager

Le jeune Drachniel chevauchait depuis trois lunes. Par trois fois, il avait vu l'astre nocturne décliner sur son orbe, disparaître, reparaître, s'arrondir, décroître à nouveau. Mais jamais la nuit n'avait été aussi noire, ni si terrible que celle-ci. Le vent mugissait à ses oreilles, la pluie fouettait impitoyablement son visage aux traits tirés. Il avait dix-neuf ans. Cela ne faisait pas bien longtemps qu'on le considérait comme un homme et les traits encore un peu poupins de son visage n'argumentaient pas toujours en sa faveur. Il avalait des distances prodigieuses depuis des jours et n'était lui-même pas bien certain de comprendre encore comment il s'était retrouvé dans cette pénible situation.

Encore quelques heures, se disait-il, *et je toucherai enfin au but. Tenir, je dois tenir*, se chantait-il intérieurement. *Tenir, pour mon roi Arestion, pour mon royaume chéri de Corélie, si loin, désormais. Tenir, pour honorer ma famille, tenir, pour revoir un jour ma belle cité de Parminga, rutilante, étincelant sous le soleil de mai.*

Drachniel, les mâchoires crispées, le corps endolori par des jours entiers passés à cheval par monts et par vaux, trouva quand même la force de contracter les muscles tétanisés de son visage en un vague sourire.

Je dois tenir, pour retrouver ma tendre Griselde et ses belles cuisses rondes avant que ce couard de Sigraddon ne l'épouse à ma place !

Le jeune homme se remémorait les dernières heures passées en Corélie, il y avait presque cent jours. L'honneur, qui avait été le sien quand il avait reçu des mains du roi Arestion lui-même un rouleau de cuir contenant un message de la plus haute importance.

– Drachniel, lui avait dit Arestion, lui posant la main sur l'épaule comme il l'aurait fait avec son meilleur Chevalier, le sort et la dignité du royaume de Corélie sont entre tes mains. Tu es, à ce que disent tes maîtres, le meilleur cavalier de notre pays, le plus rapide, le plus agile, le plus endurant. Va, je remets mon sort d'homme et de souverain entre tes jeunes mains.

Située tout au nord du Continent, la Corélie était un vaste et beau royaume. Parminga, sa capitale, souvent surnommée « la cité d'or », était une des plus belles villes du Continent. Siècle après siècle, les dynasties de monarques qui s'y étaient succédé en avaient fait un véritable joyau. Le nord du royaume était bordé par l'océan Ganéide. Des falaises de calcaire y étaient exploitées pour leur roche d'un beige doré qu'on en tirait. Les murs d'enceinte de Parminga ainsi que ses plus beaux édifices étaient bâtis de ce calcaire qui donnait son surnom à la ville. Elle était en outre construite sur un léger promontoire, ce qui la rendait visible de très loin. Au lever et au coucher du soleil, Parminga étincelait de mille feux. Le calcaire s'érodait rapidement, même si le climat au nord du Continent n'était pas très pluvieux. Il en résultait que la ville était continuellement en travaux. Les visiteurs de passage ne pouvaient qu'admirer l'art des architectes et des charpentiers coréliens, habiles à travailler de concert pour soutenir, rénover, réinventer sans cesse la ville.

Parminga jouissait de plus d'une réputation glorieuse. Les rois successifs y avaient créé une cour attractive, défendue par une armée glorieuse. Tout jeune Corélien pouvait prétendre à devenir militaire, qu'il soit de naissance noble ou miséreuse. Drachniel était issu d'une famille de petite noblesse. Il avait pu commencer sa formation d'Écuyer dès l'âge de cinq ans, prenant ainsi le chemin tracé par son père, qui avait été Cavalier corélien avant lui. À treize ans, après plusieurs années d'étude et d'entraînement, le jeune garçon avait à son tour atteint le grade de Cavalier. Drachniel était la fierté de sa famille. Sa combativité et son intelligence tactique, repérées par ses supérieurs, lui promettaient d'accéder un jour au grade suprême de Chevalier de Corélie. Maintenant qu'il approchait des vingt ans, il se prenait à espérer devenir le plus jeune Chevalier que l'armée de son pays n'ait jamais vu. La mission confiée par Arestion en semblait même le premier pas. Et quel pas !

En son for intérieur, le jeune homme n'avait cependant pas bien compris pourquoi son roi l'avait choisi. Pourquoi lui, un des Deux Cents Cavaliers de Corélie ? Pourquoi lui, encore si jeune et, dans le fond, si inexpérimenté ? D'autres Cavaliers qu'il connaissait très bien étaient beaucoup plus en vue. C'était par exemple le cas de Figénac Le Bret ou de cette pimbêche de Soline du Trill, elle-même fille de Chevalier. L'un des Cent Chevaliers coréliens lui aurait paru plus indiqué pour accomplir une tâche manifestement confidentielle et très importante, mais peut-être Arestion avait-il surtout voulu préserver ainsi le secret de la mission, car les Chevaliers étaient facilement reconnaissables par tous les habitants du Continent : la cérémonie par laquelle ils atteignaient ce statut imposait que leur joue gauche soit marquée au fer rouge de la tulipe, un des emblèmes du royaume de Corélie. Il s'agissait d'un ancestral rite de passage destiné à éprouver, une dernière fois, la ténacité des aspirants Chevaliers. Il fallait subir l'épreuve sans broncher, pour montrer sa maîtrise de la douleur, mais aussi accepter de se retrouver marqué au fer rouge, à vie, comme un animal domestique. Pour tout Corélien, il s'agissait du plus insigne des honneurs dont on pût rêver : porter, gravée en sa chair, la marque de la tulipe royale ! Drachniel frémissait d'impatience à l'idée de montrer sa vaillance à son souverain. Il le savait, il serait de ceux qui endurent la morsure du fer porté à blanc sans ciller.

Il était cependant manifeste pour Drachniel qu'Arestion ne voulait pas que son émissaire soit identifié. Le jeune homme avait donc été informé de sa mission, un soir, dans le plus grand secret, et sommé de prendre la route dès le petit matin. Il avait senti une forme d'urgence de la part de son roi et de ses supérieurs. Cela était inhabituel. Les dernières paroles de Lindzin d'Alunay, la Capitaine des Gardes, lui trottaient dans la tête depuis son départ : « Hâtez-vous, Drachniel. Vous ne savez pas tout, mais nous n'avons plus guère d'autre choix… » Arestion lui avait fait offrir Khalem, un splendide pur-sang blanc que Drachniel avait déjà remarqué dans les écuries royales, ainsi qu'une magnifique selle ouvragée en cuir noir.

Passé l'enthousiasme, la fierté et le sentiment de liberté des premiers jours de chevauchée, Drachniel avait senti l'angoisse l'étreindre. Puis la fatigue l'avait gagné, et lui, naguère si droit sur sa selle et dans les étriers d'or offerts par son père quand il était devenu Cavalier, ressentait chaque mouvement de sa monture comme un coup de bâton sur son corps meurtri.

Mais le plus inquiétant était encore cette présence qu'il percevait de plus en plus proche, à quelques foulées derrière lui peut-être. Au début de la deuxième lune de course, il avait acquis la certitude d'être suivi. Il avait dès lors été sur le qui-vive de jour comme de nuit, tendu dans une observation permanente, une écoute continuelle qui le bandait comme un arc, prêt à réagir, mais s'émoussant avec le temps. Car il n'avait pas été attaqué, et la personne qui le poursuivait à distance ne cherchait certes pas à lui dérober ses éperons d'or, ni même son si précieux rouleau de cuir. Non, Drachniel en était désormais sûr : elle ne s'intéressait qu'à sa destination finale. Une menace indistincte le poursuivait, en dépit de la vitesse avec laquelle il chevauchait. Il avait beau talonner Khalem, il finissait toujours par percevoir, à quelques dizaines de mètres derrière lui, le pas d'un autre cheval qui paraissait soutenir le rythme avec la même constance que le sien.

Drachniel savait qu'il toucherait bientôt au but. Il avait enfin atteint la frontière sud des Vastes Plaines, qu'il venait de traverser dans toute leur longueur. Devant lui, la forêt Salavielle déployait à l'horizon, longtemps avant d'être atteinte, sa masse noire. La lisière formait un ruban d'un vert profond qui s'étendait à perte de vue, cascadant sur les doux vallons qui ornaient cette région champêtre. Il savait qu'au-delà de cette région sylvestre particulièrement dense et mystérieuse, il n'y avait plus rien : on touchait aux confins du Continent. La forêt débouchait au sud sur d'âpres et vertigineuses falaises qui plongeaient dans une eau perpétuellement tumultueuse et hostile. Tous les navires qui avaient tenté de les explorer étaient revenus brisés et vides de leurs occupants. Heureusement, la destination de Drachniel se situait bien avant ces flots mugissants. En plein cœur de la forêt Salavielle l'attendait l'Abbaye du Pré.

Il lui avait fallu plus de trois lunes à pleine vitesse pour traverser le Continent du nord au sud. Drachniel avait donc décidé de ne plus prendre de repos avant d'être parvenu à destination. Il chevauchait désormais depuis trois jours et trois nuits, buvant et mangeant sur la selle de son cheval, sans s'arrêter. Les pur-sang coréliens étaient réputés tout autant pour la finesse de leurs membres, qui leur conférait une vitesse impressionnante, que pour leur remarquable endurance. Khalem rendait honneur à sa race en soutenant ce rythme infernal. Après l'avoir vue se rapprocher de lui pendant des jours et des jours sans jamais l'atteindre, la lisière avait maintenant cédé le pas à la forêt tout entière. Et là, galopant dans les noirs bois, sur des sentiers à demi recouverts de mousses et de branchages qui reprenaient leurs droits, visiblement peu dérangés par une activité humaine sporadique, Drachniel se sentait tout petit. Les hauts et denses feuillages l'écrasaient. Derrière chaque tronc moussu, il pensait voir des ombres furtives guetter son passage. Parfois, il se retournait, certain d'avoir été rattrapé par son mystérieux poursuivant, puis ne découvrait dans son dos que les branchages des feuillus, légèrement agités par le déplacement d'air qu'il avait lui-même causé. Il se savait proche de l'épuisement et sentait bien qu'il n'avait pas semé l'inconnu, même si celui-ci demeurait toujours invisible. Khalem soufflait à s'en faire exploser le poitrail. Drachniel lui hurlait de temps à autre des mots d'encouragements qui se perdaient dans les rugissements du vent. La monture n'en avait pas moins la foulée de plus en plus courte et la respiration de plus en plus rauque.

Au petit matin de cette troisième nuit de course ininterrompue, Drachniel aperçut les deux tours massives de l'Abbaye du Pré. Un sanglot lui noua la gorge. Enfin ! Un grand portail de fer forgé était ouvert, pourtant, il était bien sûr que rien ni personne n'avait annoncé son arrivée en ces lieux reculés. Il franchit au grand galop les hautes grilles qui délimitaient les terres de l'Abbaye pour s'engager dans l'allée principale.

À cet instant, un hennissement sinistre s'éleva dans son dos. Se retournant sur sa selle, il vit, à quelques mètres seulement derrière lui, un cavalier vêtu de noir tirer sur les rênes de sa monture à l'en faire se cabrer en parvenant devant la grille. L'homme avait de longs cheveux bruns qui descendaient jusqu'à ses épaules carrées. Drachniel, qui n'était pas très grand, se demanda comment un homme d'une si massive stature avait pu le poursuivre pendant des jours sans épuiser sa propre monture.

Qui qu'il soit, son poursuivant ne désirait pas s'aventurer plus loin. Drachniel fit ralentir Khalem. Les deux cavaliers se toisèrent quelques secondes. Le jeune homme tenta de rencontrer le regard de son poursuivant, mais un épais capuchon noir lui masquait le visage. Drachniel eut, une fraction de seconde, l'impression de contempler la mort elle-même.

Puis, l'inconnu émit un long sifflement à deux tons qui glaça d'effroi le jeune Corélien.

Le signe de ralliement des guerriers d'An-Thar ! réalisa le jeune homme. Ainsi, il avait bien eu raison de suspecter le pire. Si l'homme l'avait suivi jusqu'ici sans l'attaquer, c'est qu'il ne désirait qu'une chose : savoir où Drachniel se rendait. Désormais, les Antharites avaient leur réponse, et c'était lui qui la leur avait fournie ! Le mystérieux cavalier éperonna son cheval et lui fit faire volte-face. Une seconde plus tard, il disparaissait dans l'ombre de la forêt Salavielle. Drachniel n'était déjà pas très haut de stature. Il s'affaissa sur son assiette, accablé par la découverte de l'Antharite et les implications qui en découlaient. Durant quelques secondes, il resta immobile sur sa selle. Il aurait voulu se recroqueviller, disparaître, s'abstraire de tout ce contexte terrible, qui faisait peser sur lui une charge qu'il sentait déjà démesurée. Il avait soudain l'impression d'être le dernier des imbéciles : Arestion n'avait pas eu besoin d'un héros, mais d'un homme à sacrifier. C'était à une mort certaine qu'il avait couru, si les Antharites étaient mêlés à l'histoire !

Allons donc Drachniel de Varn, Cavalier *de Corélie, ce n'est pas le moment de flancher !* se morigéna-t-il. Il ébroua les boucles châtaines de sa chevelure en signe de dénégation. Non, pour Arestion, il fallait poursuivre, ne pas céder au doute. Il remit Khalem, pourtant couvert d'écume, au galop en direction de l'Abbaye. Maintenant qu'il était parvenu à destination, la fatigue lui tombait dessus comme un étourdissant coup de massue.

Plus que quelques foulées… Des gerbes de terre meuble jaillissaient à chaque impact de sabot. Soudain, une volée de marches en pierre se dressa devant eux. Khalem planta des quatre fers pour ralentir. Drachniel perdit l'équilibre et passa par-dessus l'encolure de sa monture. Il parut voler quelques instants, écarquillant avec effroi ses yeux noisette. Quand, violemment jeté à terre, il heurta la première marche de la tête, le jeune Cavalier sombra dans l'inconscience.

Chapitre 2

L'Abbaye du Pré

Dans l'Abbaye du Pré, des domestiques en longue robe grise s'affairaient depuis les premières lueurs de l'aube. Le vacarme de la cavalcade et de la chute du cavalier n'était pas passé inaperçu. Deux femmes de cuisine qui venaient d'arriver pour commencer leur journée se ruèrent sur le perron pour y découvrir le jeune homme hirsute, trempé de sueur et d'une pâleur mortelle qui venait de s'y écraser. Une jeune servante courut alors prévenir leur maîtresse à tous, Mère Brign-An-Paerven, Révérende Mère de l'Abbaye du Pré, Souveraine Ecclésiaste des Terres Salavielles.

Hors d'haleine après avoir gravi les marches du grand escalier quatre à quatre, la domestique trouva sa maîtresse dans sa cellule personnelle, agenouillée dans le plus profond recueillement. Comme à son accoutumée, Mère Brign-An-Paerven profitait du jour naissant et de l'atmosphère paisible qui régnait encore dans l'Abbaye pour prier, seule, entièrement tournée vers sa méditation.

Bientôt les couloirs seraient remplis des bruissements feutrés des robes de ses Filles, de leurs chuchotements et de leurs rires étouffés. Pour l'heure, pour quelques minutes encore, Mère Brign-An-Paerven savourait le silence, emplie de la sérénité qu'éprouvent ceux qui se savent protégés par de bons murs épais et accueillants.

L'Abbaye du Pré abritait une centaine de pensionnaires, des jeunes femmes issues du peuple comme des meilleures familles qui avaient toutes en commun d'avoir décidé de vouer leur vie à la prière. Ces religieuses arrivaient des quatre coins du Continent, excepté du royaume d'An-Thar, qui possédait ses propres dieux et des croyances beaucoup plus archaïques, en tout cas, aux yeux des autres peuples. Les plus nombreuses étaient aussi celles qui venaient de la partie la plus éloignée des Terres Salavielles, puisque environ la moitié des pensionnaires étaient des femmes coréliennes. Accomplissant leur long périple du nord au sud, elles avaient souvent bravé les maraudeurs, les intempéries, parfois même les ambitions de leurs propres familles pour tout quitter et s'adonner au culte de leur Dieu.

Les autres Sœurs formaient une mosaïque bigarrée d'origines, d'apparences et de cultures diverses. L'Abbaye du Pré abritait aussi bien des courtisanes fodoukes lassées d'une vie d'intrigue et de sollicitation, des jeunes filles de la haute société du peuple zi des Vastes Plaines, originaires de Ber, de Gésocrite ou encore d'Andi-Awara, la farouche colonie lacustre du lac de l'Ouest. Il y avait aussi quelques Tourmaliennes des îles Salines et plusieurs paysannes ferventes issues de petits royaumes des Monts Pelléas. Mère Brign-An-Paerven gardait le silence sur sa réelle identité, mais elle accueillait aussi une pensionnaire illustre, désireuse de finir sa vie au calme et dans la plus grande piété : il s'agissait de Dame Élézanne, la malheureuse duchesse d'Ivoire, qui avait vécu la moitié de sa vie séquestrée par son époux Igirion-le-Vif, le duc d'Ivoire, pris de folie au lendemain de leurs noces.

L'Ordre du Pré était fondé sur un principe de vie simple, vertueuse, tournée vers la croyance et le travail de la terre. L'Abbaye du Pré offrait le réconfort d'une douce vie communautaire aux brebis égarées et repenties comme aux jeunes filles contemplatives. Elle consistait en une institution de grand renom, fondée plusieurs siècles auparavant par une communauté d'hommes et de femmes bons et charitables, une retraite simple et réconfortante, une porte toujours ouverte aux passants en quête d'un peu de repos.

La toute Première Sœur, la légendaire première Révérende Mère, répondait au doux nom de Siléa Salavie d'Arghen. Elle était d'origine fodouke et avait choisi de se retirer au sud après avoir vu tout son village se faire décimer par la fièvre quartine. Cet épisode remontait à l'aube des temps connus. La terrible maladie s'était propagée sur tout le Continent, tuant les plus faibles d'abord, s'en prenant aux bien portants ensuite. Une hécatombe inouïe avait frappé chaque peuple du Continent. On racontait que les champs n'étaient alors plus assez vastes pour enterrer les milliers de morts causés par l'effroyable épidémie. C'était de cette époque que datait l'habitude d'incinérer les corps plutôt que de les confier au lent ouvrage de la terre.

Quand Siléa d'Arghen s'était rendu compte qu'elle était la seule à ne pas avoir succombé, elle avait cru devenir folle. La légende disait qu'elle avait erré pendant des lunes à travers les villages dépeuplés, livrés aux corbeaux et à un silence sépulcral. Puis, Siléa d'Arghen avait eu une vision. Le Dieu de ses ancêtres, le Dieu créateur de toute vie, lui était apparu et lui avait parlé. Il lui avait enjoint de poursuivre sa route vers le sud en contournant le lac Rouge. Il avait évoqué une forêt si sombre que nul homme n'avait jamais osé y mettre le pied. Il avait dit que là, après avoir bravé la solitude, l'obscurité, les bêtes grondantes tapies dans la nuit du bois maudit, elle trouverait une clairière riante, arrosée par un frais cours d'eau. Elle y construirait un édifice de ses mains, un temple humble et isolé qui serait appelé à devenir le havre de toutes les âmes perdues du Continent. Puis d'autres rescapés de la terrible Fièvre Quartine avaient trouvé refuge dans les bois et avaient rejoint Siléa. Ensemble, ils avaient dressé les jalons matériels et spirituels d'un ordre religieux nouveau, dévoué au culte d'un Dieu simple et généreux pour ses enfants, étayé par des valeurs de partage et d'amour qui s'étaient vite propagées parmi les survivants de l'épidémie. Était ensuite venu l'âge d'or des Prosélytes, des fidèles de Siléa qui étaient partis en quête d'âmes à conquérir sur le Continent. Certains étaient allés moins loin et avaient fondé les institutions religieuses, nombreux couvents et monastères que comptaient désormais les Terres Salavielles.

Véridiques ou fantasmés, ces récits faisaient de l'Abbaye du Pré le premier grand édifice religieux des Terres Salavielles.

En quelques siècles, la maison mère avait ensuite essaimé dans tout le sud du Continent. Les Terres Salavielles n'étaient pas un royaume à proprement parler : elles étaient plutôt le conglomérat harmonieux des différentes possessions terriennes des monastères, couvents et abbayes qui avaient fleuri dans le giron de l'immense forêt.

On comptait désormais une vingtaine de ces institutions religieuses, dont l'Abbaye du Bois, pendant exclusivement masculin de l'Abbaye du Pré, administrée par le Révérend Père Souzoug Vestalin. Il y avait aussi le Grand Couvent de Chat-de-Nuire, le Couvent d'Azgadelle et ses fameuses Nonnes-Vierges, le colossal Monastère de Turée, le non moins impressionnant Cloître Aux Amandiers, célèbre pour sa production de liqueur d'amandes amères aux vertus médicinales.

Toutes ces maisons fonctionnaient en autonomie, voire en autarcie totale, mais étaient coordonnées du point de vue spirituel par Mère Brign-An-Paerven, qui avait reçu le titre de Souveraine Ecclésiaste des Terres Salavielles, en plus de sa fonction de Révérende Mère de l'Abbaye du Pré.

Désormais, les Terres Salavielles condensaient, au sud des territoires connus, la quasi-intégralité de la vie religieuse du Continent. Seuls les Antharites et quelques tribus isolées des grandes steppes du nord-est pratiquaient un culte différent, mais, hormis leurs membres, tous les hommes et les femmes du Continent avaient choisi les Terres Salavielles comme lieu de haute spiritualité.

La communauté de l'Abbaye du Pré vivait tapie dans une enceinte de grilles sombres, mais non recluse. L'Abbaye possédait la totalité des terres alentour ainsi que quelques villages et hameaux dont les habitants lui versaient un impôt régulier. Plutôt qu'une domination de la population rurale, l'Abbaye exerçait son pouvoir avec clémence. Les paysans et leur famille venaient chercher auprès d'elle une aide généreuse et un arbitrage toujours équitable des litiges. En outre, certaines des Sœurs se trouvaient être particulièrement versées dans l'usage des simples. Ces pensionnaires étaient fort utiles à la population souvent humble et désargentée. Elles faisaient office de pharmaciennes, de médecins, de sages-femmes. La renommée de l'Abbaye du Pré, enfin, dépassait largement les limites de la forêt Salavielle. Elle exerçait un pôle discret d'attraction pour quiconque désirait passer un an ou une vie loin des turpitudes qui empoisonnent l'âme.

Une habitante de l'Abbaye du Pré se distinguait dans le cœur de Mère Brign-An-Paerven : sa nièce, la jeune Viperyne Glansen, qu'elle avait recueillie alors qu'elle n'était encore qu'une toute petite fille. Elle avait élevé la fille de sa défunte sœur comme la sienne, lui avait offert son amour, savourant le hasard qui la faisait presque mère quand sa charge et son sacerdoce le lui interdisaient physiquement.

Viperyne Glansen, simple réfugiée au départ, avait été élevée au milieu des Sœurs de l'Abbaye du Pré, maternée par leurs sourires, bercée par leur vie de calme, de prière et de silence. C'était donc tout naturellement qu'elle avait pensé rejoindre l'Ordre du Pré et prendre le voile. Elle tentait du moins de s'en persuader depuis plusieurs années, certaine qu'elle devait à cette tante et à sa communauté de leur faire don de sa propre existence en remerciement de leur accueil. Néanmoins, Viperyne elle-même s'illusionnait sur son propre compte : si elle avait écouté un instant son cœur, elle aurait compris immédiatement que se destiner à la vie monacale était contre sa nature. Une telle disposition disconvenait en réalité totalement à ce qu'elle était : une jeune fille énergique et nerveuse, une femme toujours en mouvement, rapidement agacée par toute forme d'immobilisme et bien peu prompte à l'introspection. Viperyne bouillonnait constamment, ne supportait ni le calme ni la tiédeur. Elle aimait les débats enflammés, les gens qui parlaient vrai et droit, les activités vives et exutoires. Des heures de marche en forêt ainsi qu'un entraînement intense aux arts du combat lui avaient forgé un corps et une force d'amazone plus qu'un tempérament de nonne. Elle devait sa maîtrise des armes et du combat au vieux Sougar, l'homme à tout faire de l'Abbaye. Celui-ci lui avait révélé une fois avoir été un grand guerrier, mais l'âge et la fatigue d'une vie de violence et de lutte avaient fini par le rattraper.

C'était en homme las et usé qu'il s'était présenté, par un matin de printemps, devant les grilles de l'Abbaye, où ses pas l'avaient mené. Il avait senti le regard bienveillant de la Mère Supérieure se poser sur sa pauvre carcasse. Elle lui avait proposé le pain et le gîte en échange de ses bras et de sa bonne volonté. Sougar, en vieil homme reconnaissant, avait accepté avec gratitude la vie simple et bonne qu'on lui proposait, et s'était acquitté de ses tâches avec discrétion. C'était en tout cas ce qu'il racontait.

Un jour, une petite fille rousse, étrangement solitaire, lui était apparue. Elle essayait d'escalader une barrière de bois avec une ténacité et une détermination peu communes. Il l'avait observée et avait su lire, dans ce petit être blessé, toute la rage et toute l'énergie qui l'animaient.

Il savait qu'elle avait perdu ses parents durant la Guerre Noire, qui venait de prendre fin. Mère Brign-An-Paerven lui avait laissé entendre que les parents de Viperyne, d'honnêtes fermiers de l'ouest des Vastes Plaines, avaient été massacrés sous ses yeux par des guerriers du royaume d'An-Thar qui rentraient de la bataille, ivres morts. Le vieil homme avait donc pris sous son aile la bouillonnante petite fille, qui s'était transformée sous sa tutelle en adolescente énergique, puis en jeune femme accomplie.

« Accomplie ».

Ce terme le faisait sourire intérieurement. Jamais Viperyne ne serait une femme au foyer. Jamais elle ne saurait coudre ni faire la cuisine. Elle était indomptable, volontaire, intrépide. Quant à faire d'elle une Sœur de l'Ordre du Pré, tous savaient qu'il n'en serait jamais rien. Seule l'intéressée l'ignorait encore. Viperyne s'astreignait à porter le voile des novices pour assister aux offices, se pliait à l'emploi du temps rigoureux et austère des Sœurs. Elle essayait de se rendre bonne, prévenante, serviable en toutes circonstances, mais ses soupirs péniblement réprimés ne trompaient qu'ellemême. Ses consœurs souriaient tendrement face à son impatience, n'osant encore la dissuader ouvertement de rentrer dans l'Ordre du Pré, sachant néanmoins qu'il ne pourrait en aller autrement avant longtemps. Viperyne, tous le savaient, montrait sa véritable personnalité lors des séances d'entraînement en plein air que lui imposait Sougar. En une vingtaine d'années, elle était devenue une combattante émérite, puissante et inventive. Son instructeur, peu enclin à la complimenter, ne lui en avait jamais rien dit, affectant généralement une attitude bourrue et taciturne, mais elle était sa plus grande fierté.

Sa tante non plus n'étant pas du genre à se confondre en effusions, Viperyne vivait constamment avec l'idée qu'elle était peut-être l'être le plus indésirable qui puisse se trouver à l'Abbaye du Pré. Elle faussait souvent compagnie à la communauté, parfois pendant plusieurs jours, pour aller mener une vie d'errance et de liberté vagabonde. Puis, elle revenait, assagie pour quelques jours, reprendre sa place auprès de Mère Brign-An-Paerven, qui ne lui en tenait pas rigueur.

Chapitre 3

Le secret

On pouvait dire que Mère Brign-An-Paerven en avait croisé, des êtres arrachés aux leurs par les infortunes du destin, des orphelins, des voyageurs et même des voyous repentis. Elle les avait nourris, soignés, réconfortés, elle avait respecté leurs secrets, leurs silences…

Et puis, il y avait eu cette mission qu'on lui avait confiée bien des années auparavant, à peu près à l'époque où elle venait de recueillir sa propre nièce, devenue orpheline depuis peu. On lui avait confié la garde, dans le plus grand secret, d'une autre petite fille. Un nourrisson qu'il fallait protéger du monde extérieur. Un être exceptionnel qui, en dépit de ses quelques mois seulement d'existence, avait déjà traversé sans s'en rendre compte de terribles épreuves. Cette enfant, pour son propre bien, devait être tenue cachée du monde. Plus tard, quand elle serait devenue femme, elle aurait une tâche à accomplir. Une tâche à laquelle tout un peuple, dans son agonie, s'était raccroché comme à un ultime espoir. Voilà le poids qui pesait sur les épaules de sa protégée : survivre pour rendre hommage aux siens, qui avaient été décimés.

Mère Brign-An-Paerven avait recueilli la petite et l'avait emmenée dans une des tours de l'Abbaye pour l'y élever. La Tour du Nord était devenue le donjon de cette pensionnaire exceptionnelle. Les enjeux cristallisés autour de cette petite existence étaient si colossaux qu'elle y vivait cachée depuis son arrivée.

Seule. Personne ne devait jamais savoir qui se cachait dans ces murs.

Cette présence énigmatique et anonyme intriguait ses Filles au plus haut point, elle le savait, mais toutes respectaient le silence de leur Mère Supérieure. Seule Viperyne, sa jeune nièce, la taraudait régulièrement d'innombrables questions : qui vivait ainsi reclus dans la Tour du Nord ? Pourquoi seule la Mère Supérieure était-elle autorisée à s'y rendre ? Pourquoi les domestiques qui lui apportaient à manger et l'aidaient à sa toilette devaient-elles se présenter à la pensionnaire les yeux bandés, avec l'interdiction formelle de prononcer le moindre mot ? Mère Brign-An-Paerven demeurait de marbre face à la curiosité de Viperyne, et lui répondait invariablement :

« Ma Fille, certaines choses en ce monde nous dépassent, vous comme moi. On m'a confié cette personne afin que je la protège des regards extérieurs. Quand bien même je les connaîtrais, je serais mal venue de vous révéler son identité et les causes exactes de sa présence en nos murs. Ainsi, ma chère Fille, sachez rester à votre place, et si la curiosité vous dévore, tournez-vous vers la prière. »

La petite fille étouffait alors un soupir d'impatience et se détournait vivement pour cacher sa colère à sa tante. Mère Brign-An-Paerven, plus amusée que scandalisée, observait la flambée subite des prunelles émeraude de Viperyne. Elle faisait mine de ne pas voir les coups de pied impuissants que la petite donnait dans les murs pour se défouler.

Les années avaient passé sans que jamais la Révérende Mère ne cède. L'identité de la fantomatique pensionnaire demeurait secrète.

*

Viperyne, ce matin-là, s'apprêtait à rejoindre le vieux Sougar, qui lui avait promis la veille de lui montrer une véritable arbalète. Cela promettait d'être intéressant, car elle était déjà rompue au maniement de l'arc, qui était devenu une de ses armes de prédilection avec le temps. Elle s'était levée très tôt, avait troqué sa robe de nuit en toile grise contre le pantalon de cuir, les bottes et le gilet qu'elle portait pour leurs séances. Elle avait noué un foulard autour de sa tête afin de retenir son abondante chevelure rousse et bouclée.

Elle se faufilait en silence dans les couloirs de l'Abbaye, lorsqu'elle perçut avec étonnement le claquement des sabots d'un cheval lancé au galop.

Elle assista, cachée derrière une vitre teintée, à l'arrivée fracassante du cavalier qui s'écrasait devant l'entrée du bâtiment principal. Immédiatement, des domestiques se précipitèrent à la rescousse de l'inconnu. Viperyne vit alors Mérida, la femme de chambre de la Mère Supérieure, partir en courant à travers les longs couloirs abbatiaux. Son sang ne fit qu'un tour, et la curiosité l'aiguillonna plus vivement que jamais. Elle emboîta le pas de la jeune servante, veillant à ne pas se faire repérer. Mérida, tout essoufflée, parvint à la chambre de sa maîtresse et tapa trois petits coups à la porte avant d'entrer. La porte était entrebâillée. Viperyne, aussi silencieuse qu'un chat traquant une souris, s'approcha et tendit l'oreille :

– Ma Mère, disait Mérida, on ne sait pas qui est cet homme, mais dans sa semi-inconscience, il a parlé de guerriers antharites... Il tenait serré contre lui ce rouleau de cuir frappé du sceau corélien. Je crois qu'il contient un message pour vous.

– Bien. Veillez à ce que cet homme soit nourri et soigné. Dieu seul sait quelles épreuves il a dû affronter. Allez aussi chercher Sougar et dites-lui de prendre deux hommes pour aller inspecter les environs. Si des Antharites traînent dans les parages, mieux vaut être prudent.

– Oui madame, immédiatement.

La servante quitta en courant la chambre de sa tante. Viperyne eut tout juste le temps de faire un bond de côté et de se dissimuler derrière une tenture. Elle allait partir à la suite de Mérida, décidée à en apprendre le plus possible, quand la voix de Mère Brign-An-Paerven se fit entendre :

– Viperyne, ma Fille, je t'ai entendue, viens me voir.

La jeune femme eut un hoquet de stupeur. Elle entra dans la chambre et s'apprêtait à présenter ses excuses quand sa tante lui ordonna d'une voix étrangement contrainte par l'émotion :

– Accompagne-moi, nous allons dans la tour nord. Tu... tu vas pouvoir apprendre qui est notre mystérieuse protégée. Puis-je compter sur ton aide ?

La Révérende Mère déglutissait avec peine, en proie à un trouble croissant dont Viperyne ne devinait pas la cause. Manifestement, l'arrivée du cavalier était liée à la présence de la pensionnaire de la tour du Nord. Viperyne cherchait à savoir pourquoi le ton de sa tante lui paraissait si inhabituel, puis, elle comprit : pour la première fois de sa vie, on lui parlait comme à une personne responsable, sensée, pas comme à la jeune écervelée que chacun à l'Abbaye s'accordait à voir en elle. Il se tramait quelque chose de sérieux qui, inexplicablement, la concernait. Viperyne réprima un frisson d'excitation. Elle ne savait pas de quoi il retournait, mais elle avait attendu un tel événement toute sa vie.

– Oui ma tante, répondit-elle, n'ayez crainte, mon plus cher désir est de savoir et de vous aider.

– La crainte... j'ai bien peur que tu ne l'éprouves avant longtemps... J'ai reçu un message de la plus haute importance aujourd'hui.

Elle lui tendit le parchemin qui était enroulé dans l'étui de cuir porté par le Corélien. Ce parchemin comportait trois lignes tracées à l'encre noire, lisibles, mais néanmoins énigmatiques :

« L'O'haï est en âge :
elle doit maintenant être amenée.
Prudence, par An-Thar elle est recherchée.
Rappel :
Règle 1 du Codex de l'O'haï
– Nul ne peut la voir, nul ne doit lui parler. »

Au bas du parchemin apparaissaient, dorées à l'or fin, les armoiries royales de Corélie, la tulipe et l'épée, ainsi que l'écusson sang et or du roi Arestion.

Viperyne ne comprenait toujours pas. Sans lui laisser le temps de formuler les questions qui lui venaient aux lèvres, Mère Brign-An-Paerven lui saisit la main et l'entraîna en grande hâte en direction de la Tour du Nord.

– Plus tard les questions, ma Fille, l'heure est aux réponses, lui chuchota-t-elle sur le chemin.

Elles parvinrent quelques minutes plus tard devant la lourde porte de fer qui barrait les escaliers de la tour. La Mère Supérieure en ouvrit les trois serrures à l'aide des grosses clefs qu'elle gardait de jour comme de nuit serrées contre son sein. Viperyne se souvint subrepticement du jour où elle avait essayé de dérober ce trousseau à sa tante… et des deux jours d'enfermement dans sa cellule, au pain sec et à l'eau, qui s'en étaient suivi… Elles s'engagèrent en courant dans un interminable escalier en colimaçon. Le sang battait aux tempes de Viperyne : qu'allait-elle découvrir là-haut ? Pourquoi tant d'inquiétude et d'empressement dans la voix de sa tante ? Que signifiait le message du parchemin ? Et plus elles montaient, plus l'obscurité se faisait lourde et les interrogations lancinantes. À bout de souffle, les jambes en feu, Viperyne eut encore le temps de se demander comment sa tante pouvait soutenir une telle cadence sans ciller, sans paraître même fournir un quelconque effort. Peut-être l'urgence de la situation la galvanisait-elle.

Soudain, la course étourdissante à travers l'escalier prit fin. Elles étaient parvenues à un minuscule seuil de porte, à peine éclairé par le jour que laissait entrer un soupirail couvert de poussière. Mère Brign-An-Paerven saisit les mains de Viperyne avec une douceur presque maternelle qui émut la jeune fille.

– Ce que je vais te raconter est de la plus haute importance, lui souffla-t-elle. Ma chère nièce, ma petite Viperyne, si je t'ai laissée fréquenter Sougar et te former au combat durant toutes ces années, c'est qu'il m'est apparu qu'avoir de telles aptitudes à notre disposition pourrait un jour nous être utile. Cela était pourtant contraire à nos croyances, au dogme de notre ordre et à notre mode de vie.

– Mais…

– Ne m'interromps pas, la coupa Mère Brign-An-Paerven, le temps nous est compté, si j'en crois les nouvelles que ce messager amène. Si les guerriers sanguinaires d'An-Thar sont à sa poursuite, nous n'avons peut-être plus que quelques heures devant nous… Écoute, Viperyne, et retiens ce que je vais t'expliquer car ce soir peut-être, plus personne ne sera là pour t'expliquer tout cela. Il y a environ dix-sept ans, à peu près à l'époque où je t'ai recueillie, m'a été confiée la garde d'une personne extraordinaire. *Nul ne doit la voir, nul ne doit lui parler, nul ne doit savoir qui elle est.* Mais de son sang dépend peut-être notre vie à tous. On l'appelle l'« O'haï ». Cela veut dire, « la Destinée ». Destinée, elle l'est, en effet, à accomplir de grandes choses. Il nous a été fait un grand honneur : celui de la protéger, à tout prix. Tout ce que tu dois savoir est qu'elle est la dernière survivante du peuple de l'île de Guernanor.

– Guernanor ? Cette île mythique des anciennes légendes, connue pour abriter les plus belles femmes du monde ?

– Oui, Viperyne. Quand les habitantes de cette île furent massacrées par les soudards du roi Li'An-Thar, seules deux parvinrent à s'échapper : une femme adulte, Eudérope, qui était la nourrice de l'unique héritière du trône de Guernanor, et cette dernière, qui n'était alors qu'un bébé. Au péril de sa vie, elle franchit mille obstacles, et parvint jusqu'ici. Là, elle me conta son histoire, celle de son peuple et de son île. Elle me confia également le précieux fardeau qu'elle avait pu sauver de la folle barbarie des hommes de Li'An-Thar. Il s'agissait d'une petite fille, âgée de quelques mois. Une petite fille si spéciale et si importante qu'elle devrait être élevée et protégée dans le plus grand secret jusqu'à l'âge adulte. C'est elle qui vit derrière ces murs.

– Mais… Mère… Je vais… la voir ?

– Pas exactement. Je te l'ai dit, nul ne peut la voir, ni lui parler. Tu devras l'accompagner jusqu'au royaume de Corélie, où l'attend le roi Arestion. Lui saura quoi faire ensuite. Je n'ai que peu de temps, ma chère Viperyne, et j'aurais aimé pouvoir t'en dire plus. Je… À dire vrai, je ne comprends pas pourquoi Arestion ne nous envoie que ce jeune Cavalier… Pourquoi pas son armée ou au moins un bataillon ? C'est pour moi exposer sa promise à un immense danger, et toi avec. Mais… je suppose que le souverain de Corélie n'a pas eu le choix. Vraisemblablement a-t-il dû limiter le nombre des hommes au courant de tout cela. Cela peut aussi signifier que la Corélie est infestée d'espions antharites. Qu'il ne fait pas confiance à son propre entourage. Qu'il manque de temps, pour une raison que je ne peux deviner… Peut-être sauras-tu pourquoi cela doit se passer ainsi si… je veux dire, quand tu seras parvenue au bout du chemin. Maintenant… je vais te présenter à elle. Puis nous redescendrons et tu te prépareras pour votre départ.

Viperyne eut soudain l'impression que la Tour du Nord s'était mise à tanguer : tout ce qui faisait jusqu'à la veille son monde stable et confortable vacillait. Le mystère de l'inconnue de la tour allait se dissiper, en entraînant d'autres, plus opaques encore. Il était déroutant de s'apercevoir que la réponse tant attendue à une question créait tout à coup de nouvelles interrogations, plus nombreuses, plus abyssales que jamais. Elle ne connaissait pas ce roi Arestion, mais elle doutait qu'envoyer un émissaire sillonner les routes du

Continent pour lui ramener en main propre sa fiancée ait pu être le meilleur choix. Quel genre de monarque pouvait bien agir de la sorte ? Ne se souciait-il donc pas de la survie de sa promise ? De son Cavalier ? De tous ceux, dont elle-même, qui seraient mêlés à cette aventure ? Dans le même temps, il était difficile d'envisager qu'il se comporte de manière totalement irresponsable… Tout cela était bien mystérieux.

La jeune femme, étourdie, secoua la tête pour se ressaisir. Elle se remémora les enseignements de Sougar : respirer, décontracter ses muscles, avancer, quoi qu'il arrive. Si son cœur manqua de rater un battement dans sa poitrine, sa voix fut claire quand elle déclara :

– Allons-y, Mère.

Mère Brign-An-Paerven sortit de sous sa robe de laine grise une petite clef en argent ciselé que Viperyne n'avait encore jamais vue. Elle déverrouilla la porte d'un geste lent qui sembla durer une éternité. Viperyne, consciente qu'elle allait enfin découvrir l'identité de celle qui se cachait dans ses lieux, retint son souffle. La clef tourna, le loquet fut soulevé, la porte ouverte. Elles pénétrèrent alors dans une pièce agréablement chaude, tendue de tapisseries colorées et agrémentée de riches et massifs meubles en bois. D'épais tapis couvraient le sol. La pièce baignait dans une douce lueur, due aux premiers rayons du jour qui filtraient à travers des persiennes à demi closes. Au centre de la pièce se tenait l'O'haï.

Chapitre 4

Le départ

Au même instant, dans l'arrière-cuisine, plusieurs étages plus bas, Mérida soulevait la tête de Drachniel, lui portant une coupe pleine de lait crémeux et fumant aux lèvres. Elle détaillait avec curiosité la physionomie du messager. Il paraissait très jeune, en dépit de la barbe de dix jours qui ornait ses joues d'un duvet noisette. Ses cheveux châtains étaient emmêlés et collés par paquets sur son front. Une odeur de fauve émanait d'ailleurs de toute sa personne. Elle remarqua encore la bague en or qu'il portait à l'auriculaire de la main droite. La servante allait porter les doigts sur le chaton en forme de tulipe de la bague, quand Drachniel sursauta, retira sa main et repoussa la domestique avec violence.

– Où suis-je ? Qui êtes-vous ? Que me voulez-vous ? demanda-t-il d'une voix rauque et encore mal assurée.

Et comme il faisait mine de vouloir se lever, ce qui était certainement à déconseiller vu son état, Mérida se releva, saisit un torchon pour essuyer le lait que lui avait projeté Drachniel sur le corps en la bousculant. Elle se planta devant lui, les mains sur les hanches et lui dit d'une voix sèche :

– Vous vous êtes écrasé devant notre entrée. Vous êtes dans une des chambres de l'Abbaye du Pré, et vous ne vous lèverez pas, à moins de vouloir vous effondrer à nouveau !

Puis, comme elle percevait l'hébétude et l'incompréhension du jeune homme, elle ajouta, plus gentiment :

– Vous êtes épuisé, laissez-moi vous donner à boire et reposez-vous. Quelle que soit la raison de votre fuite, vous êtes ici en sécurité.

Drachniel poussa un profond soupir et se laissa lourdement retomber dans le lit où on l'avait amené. Mérida put alors le déshabiller entièrement, aidée d'Azalée, une autre servante de l'Abbaye. Elles étouffèrent quelques gloussements en procédant à sa toilette. Il sentait vraiment mauvais : à croire qu'il ne s'était pas lavé depuis des lunes. Elles démêlèrent sa chevelure brun clair et allèrent jusqu'à le raser de près. Elles lui passèrent enfin une longue chemise et un pantalon de grosse toile. Ce faisant, elles laissaient échapper de petits rires mutins à la vue des muscles bien dessinés du Cavalier. Il était assez trapu et pas très grand, mais son corps portait les marques d'années d'entraînement, c'était indéniable. Un charme certain émanait de ses traits encore ronds du sortir de l'enfance, de ses lèvres plutôt charnues, de sa mâchoire, que l'on devinait volontaire malgré son assoupissement. Durant ces opérations, le jeune homme murmura à plusieurs reprises le nom d'une certaine Griselde, saisissant une main, un bras, quand il en avait l'occasion. À la fin, Azalée, qui était d'humeur joueuse, finit par lui murmurer :

– Oui, c'est bien moi, ta Griselde, il faut être sage maintenant !

Cela eut l'air d'apaiser le garçon qui se laissa alors laver puis nourrir docilement, un sourire un peu niais au coin des lèvres.

Quelques heures plus tard, Drachniel émergea d'un sommeil comateux, le front barré d'une horrible migraine. Entendant des voix inconnues qui discutaient âprement, il observa à la dérobée les personnes qui se trouvaient dans sa chambre.

Il aperçut une jeune femme rousse, élancée, très grande, au corps nerveux, qui déambulait impatiemment dans la chambre, battant le plancher de ses bottes en cuir. Si une telle colère n'avait pas émané de sa personne, il aurait pu la comparer à une biche, mais elle tenait pour l'heure plus de la lionne en cage que du paisible herbivore...

– Mais enfin, Mère, disait-elle, ce garçon n'est pas en état de reprendre la route aujourd'hui ! Vous disiez vous-même que le temps nous était compté...

– Viperyne, ce messager vient tout droit du royaume de Corélie. Il a déjà effectué le trajet une première fois. Il sera votre meilleur guide, répondait une petite femme aux cheveux gris d'une voix calme et apaisante. Et je suis sûre que le roi Arestion n'aurait pas envoyé le dernier des empotés pour une mission d'une si capitale importance... quoique notre jeune ami manque pour l'heure cruellement de mordant, j'en conviens.

Prononçant ces derniers mots, la Mère Supérieure jeta un regard appuyé en direction de Drachniel qui feignait toujours de dormir. Celui-ci crut y percevoir une lueur complice, presque un clin d'œil, destiné à lui seul. Elle savait qu'il était réveillé et les écoutait.

– Ma tante, comment voulez-vous que cet homme à moitié mort nous soit d'une quelconque aide ! reprit la lionne rousse. Autant demander à une de vos novices de nous escorter, elle serait encore plus féroce que lui. Et son cheval, cette vieille carne, est au moins aussi épuisé que son maître !

– Khalem est un pur-sang des écuries royales de Corélie, il a chevauché sans répit pendant presque trois lunes, et moi avec ! intervint alors Drachniel, les joues en feu.

Il s'était redressé d'un coup sous l'effet d'une vive colère. Il continua :

– Accordez-moi le temps de me préparer et nous serons prêts à repartir, Khalem et moi, et à défendre chèrement nos vies, ainsi que toutes celles que vous voudrez bien nous confier ! J'ajoute que vous ne trouverez pas à mille lieues à la ronde un homme plus désireux que moi de servir son roi avec force, honneur et bravoure !

– À la bonne heure, répondit Mère Brign-An-Paerven dans un sourire, vous me ravissez mon fils. Je sais que c'est beaucoup vous demander vu le long trajet qui vous a mené ici, mais j'ai effectivement besoin que vous repartiez dès aujourd'hui. Votre roi vous a confié un message. Il vous appartient désormais de lui porter en main propre la réponse que je lui fais. Viperyne, ma… douce nièce (elle réprima un sourire), vous accompagnera dans ce périple, car cette réponse prendra la forme d'une personne toute particulière que vous devrez protéger et accompagner jusqu'à Parminga.

– Madame, jusqu'à mon dernier souffle, au péril de ma vie, s'exclama alors Drachniel d'une voix vibrante d'héroïsme depuis le fond de son lit, moi, Drachniel de Varn, je serai digne de la tâche que vous voudrez bien me confier.

Tout à sa fougueuse déclaration, Drachniel oublia l'aspect qu'il offrait à ses interlocutrices. Il avait les cheveux en bataille et sa chemise, trop grande pour lui, laissait entrevoir un torse presque imberbe. La marque d'un pli de drap lui barrait la joue droite.

Derrière la porte entrebâillée, Azalée et Mérida éclatèrent de rire. Viperyne, quant à elle, haussa les épaules d'un air navré.

– Mais, ma Mère, vous avez parlé d'une... personne... ? questionna encore Drachniel sans se laisser décontenancer le moins du monde.

– Oui, jeune Drachniel, répondit Mère Brign-An-Paerven dans un sourire énigmatique. Viperyne et vous devez constituer la garde rapprochée de l'O'haï. Son escorte, si vous préférez. Votre mission est de la mener en Corélie, saine et sauve, et de remettre son existence entre les mains du roi Arestion. C'est ce que dit le rouleau que vous avez amené. C'est ce qu'il attend de vous.

La Souveraine Ecclésiaste fit signe à Viperyne et Drachniel de s'approcher d'elle. Elle les observa alternativement avec une grande concentration et leur demanda encore :

– Serez-vous dignes de cette tâche ? Mènerez-vous l'O'haï en Corélie, au péril de votre vie ?

Les deux jeunes gens inclinèrent solennellement la tête en signe d'assentiment.

Puis Drachniel fit pivoter sa tête et chuchota en direction de sa comparse :

– Psttt... la rousse... c'est quoi un « O'haï ? »

Viperyne plissa les yeux en esquissant une moue de mépris. Dire qu'elle allait devoir cheminer aux côtés de cet insupportable Corélien.

Comme elle finissait, non sans cacher son agacement, de résumer pour Drachniel ce que Mère Brign-An-Paerven lui avait expliqué au sujet de leur mission, cette dernière intervint à nouveau.

– Mes enfants, une dernière chose... Vous ne serez pas deux, mais trois, à composer l'escorte de l'O'haï. Viperyne, tu risques d'être surprise, mais j'ai demandé à Sougar de vous accompagner.

– Comment ?! s'étonna la jeune femme, immédiatement partagée à cette annonce.

Il était certes rassurant d'affronter les prévisibles dangers de leur périple aux côtés d'un homme aussi aguerri et expérimenté que Sougar. Il était son mentor depuis toujours. Sa présence ne serait pas de trop pour accompagner une princesse poursuivie par les guerriers d'An-Thar jusqu'en Corélie. Cependant, une part non négligeable d'elle-même ne pouvait s'empêcher de regretter de ne pas être aux commandes de l'expédition, comme elle l'avait d'abord envisagé. Elle s'efforça de réduire au silence ces pensées qui affleuraient en elle et qu'elle jugeait déplacées. Son orgueil ne devait pas la pousser à négliger la sécurité de sa mission. Il était clair que voyager aux côtés de Sougar ne pouvait qu'être un atout. Il n'y avait pas à revenir là-dessus.

Viperyne allait émettre un dernier commentaire quand justement, la silhouette solide de Sougar apparut dans l'embrasure de la porte. Il avait l'air préoccupé.

– Révérende Mère, dit-il, sans jeter un regard à Viperyne, je suis très inquiet. Les Antharites rôdent. Des habitants du hameau de Nant-Terreux ont rapporté des exactions, des agressions. Les récits ne sont pas encore très clairs, mais ils semblent tous évoquer à première vue la présence d'Antharites sur vos terres.

– « Des » Antharites ? Je croyais qu'il n'y en avait qu'un..., murmura Brign-An-Paerven.

– C'est ce dont j'aimerais m'assurer, poursuivit Sougar. Je... je répugne à laisser l'Abbaye du Pré sans protection. J'aimerais mener mon enquête, notamment à Nant-Terreux, avant de partir.

– Non, c'est parfaitement impossible ! Chaque heure perdue ici pour l'O'haï est une heure gagnée par nos ennemis. Il faut partir. Je redoute une attaque, mais je préfère, si cela doit se produire, que notre protégée ait justement vidé les lieux au plus vite.

Sougar réfléchit quelques instants.

– Pourrions-nous envoyer l'O'haï au-devant avec Viperyne et le jeune Corélien ? Ainsi ils quitteraient l'enceinte de l'Abbaye du Pré et n'auraient qu'à attendre que je les rejoigne. Je ferai au plus vite. Pas plus d'une demi-journée.

Mère Brign-An-Paerven prit le temps d'interroger sa nièce du regard. Celle-ci acquiesça :

– Il y a... le *Relais du Crin Doré*, un peu avant la frontière nord de la forêt, sur la vieille route des marchands. Nous... nous pourrions t'y attendre, Sougar, je suppose...

– Aaah ! J'adore les auberges ! conclut Drachniel. On y mange toujours bien.

Viperyne ne sut s'il fallait interpréter cette sortie comme un trait d'humour ou si le Cavalier corélien était franchement inconscient. Elle serra les poings à s'en faire blanchir les jointures avant de lire dans le regard de sa tante que cette dernière lui enjoignait de se maîtriser.

*

Le jour déclinait déjà quand l'équipage se mit en route. Ils étaient trois. Drachniel, le jeune Corélien, n'était pas encore bien remis des fatigues de son long trajet. Il paraissait certes plus frais qu'à son arrivée, et la servante Azalée, restée sur le seuil en compagnie de la quasi-totalité des membres de l'Abbaye du Pré pour assister au départ, l'étudiait attentivement, un sourire plein de regrets aux lèvres. Elle poussa du coude Safinia, une autre domestique lui glissant à l'oreille :

– N'empêche, sa Griselde, quelle chance elle a ! Je me le serais bien gardé au chaud pour voir si ses talents de… cavalier valent vraiment le coup !

Elles pouffèrent de concert. Drachniel, conscient d'attirer l'attention de ces demoiselles, se rengorgea. En dépit de sa jeunesse, il ne manquait pas de prestance, campé sur son étalon blanc crème, une bête réellement magnifique.

À ses côtés, le deuxième membre de l'équipage leva les yeux au ciel : Viperyne Glansen, juchée sur un cheval pommelé lourdement chargé, cachait difficilement son agacement pour son comparse. Elle paraissait très nerveuse, et sa monture, certainement sensible à cette tension, piaffait et tapait du sabot à intervalles réguliers. Viperyne était toujours vêtue de sa tenue d'entraînement de cuir fauve, qui ferait parfaitement office de tenue de voyage. Elle portait un carquois dans le dos, dont dépassaient la pointe d'un arc et l'empennage gris de nombreuses flèches. Elle était chaussée de hautes bottes de cuir qui lui montaient jusqu'aux genoux. Une sacoche de cuir passée en bandoulière et l'étui d'un poignard court accroché à sa ceinture complétaient sa tenue.

Enfin, légèrement en retrait se tenait la silhouette sombre d'une personne de petite taille, entièrement enveloppée dans une cape noire, gantée de noir, montée sur une jument également noire. On devinait des épaules fines sous la cape, et les mains paraissaient celles d'un enfant tant elles étaient menues, impression qu'augmentait d'autant plus la couleur du cuir qui les enserrait. Mais le plus étonnant était que, sous la capuche rabattue du long manteau, n'apparaissait pas le moindre visage : ni menton, ni nez, ni éclat de prunelles. Rien. L'O'haï était voilée, et de l'ensemble indéchiffrable de sa personne émanait une aura fantomatique. La monture et sa cavalière se tenaient immobiles et étrangement calmes, comme extérieures à la scène.

Deux autres chevaux bâtés et fortement chargés complétaient l'équipage, liés par un licou dont Drachniel tenait fermement l'extrémité.

– Mère, nous sommes prêts, dit Viperyne d'une voix ferme, où ne perçait aucune inquiétude, malgré les tressaillements de son cheval. Je pense que nous ne devrions plus perdre de temps désormais.

Mère Brign-An-Paerven ne répondit pas immédiatement. Elle contemplait les trois cavaliers d'un œil inquiet.

Prêts ? Ils ne l'étaient probablement pas, mais ils n'avaient plus de temps, en effet. Ils devaient partir, car elle pressentait que les hommes de Li'An-Thar ne tarderaient plus à se manifester. Et s'ils étaient déjà là, prêts à leur fondre dessus dès qu'ils auraient franchi la grille de l'Abbaye ? Et si cette équipée n'était qu'une vaste et illusoire folie ? N'était-il pas de son rôle de veiller à la sécurité de tous : sa nièce, d'apparence si courageuse et si dure, mais au fond si inexpérimentée encore ; l'O'haï, bien sûr, dont elle avait la charge depuis dix-sept années ; et même ce jeune Drachniel qui jouait les fier-à-bras, mais dont les membres étaient encore courbaturés ? Elle était prise de court dans cette histoire : jamais elle n'aurait imaginé qu'Arestion demande à récupérer sa promise dans de telles circonstances...

La Mère Supérieure poussa un léger soupir en songeant, une fois de plus, que le roi Arestion aurait dû envoyer une armée entière pour escorter l'O'haï, et non un petit cavalier isolé et insouciant du danger, aussi résistant et brave fût-il. Mais cela aurait attiré l'attention et les ennemis étaient nombreux. En réalité, ils étaient déjà en route, comme l'attestait le récit de Drachniel, corroboré depuis peu par le témoignage de Sougar. S'il n'y avait qu'un éclaireur, combien de temps mettrait-il pour faire son rapport à ses chefs ? S'il devait remonter jusqu'aux terres du royaume d'An-Thar, cela laissait encore quelque espoir, vu la distance qui le séparait de l'Abbaye du Pré, mais si tout un bataillon d'hommes de Li'An-Thar, le redoutable souverain, avait déjà été déplacé, il pouvait se trouver n'importe où. Dans ce cas, tout espoir était perdu, les trois cavaliers étaient condamnés d'avance, et tous les espoirs de paix maigrement acquis depuis la fin de la Guerre Noire s'étoufferaient irrémédiablement dans un bain de sang. Cela en valait-il la peine ? Des événements graves se profilaient à l'horizon. De leur issue incertaine se joueraient le sort et l'équilibre de la totalité des peuples vivant sur le Continent. Comment trois cavaliers, tous très jeunes, peu expérimentés, ignorant les tenants et les aboutissants de leur mission pour leur propre sauvegarde pourraient-ils mener à bien ce dangereux périple ? Et puis, bien que cela la remplît d'une bouffée de culpabilité, Mère Brign-An-Paerven ne pouvait se pardonner de mettre en danger sa nièce Viperyne, la fille unique de sa propre sœur, sa seule famille, dont elle avait juré d'assurer la protection. La jeune fille, sous ses allures de tigresse, était fine et sensible, excellente compagne pour qui savait l'apprivoiser. Ne plus l'avoir à ses côtés signifiait, en réalité, perdre le soupçon de légèreté, d'énergie et d'amour auquel son cœur s'était accoutumé. Mais des volontés plus puissantes, plus importantes et plus nobles que ces dernières considérations présidaient à ce départ. Elle ne pouvait s'y soustraire : les enjeux étaient trop cruciaux. Au moins trouvait-elle une once de réconfort dans l'idée que Sougar serait à même de la protéger, tout en veillant sur l'O'haï. Elle frissonna en repensant au récit du vieil homme. Il venait de partir en trombe vers le hameau de Nant-Terreux ; elle espérait qu'il serait en mesure de rejoindre la petite troupe au plus vite, comme il l'avait promis.

– Mère ? Mère ? répéta Viperyne, constatant l'absence de réponse de la Supérieure. Ma tante ? s'enquit-elle plus doucement, ayant lu les doutes qui l'assaillaient aux rides de son visage.

Mère Brign-An-Paerven émergea de ses sombres pensées.

– Oui, oui, dit-elle, se ressaisissant. Dites-moi une dernière fois quel sera votre itinéraire… cela me permettra de vous accompagner par la pensée.

– Nous devons traverser le Continent en entier du sud au nord, commença à expliquer Drachniel. On peut dire que notre périple s'organisera en deux parties. La première sera la plus facile : après la forêt Salavielle, nous trouverons les terres zi. Cette partie-là du voyage ne devrait être qu'une formalité. Quand nous serons arrivés à Ber, la capitale, il nous faudra traverser le lac Rouge pour parvenir à Sk'l, la capitale fodouke. Toutes ces contrées sont pacifiques et présentent des paysages aisés à traverser. Cependant, nous ne savons pas exactement ce que manigancent les Antharites. Ils vont essayer de mettre la main sur l'O'haï, c'est certain, mais où et quand ? Mystère. Nous devrons être vigilants en permanence. Arrivés à Sk'l, nous aurons accompli la moitié du chemin. Ensuite…

– Ensuite, c'est là que les choses sérieuses commenceront, coupa Viperyne, un brin d'exaltation dans la voix. Au-delà des terres fodoukes, nous n'aurons plus d'allié, et le terrain deviendra autrement plus compliqué, car il se trouve que nous désirons arriver en Corélie le plus vite possible. Nous couperons donc par les Monts Pelléas puis les Terres Catabatiques, pour mettre enfin le pied dans le royaume d'Arestion. C'est risqué, mais c'est ce qu'il y aura de plus rapide, conclut la jeune femme.

Mère Brign-An-Paerven frémit à l'évocation de ces périlleuses contrées, et plus encore à l'idée de l'ennemi qui les traquait déjà avant même le début de leur périple. Elle s'ébroua pour se délester de ses doutes. Il n'était plus possible de faire marche arrière. Il fallait que leur entreprise réussisse, à tout prix, pour le salut de tous.

– Allez mes enfants, lança-t-elle enfin, le temps vous est compté. Que l'Esprit vous accompagne dans les épreuves que vous croiserez. Allez, sans perdre un instant, galopez, partez. Préservez-vous et préservez-nous en même temps des dangers et du chaos qui nous guettent tous.

Elle parut vouloir s'avancer, fit un pas, se ravisa. Elle mourait d'envie d'étreindre sa nièce. Mais Viperyne, n'ayant pas perçu ce bref élan de tendresse, avait hurlé le signal du départ. Les cinq chevaux s'étaient élancés au galop dans un martèlement assourdissant de leurs sabots fraîchement ferrés, et s'étaient engagés tambour battant dans la grande allée bordée de marronniers. Ils franchirent quelques secondes plus tard les grandes grilles rouillées qui marquaient la limite entre le havre de quiétude qu'était l'Abbaye du Pré et le noir et vaste monde extérieur. Toute la communauté de l'Abbaye, amassée sur les marches de granit du perron, scruta l'obscurité pendant de longues minutes. Le claquement rapide des sabots résonna quelques instants, puis céda la place à un silence écrasant.

Dès les premières foulées de sa monture, Viperyne avait repassé en détail les éléments de leur plan. Il importait, dans un premier temps, de mettre la plus grande distance possible entre eux et leur point de départ. Elle n'était guère effrayée à l'idée de chevaucher toute la nuit durant, ainsi qu'une bonne partie du jour suivant, et elle savait que Drachniel endurerait l'effort sans peine, même s'il n'avait pas vraiment eu le temps de reconstituer ses forces. Elle nourrissait en revanche de plus grands doutes sur les capacités de la frêle cavalière qui la suivait. Après presque dix-sept années passées enfermée dans le donjon de l'Abbaye, que pouvait-on espérer d'elle ? Il paraissait téméraire de penser qu'elle avait l'entraînement physique nécessaire pour mener une telle course. Quant aux longues et difficiles journées qui s'ensuivraient, Viperyne préférait ne pas y songer. Mère Brign-An-Paerven, étonnamment, avait pourtant assuré que cela ne serait pas un problème. Elle avait sous-entendu que cette fameuse « O'haï » était dotée d'une résistance exceptionnelle et ne les ralentirait pas d'une seconde. Viperyne jeta un bref regard en arrière : la cavalière avait une assiette parfaite, en effet, et ne semblait pas peiner à soutenir le rythme effréné de leur course. Mais ils n'en étaient qu'au début. Au fil des heures, la résistance s'émousserait inévitablement. Quelle étonnante compagne elle risquait d'être ! « Nul ne doit la voir, nul ne doit lui parler », avait dit sa tante. Le trajet promettait d'être sinistre, en compagnie d'une personne totalement muette et de plus couverte de pied en cap. La Mère Supérieure n'avait pas eu le temps de répondre à beaucoup de questions concernant l'O'haï, à presque aucune en vérité. Cela avait d'ailleurs été très agaçant pour Viperyne. Naturellement dévorée par la curiosité, elle estimait, de plus, que l'ignorance de la nature exacte de celle qu'elle et Drachniel devaient escorter, par monts et par vaux, jusqu'en Corélie, pouvait s'avérer dangereuse : comment protéger une personne dont on ignorait tout ou presque ? Pour achever de mettre la pauvre jeune novice au supplice, sa tante lui avait remis un livre entre les mains, quelques instants seulement avant leur départ, un livre que la Révérende Mère avait semblé hésiter à lâcher. C'était plutôt un étrange carnet. La reliure en était en cuir et en tissu, usée et salie, patinée par d'indéchiffrables épreuves. La couverture était même tachée par endroit de marques brunes, et Viperyne s'était demandé s'il ne s'agissait pas de sang. La tranche laissait apparaître des feuilles épaisses et jaunies, dont émanait une odeur douceâtre d'encre passée. La jeune fille avait immédiatement ouvert le livre, et avait lu l'unique mot figurant sur la première page, soigneusement tracé en lettres violettes. C'était le nom de l'auteur et premier propriétaire du livre : Eudérope. La nourrice de l'O'haï. Celle qui l'avait sauvée et l'avait confiée à la protection de l'Abbaye du Pré.

– Non, ma Fille, avait commenté Mère Brign-An-Paerven en posant une main autoritaire sur le carnet pour en masquer les pages, il est certains secrets qu'il vaut mieux garder celés. C'est à Arestion que doivent aller ces mots... Ne laisse surtout pas tomber ce témoignage unique et capital entre de mauvaises mains.

Viperyne rangea l'objet mystérieux dans son havresac. Elle sut instantanément que le poids du carnet contre son flanc n'aurait de cesse d'aiguiser sa curiosité.

La nuit était désormais profonde, accentuée par l'épaisseur des feuillages de la forêt Salavielle, qui entourait l'Abbaye du Pré sur des lieues à la ronde. Par chance, de larges sentiers y avaient été tracés depuis des temps immémoriaux, et les emprunter, alors qu'ils étaient déserts, ne présentait aucun risque majeur. Ils auraient ainsi le temps de chevaucher toute la nuit sur un terrain facile, bien que plongé dans une profonde obscurité. Ils auraient franchi la lisière du bois aux premiers rayons du soleil.

Alors s'ouvriraient devant eux les Vastes Plaines, terres du pacifique peuple zi. Les Zi étaient essentiellement des agriculteurs et des marchands. Les céréales, la viande et la laine qu'ils produisaient étaient réputées de qualité, et vendues dans de nombreux royaumes. Puis viendrait, à la frontière nord des Vastes Plaines, la capitale zi : la cité marchande de Ber, réputée pour sa richesse et sa perpétuelle activité. De là, ils embarqueraient sur un navire marchand, le plus discrètement possible, et traverseraient l'immense lac Rouge en direction du petit royaume fodouk.

Après cela... il resterait encore pas mal de chemin à parcourir jusqu'au royaume de Corélie. Les distances qu'ils auraient à parcourir étaient colossales. L'important était de procéder par étape : tout d'abord, traverser la forêt Salavielle sans embûche, puis chevaucher à travers les Vastes Plaines un bon moment avant de prendre une première pause dans un quelconque relais marchand.

Le trajet paraissait facile, ainsi décomposé, et Viperyne s'était déjà rendue à plusieurs reprises jusqu'à Ber, en compagnie du vieux Sougar, afin d'y acheter des armes et des munitions. Elle s'y était d'ailleurs fait quelques connaissances, auxquelles elle comptait demander conseil pour trouver un bateau sûr et discret. Elle pensait notamment à Frugenhald Bertomi, le forgeron, qui lui avait toujours proposé ses services avec un peu plus de chaleur que nécessaire. Elle avait toujours repoussé ses mains baladeuses et ses propositions inconvenantes avec bonhomie, sachant trop que Frugenhald était un coureur invétéré, mais un brave homme, au fond. Il serait certainement ravi de pouvoir rendre service à celle qu'il surnommait « sa petite vipère d'amour », et dont il ignorait systématiquement les rebuffades amusées en déclarant « Un jour, tu finiras bien par craquer : elles craquent toutes, à la longue ! », ce qui avait le don de faire pouffer Viperyne.

Pour l'heure, il s'agissait déjà d'arriver jusqu'à lui. Il émanait de la forêt Salavielle un frémissement calme. Les cinq chevaux courraient au même rythme soutenu. L'O'haï, suivie de Drachniel puis des deux chevaux de bât, tenait la cadence sans problème. Viperyne se prit à penser qu'en dépit des angoisses de sa tante, cette expédition serait peut-être une aventure extraordinaire. À peine avait-elle formulé cette pensée qu'un juron lui échappa : depuis quand versait-elle dans l'optimisme ?

Chapitre 5

Rumeurs

Le jour filtrait déjà à travers les feuillages denses de la forêt Salavielle quand ils en franchirent la lisière. L'air était doux, le vent léger. Tout semblait annoncer que la journée serait magnifique. Viperyne, Drachniel et leur mystérieuse compagne chevauchaient depuis de nombreuses heures à bride abattue. Néanmoins, avec le jour levant, ils seraient forcés de ralentir leur course. En effet, ils venaient de pénétrer dans les Vastes Plaines, contrées plus densément peuplées que ne l'étaient les Terres Salavielles. Si Drachniel retrouvait avec plaisir un semblant de civilisation, Viperyne, elle, qui avait grandi dans la communauté extrêmement restreinte de l'Abbaye du Pré, éprouvait toujours une certaine appréhension à se mêler à une population inconnue. Elle savait qu'elle quittait pour longtemps les immensités désertes de la forêt ombrageuse qui l'avait vue grandir.

Les Zi vivaient essentiellement du commerce et se déplaçaient beaucoup pour leurs transactions. Des échanges commerciaux intenses occupaient les citadins des nombreuses bourgades des Vastes Plaines. Le peuple zi commerçait également volontiers avec les autres peuples du Continent. Les trois cavaliers pouvaient passer pour des négociants un peu pressés, mais mieux valait ne pas attirer l'attention par une allure trop rapide sur ces chemins fréquentés. Instinctivement, ils tirèrent légèrement sur leurs rênes. Croisant un groupe de paysans qui partaient aux champs, ils adoptèrent finalement le petit trot.

Drachniel, qui apparemment s'ennuyait ferme à l'arrière du convoi, guettait une occasion de s'adresser à l'une des deux autres cavalières. Il sentait bien qu'il n'avait pas toujours donné la meilleure image de lui. S'il pouvait se montrer vantard, il se savait aussi dans le fond très bon garçon et son orgueil commençait à souffrir d'être visiblement perçu comme un importun. Avide de reconnaissance, il ne cherchait qu'à engager un dialogue. Il avait bien perçu l'humeur belliqueuse de la tigresse rousse qui se donnait des allures de chef, aussi tenta-t-il sa chance sur l'impénétrable silhouette vêtue de noir.

– Alors, euh… comment allez-vous ? Hem… bien… Je me disais… dans la mesure où des présentations officielles n'ont pu avoir lieu, j'aimerais combler cette inexcusable lacune. Vous avez peut-être entendu que… je m'appelle Drachniel. Je suis corélien…

La cavalière ne répondit pas.

– J'ai entendu qu'on vous appelait l'O'haï… est-ce votre véritable nom ?

Un silence retentissant frappa à nouveau le Corélien comme une claque.

– En tout cas, je suis impressionné, je vous trouve très endurante mademoiselle… madame ou… je ne sais quoi. Mais, dites-moi, m'entendez-vous seulement ? Me comprenez-vous ? Que…

– Ne te fatigue pas, Drachniel, intervint Viperyne. Elle n'est pas autorisée à parler, et d'ailleurs, tu ne devrais pas t'adresser à elle non plus. Elle est destinée à des gens bien plus importants que nous.

Mais le jeune homme n'était pas du genre à se laisser démonter par un peu de mauvaise humeur.

– Et toi, Viperyne Glansen, enchaîna-t-il, tu es quoi, un genre de nonne ?

L'intéressée émit un petit sifflement méprisant.

– Non, pas vraiment. J'ai passé toute mon enfance à l'Abbaye car la Mère Supérieure est ma tante. C'est elle qui m'a élevée. Enfin, il est vrai que je portais jusqu'à hier le voile des novices, mais…

– J'en étais sûr : je fais route en compagnie d'une grenouille de bénitier ! Ah… Et je dois t'appeler ma Sœur, dis-moi ?

Inexplicablement, les derniers mots prononcés par Drachniel fouettèrent Viperyne comme s'il l'avait insultée. Une part d'elle était ulcérée : ce manque de respect à l'égard du corps religieux la choquait profondément. Dans le même temps, elle se demandait si sa réaction ne prouvait pas ce qu'insinuait Drachniel en filigrane de ses moqueries : elle n'était qu'une petite provinciale arriérée. Elle ne connaissait rien, ou pas grand-chose, de la vie. En vérité, elle serait morte en cet instant plutôt que d'avouer à l'impertinent Drachniel qu'elle était intérieurement ravie d'échapper à la vie rythmée de l'Abbaye, à ses règles et à son silence perpétuel. Elle avait soif de découvrir le monde et l'opportunité était vraiment magnifique d'envoyer valser l'austère destin qui se profilait à l'horizon de sa jeune existence. Elle songeait même que Mère Brign-An-Paerven avait peut-être elle-même pris soin de l'éloigner d'une vie qui ne pouvait lui convenir. Sa tante lui offrait sur un plateau une chance d'aller voir ailleurs si l'herbe était plus verte.

Et qu'en aurait pensé le vieux Sougar ? se demanda-t-elle tout à coup.

Elle n'avait même pas eu le temps de lui dire au revoir, tout s'était décidé si vite ! Elle aurait aimé pouvoir consacrer un peu de temps à se souvenir de son instructeur. Mais pas moyen de se concentrer aux côtés de ce bavard de Corélien.

– Oh, je vois ! Tu voudrais devenir religieuse... ! poursuivait-il, faussement admiratif. Cela paraîtrait logique, pour toi qui n'as jamais connu d'autre vie... Et la fille, là derrière, qui est-elle ? Elle ne peut pas parler, mais ça ne veut pas dire qu'elle ne nous comprend pas, non ? Peut-être qu'elle se sent un peu seule derrière son voile noir... Moi ça me fait froid dans le dos !

– Essaie de l'oublier, et concentre-toi sur la route.

– Si ça se trouve, elle est mortellement défigurée, ou je ne sais quoi dans ce genre. Ou alors tellement belle qu'on pourrait mourir rien qu'en la regardant. J'ai entendu des légendes à ce sujet. Il y a des femmes, paraît-il, qui auraient ce pouvoir...

– Oui, bien sûr, et comme tu as l'air d'être un fin connaisseur...

Drachniel ignora le ton moqueur de Viperyne. Il continua :

– Et quel est son rôle ? Pourquoi Arestion veut-il absolument qu'elle parvienne jusqu'à lui ? Et puis toi, tu dois avoir des talents cachés, votre espèce de reine-mère ne t'aurait pas envoyée en escorte pour traverser la moitié du monde connu si ça n'était pas le cas.

Viperyne contenait son exaspération depuis le début de la conversation. À la mention désobligeante sur sa tante, elle arrêta son cheval, tendit la main et attrapa brutalement le bras de Drachniel. Elle le tira vers elle de manière à pouvoir planter ses yeux verts, rétrécis par la colère, dans ceux du jeune homme. L'espace d'un instant, Drachniel crut qu'elle allait le mordre. Soudain, elle relâcha son bras, poussa un soupir et talonna son cheval qui repartit immédiatement.

– Bon… eh bien, je me tais alors ? demanda-t-il à la jeune femme, qui ne l'écoutait plus.

Puis, comme la cavalière noire passait à sa hauteur sans se soucier de lui le moins du monde, il grommela encore :

– Pff… Je suis sûr que tu m'entends, toi, derrière ton voile et ta cape.

Il soupira, blasé par le silence qu'on lui offrait à nouveau.

– Eh bien ! Ça va être encore moins gai qu'à l'aller ! conclut-il.

Drachniel n'en fut pas sûr, mais il lui sembla que, de sous l'obscurité de la capuche, un petit rire contenu avait fusé.

Le reste de la matinée se déroula sans encombre, mais Viperyne était préoccupée. Les Vastes Plaines étaient en général agréables pour les voyageurs, car leur climat tempéré était idéal. En outre, les routes y étaient assez larges pour que personne ne se gêne. Viperyne, cependant, ne relâchait pas sa vigilance. Elle avait surpris quelques bribes de conversation entre deux marchands itinérants lors d'une courte halte destinée à abreuver les chevaux. L'un d'eux, qui venait tout droit de Ber, affirmait avoir croisé en quittant la cité trois hommes harnachés comme des guerriers. Si cela n'avait rien de très étonnant en soi, dans la mesure où presque chaque pays, comté ou duché du Continent possédait sa propre armée, un détail ajouté par le marchand était plus inquiétant : il avait affirmé que ces trois guerriers étaient aveugles. Viperyne connaissait de réputation, comme tout le monde d'ailleurs, les fameux et farouches guerriers aveugles du royaume d'An-Thar. Issus d'innombrables lignées de combattants, volontairement maintenus dans la consanguinité, ces guerriers étaient dotés par leur instinct, autant que par un féroce entraînement, de capacités hors du commun. Mais le sang corrompu et appauvri qui coulait dans leurs veines depuis des millénaires était porteur de malformations fréquentes. Depuis plusieurs siècles, la plus grande partie des mâles antharites venait au monde aveugle. Quiconque osait lever les yeux sur leur visage ne pouvait qu'y croiser des yeux vitreux aux reflets bleutés. Ces hommes étranges avaient, en compensation, développé une acuité auditive, olfactive et tactile exceptionnelle. D'aucuns les déclaraient même télépathes, mais cela ressemblait plus à des boniments de paysans terrorisés qu'à la vérité. Ce qui était certain, en revanche, c'est qu'ils n'étaient manifestement pas embarrassés par leur cécité, bien au contraire.

Les peuples du Continent étaient parvenus depuis une dizaine d'années à un équilibre et à une paix relatifs. Les guerres qui avaient ensanglanté les terres du nord au sud, et d'est en ouest, s'étaient éteintes, même si certaines rivalités couvaient encore. Viperyne et Drachniel, qui étaient de jeunes enfants à cette époque, avaient tous deux entendu d'horribles récits concernant les dix années de la Guerre Noire, qui avait opposé pour la énième fois les deux royaumes ennemis jurés : celui des hommes du nord, la Corélie, et celui des guerriers de l'ouest, le royaume côtier d'An-Thar. La paix n'avait pu être trouvée que grâce au roi Kron de Corélie, le père d'Arestion, qui avait proposé la création d'une série de petits duchés indépendants et autonomes, qui feraient tampon entre An-Thar et les terres coréliennes. L'accord avait été signé dans un tout petit pays choisi en raison de sa neutralité traditionnelle : le royaume fodouk.

Ainsi étaient nés les Duchés Autonomes, créés pour assurer trois missions : gérer et exploiter les ressources minières importantes de la vieille chaîne des Montagnes Vespérales ; éviter aux deux grandes puissances rivales de partager une frontière commune ; enfin, signaler à chacun des deux pays ennemis les déplacements de troupes armées qui pourraient annoncer une reprise des conflits. Trop d'hommes et de femmes du Continent étaient morts, trop de ressources avaient été gaspillées, trop d'horreurs avaient été commises au nom de cette guerre, pour que l'on puisse laisser ce conflit se perpétrer à l'infini. De nombreux pays annexes avaient été entraînés par des jeux d'alliance dans la Guerre Noire. L'écœurement, après dix ans d'âpres combats, avait finalement eu raison de l'antagonisme viscéral qui déchirait les deux royaumes.

L'habileté diplomatique et visionnaire de Kron avait fait le reste. Les Duchés Autonomes étaient aujourd'hui florissants, et les habitants du Continent, dans leur ensemble, savouraient une paix durement acquise. Bien sûr, la haine entre An-Thar et la Corélie ne s'était que tue sans mourir jamais, étouffée dans les cendres laissées par une guerre longue de dix ans et une rivalité ancestrale. Traditionnellement, chaque Corélien et chaque Antharite vouait aux habitants du pays voisin une haine implacable, viscérale, épidermique. Le folklore, l'éducation, les traditions antharites autant que coréliennes exacerbaient le patriotisme des jeunes gens.

Viperyne connaissait cette part noire de leur passé commun à tous, même si les motivations politiques et économiques des deux grands pays ne lui avaient jamais paru être des raisons suffisantes pour justifier l'horreur d'une guerre à l'échelle d'une décennie.

De plus, si les deux royaumes avaient rivalisé d'ingéniosité pour détruire l'adversaire, les esprits avaient été particulièrement marqués par la cruauté et la férocité des hommes aveugles d'An-Thar. Le chantage, la trahison, la coercition, la torture étaient leurs armes de prédilection. Les Antharites étaient les plus intelligents, les mieux aguerris et les plus effroyables combattants d'un bout à l'autre du Continent. La sauvagerie avec laquelle ils avaient livré bataille, mais également dont ils usaient aujourd'hui pour toute relation diplomatique ou commerciale, était connue de tous. Si le roi Li'An-Thar, qui avait conclu le pacte de paix avec Kron de Corélie dix ans auparavant, donnait l'illusion d'en respecter les termes, il était de notoriété publique que ses hommes faisaient assez facilement régner leur vision de l'ordre par l'exercice de la violence.

Les Duchés, par exemple, avaient en réalité bien des difficultés à rester aussi autonomes et neutres qu'ils le devaient, tant les exactions et pressions en tous genres étaient monnaie courante à leur encontre de la part des Antharites.

Bref, Viperyne avait été extrêmement inquiète d'entendre parler de ce trio de guerriers aveugles aperçu la veille à Ber. Elle s'en ouvrit à Drachniel qui ne put réprimer un frisson de dégoût à la mention de ceux qu'il considérait, en bon

Corélien, comme ses ennemis jurés, sans exception aucune. Et puis il y avait ce cavalier qui avait suivi Drachniel à l'aller, un homme manifestement aguerri, rompu aux longues courses, et de surcroît d'une discrétion remarquable tout au long de sa filature. Il n'avait pu cependant, conformément à l'arrogance des gens de sa caste, s'empêcher d'adresser au final le signe, reconnaissable entre tous, que Drachniel avait entendu juste avant son arrivée fracassante à l'Abbaye du Pré. Il s'agissait de ce long sifflement, modulé sur deux notes. Durant la Guerre Noire, c'était par ce biais que les guerriers de Li'An-Thar communiquaient et s'identifiaient mutuellement.

Vers le milieu de la journée, un incident vint briser la monotonie du trajet silencieux. Viperyne et Drachniel mouraient de faim, et songeaient qu'il devait en être de même pour celle qu'ils escortaient, même si cette dernière avançait toujours du même pas égal, sans donner jamais aucun signe de fatigue.

Viperyne et Drachniel convinrent qu'il valait mieux garder leurs provisions en vue d'heures moins agréables. Les Vaste Plaines étaient très giboyeuses, et les hautes herbes qui encadraient les routes promettaient de cacher de délicieuses proies. Les trois cavaliers s'éloignèrent du chemin principal et ne tardèrent pas, au détour d'un paisible sentier, à faire fuir à leur approche quelques perdrix ainsi que de nombreux petits lapins au pelage beige ou brun. D'un même mouvement, Viperyne et Drachniel dégainèrent, qui son arc et ses flèches, qui son poignard. Les deux jeunes gens, dès leur première rencontre, avaient senti une certaine rivalité naître entre eux. Ils étaient tous deux très jeunes, mais on les avait investis, de part et d'autre du Continent, d'un rôle crucial qui les honorait. Ils étaient pareillement avides de faire leurs preuves. Leurs régulières prises de bec ne les avaient pas empêchés de reconnaître l'un en l'autre un fin combattant et un habile chasseur en perspective. Ils entendaient bien, dans un tacite esprit de défi, se prouver réciproquement leur valeur à l'occasion de cette première chasse.

Drachniel attrapa son poignard par la pointe de la lame et le soupesa, le calant entre ses doigts experts, prêt à faucher le premier lapin qui se mettrait à découvert. Viperyne, d'un geste félin, avait retiré une de ses flèches empennées de plumes grises de son carquois, et la maintenait d'un geste sûr près de la corde tendue de son arc, pointée en direction du ciel. Tous deux scrutèrent les herbes hautes, silencieux, les sens aiguisés, prêts à réagir au moindre frémissement, se guettant du coin de l'œil. Les secondes s'écoulèrent dans une tension palpable. Même les chevaux semblaient retenir leur souffle. Soudain, les fourrés s'agitèrent, à quelques pieds de l'endroit où ils se trouvaient. Bernés par le silence parfait des dernières secondes, deux lapins pointèrent leur museau. Au même instant, un peu plus loin, un groupe de perdreaux prit son envol. Les deux cavaliers réagirent au quart de tour. Chacun projeta son arme meurtrière avec rapidité et dextérité… quand ils échangèrent soudain un regard abasourdi. Leurs proies étaient bien tombées, raides mortes, mais elles n'avaient pas eu le temps d'être heurtées ni par une flèche, ni par un couteau.

Un autre chasseur les avait supplantés, tous les deux à la fois. Estomaqués, Viperyne et Drachniel se précipitèrent auprès des animaux abattus, et constatèrent qu'ils avaient été tués nets chacun par une petite pierre qu'ils découvrirent non loin d'eux.

– Une fronde..., murmura Drachniel. Mais qui a pu d'un seul coup jeter ces deux pier...

Ils comprirent au même instant. À quelques mètres d'eux, l'O'haï, imperturbable de mutisme, brandissait une longue lanière de cuir.

– Eh bien, chuchota Viperyne à son compagnon, au moins nous savons qu'elle est capable de se défendre toute seule !

Ils avalèrent leur déjeuner dans un silence songeur, puis reprirent leur route sans un commentaire.

Chapitre 6

Li'An-Thar

Le royaume d'An-Thar avait pour limite occidentale l'océan Ganéide. Le front de mer y était un âpre et austère paysage de landes balayé par des vents violents. Depuis plusieurs siècles, les souverains d'An-Thar avaient élu domicile sur la presqu'île décharnée de Liodorsc, bastion naturellement inexpugnable. Au fil du temps, ils y avaient fait ériger une citadelle de granit et de marbre gris foncé, massive, mais non sans une rude beauté, qui correspondait bien au caractère de ce peuple brave et téméraire. La légende disait que les rois du passé avaient fait creuser l'intérieur de la bande de terre et de pierre qui supportait l'unique voie d'accès à la citadelle de Liodorsc, afin de pouvoir l'abattre rapidement en cas de siège, et transformer ainsi la presqu'île en île à part entière. Conformément à l'éthique guerrière des hommes d'An-Thar, mieux valait périr que se rendre ou se faire capturer…

Liodorsc était ceinte de falaises hautes de plusieurs centaines de mètres, battues en contrebas par une houle puissante et meurtrière. Le pied de ces vertigineuses parois avait été le tombeau de nombreux prisonniers de guerre, suppliciés, traîtres et autres ennemis d'An-Thar durant la Guerre Noire et auparavant. Certains murmuraient que, les nuits de pleine lune, on pouvait encore apercevoir de temps à autre la longue chute d'un corps : le cadavre d'un ennemi encombrant dont on voulait se débarrasser. Officiellement pourtant, cette pratique était censée avoir disparu.

La citadelle possédait, en dépit de ses falaises escarpées, une issue efficace en cas de besoin : elle s'ouvrait, à l'arrière, sur l'horizon infini qu'offrait l'océan Ganéide, en un gigantesque port. Les Antharites étaient, en plus de valeureux guerriers, d'excellents navigateurs. Leur flotte guerrière avait d'ailleurs permis de remporter de nombreux succès durant la Guerre Noire, contre les belles galères d'apparat coréliennes. Une ouverture directe sur la mer, magnifique et étonnamment spacieuse, avait été aménagée à l'intérieur même de la citadelle royale, lui donnant l'apparence, vu d'en haut, d'un fer à cheval, où d'un U gigantesque : sa beauté et la grande qualité des échanges commerciaux qui s'y pratiquaient sous une surveillance quasi militaire, même un temps de paix, en assuraient le prestige. Liodorsc était en outre le comptoir naturel le plus occidental de tout le Continent, et donc la dernière étape des rares navires qui s'élançaient à travers l'océan Ganéide en direction des Autres Terres, ces continents méconnus dont on n'avait découvert l'existence que quelques décennies auparavant et qui étaient pratiquement déserts. Le port de Liodorsc était réputé d'un bout à l'autre du Continent, tant pour son attrait économique, puisque le royaume d'An-Thar était florissant, que parce que rares étaient les navires étrangers qui étaient autorisés à y jeter l'ancre.

Du reste, la citadelle dans son ensemble suscitait un mélange d'admiration, de curiosité et de terreur. Elle était bâtie dans un style architectural austère, dépouillée de tout ornement. Néanmoins, par les jours de beau temps, qui étaient relativement peu nombreux sur cette partie de la côte, le granit anthracite se moirait sous les rayons du soleil d'un éclat bleuté légèrement scintillant. La citadelle de Liodorsc paraissait alors rutiler, ce qui la rendait encore plus époustouflante et plus effrayante pour quiconque n'était pas coutumier de sa sauvage beauté. Au centre de la ville fortifiée se dressait un édifice rectangulaire massif, à peine percé de quelques fenêtres hautes, qui abritait les appartements et les salles de réception de la famille royale et de sa cour. Il ne s'agissait pas pour autant d'un palais, comme on aurait pu s'y attendre, mais plutôt d'une immense caserne militaire, ce qui était son rôle premier. L'instruction militaire était considérée par ce peuple comme un art, un honneur, un mode de vie. C'est ce qui expliquait en partie le froid dénuement du bâtiment. En outre, les hommes de Liodorsc étaient presque tous aveugles de naissance, ce qui rendait inutile toute fioriture décorative. Plus l'individu était issu d'un noble lignage, plus sa cécité était complète. Ainsi à Liodorsc, centre du pouvoir suprême antharite, tous les mâles étaient aveugles, à l'exception des domestiques. Dans le reste du royaume, plus l'on descendait dans la pyramide sociale, et moins les hommes étaient touchés par cette dégénérescence de la vue. Les paysans les plus arriérés étaient tout juste un peu myopes ; les ouvriers et artisans des grandes villes distinguaient à peu près formes, couleurs et lumières ; les jeunes nobles de la cour ne percevaient que les nuances d'ombres et de luminosité ; les membres masculins de la famille royale étaient absolument, totalement et irrémédiablement aveugles. Néanmoins, ce qui ne manquait pas d'être considéré comme une infirmité chez les autres était synonyme de gloire et de haute position sociale dans le royaume d'An-Thar.

Les femmes antharites quant à elles, sans que quiconque n'ait jamais pu en donner la raison, n'étaient pas touchées par cette cécité congénitale. Elles vivaient néanmoins en femmes soumises, écrasées par une domination masculine traditionnellement violente. Elles ne tiraient donc que peu de parti de leur vue parfaite. Leurs époux, sans avoir la capacité de les observer, pouvaient les sentir, les ressentir, les deviner aussi aisément que n'importe quel mari doué de vue. Et au moindre sujet de déplaisir, les coups pleuvaient pour châtier les malheureuses épouses, femmes et filles antharites.

La reine Eràn était ce jour-là pensivement accoudée à la balustrade d'un balcon surplombant le port de Liodorsc. Elle regardait sans grand intérêt les manœuvres des voiliers qui croisaient sans discontinuer dans la rade, en contrebas. Derrière elle, à l'intérieur, se déroulait une conversation dont elle n'avait pas été explicitement exclue, mais où elle sentait qu'elle n'avait pas vraiment sa place. Discrètement, une fois le repas terminé, suivant l'injonction silencieuse que son époux lui avait lancée d'un léger mouvement de la main, elle avait quitté la table sans mot dire. Depuis, son mari, le roi Li'An-Thar, s'entretenait à voix basse avec leurs cinq fils.

Cinq garçons.

Elle avait été soulagée, dans le secret de son cœur, de ne pas donner naissance à une fille, car alors un de ses fils, probablement Li'Dhon'An-Thar, l'aîné, l'aurait épousée. Elle-même avait été mariée à son propre frère Li'An-Thar, de nombreuses années auparavant. Il aurait été vain de s'opposer aux traditions séculaires et de réclamer un autre mari. Et puis son royal époux lui avait donné cinq fils : plus qu'il n'était suffisant pour perpétrer la lignée, plus qu'il n'en fallait pour faire la fierté d'une mère.

Eràn risqua un coup d'œil discret à l'intérieur de la salle. Elle y aperçut d'abord son époux, fort, puissant encore, dont les longues boucles grises encadraient un visage aux traits durs. Très rarement, un sourire venait adoucir un peu les plis de la mâchoire, mais c'était alors plus un rictus inquiétant qu'une illumination. Mais surtout, il y avait son regard terrifiant : deux prunelles d'un blanc laiteux, parfaitement opaques. Ces yeux avaient beau être complètement aveugles, ils n'en donnaient pas moins l'impression de percer à jour tout ce sur quoi ils pouvaient se poser. Quand le roi vous regardait, vous vous sentiez exploré de l'intérieur, disséqué par une intelligence froide et clairvoyante.

Face à Li'An-Thar se tenaient cinq grands gaillards. Leurs yeux étaient pour presque tous plus bleutés que blancs, mais manifestement atteints de cécité également. Au premier regard, il était difficile de distinguer les cinq frères avec précision. Il émanait de chacun d'eux une aura sauvage, de farouche guerrier. L'impression était renforcée, pour quiconque pouvait les voir, par la manière dont ils étaient vêtus : le haut de leur corps notamment s'ornait d'un plastron de cuir, constitué de plaques épaisses nouées entre elles par de fines cordelettes noires. Un pantalon court, de toile solide, laissait deviner une musculature massive au niveau des jambes. Des bottes de cuir et de fourrure, cloutées sur tout le tour du pied donnaient à penser que la peau d'une vache entière avait dû être nécessaire à la confection de chaque paire.

Eràn, plus que nul autre, savait cependant que ses cinq fils n'étaient pas si semblables qu'ils en avaient l'air de prime abord. L'âge les distinguait, pour commencer : assis à droite du roi siégeait l'aîné, Li'Dhon'An-Thar. Il était le plus grand des hommes attablés. Il portait les cheveux longs, comme son père, et déjà quelques mèches argentées éclairaient la masse sombre de sa chevelure. Eràn se rappela qu'elle devait rencontrer une de ses cousines le lendemain : Miggi Surd'In était pressentie pour devenir l'épouse de Li'Dhon à la fin de l'année.

À gauche de Li'An-Thar se trouvaient les deux cadets, eux rigoureusement identiques pour le coup puisqu'ils étaient jumeaux : les fiers et hautains Li'Bat'An-Thar et Li'Sdat'An-Thar. Eràn savait qu'ils étaient les plus impitoyables, les plus cruels, les plus égoïstes de ses enfants. Le terme « égoïsme » n'était d'ailleurs pas très bien choisi, dans la mesure où chacun des jumeaux accordait un égal intérêt à sa personne propre et à celle de son double. Mais en dehors de ce couple fatal, personne n'avait grâce à leurs yeux, hormis leur père, et dans une moindre mesure, leurs frères. Petits garçons, Li'Bat et Li'Sdat avaient été les plus tyranniques des enfants. Ils avaient très tôt mis leur grande intelligence à profit pour s'entendre à martyriser tous les domestiques de la maison. Au final, plus personne n'osant approcher les deux garçons sous peine de se faire mordre, battre ou encore accuser à tort d'une horreur ou d'une autre, c'était Eràn elle-même qui avait dû prendre en charge le début de leur éducation. Tout en les observant à leur insu, elle ne put se retenir de masser la longue cicatrice qu'elle gardait à la joue droite, résultat d'une des colères d'enfant des jumeaux.

À côté de Li'Dhon siégeait le quatrième héritier : Li'Nod'An-Thar, plutôt grand et fin, le teint pâle et presque terreux. Li'Nod avait l'air taciturne et désintéressé de tout. Il avait un visage hâve, plus allongé que celui de ses frères. Ses mains grêles aux doigts étrangement diaphanes s'élevaient de temps à autre jusqu'à son front livide pour en écarter de longues mèches de cheveux très raides, d'un brun profond. En dépit de sa silhouette un peu plus frêle que celle de ses quatre frères, Li'Nod avait, tout comme eux, été formé aux techniques guerrières les plus âpres. Il excellait en escrime, et son ouïe était particulièrement fine.

Enfin, Eràn ne put réprimer un petit sourire de contentement en posant les yeux sur son plus jeune fils, Li'Meï'An-Thar. Il avait toujours été son préféré. Sa haute stature, son apparence nerveuse et racée l'emplissaient d'orgueil. De son visage n'émanait pas la froideur étonnante qu'affichaient ses aînés et son père, mais plutôt une chaleur vive, violente, virile. Il avait le sourire carnassier et un étrange regard mi-absent mi-perçant. L'homme mûr en lui n'avait pas encore tout abandonné de la finesse de l'adolescence : il était robuste, certes, mais encore tendre. Et puis, outre sa fierté, Eràn l'adorait pour l'un des secrets qu'ils partageaient tacitement : contre toute attente, il était le seul dans le secret de l'intimité à être doué d'amour pour sa mère. Certes, en véritable Antharite, il ne se laissait pas aller à de bouleversantes effusions, mais à sa manière de poser une main doucement sur son bras ou son épaule, à sa façon de se préoccuper sincèrement et discrètement de son bien-être, Eràn savait que Li'Meï la chérissait. Contrairement à ses quatre aînés,

Li'Meï n'avait jamais levé la main sur sa mère. Il lui parlait toujours avec douceur et respect. Cela réchauffait son pauvre cœur de reine esseulée.

Perdue dans sa contemplation silencieuse et discrète des hommes de sa famille, Eràn n'écoutait pas leur conversation. D'ailleurs son époux le roi Li'An-Thar l'avait congédiée : elle devait rester à sa place de femme et étouffer en elle toute curiosité. Elle savait seulement que quelque chose de grave occupait l'esprit de son royal mari, et ce depuis plusieurs jours déjà. Il s'était montré plus violent encore qu'à son accoutumée, n'hésitant pas à distribuer coups et réprimandes au gré de son humeur. Les domestiques courbaient l'échine en silence, et elle-même en gardait un souvenir douloureux et vaguement bleuté à la mâchoire.

– Mes fils, avait commencé Li'An-Thar sitôt leur mère disparue derrière les voilages de la fenêtre qui menait au balcon, si je vous réunis aujourd'hui, c'est qu'il m'est apparu qu'il était temps de vous entretenir d'un sujet capital pour notre famille et notre royaume.

Le roi, après ce préambule, avait pris le temps d'écouter les respirations de chacun de ses cinq fils. S'il ne connaissait pas leur visage, il savait comment chacun réagissait à ses paroles rien qu'au rythme de leur souffle. Il sut instinctivement que ses cinq héritiers étaient tendus, en dépit de leurs efforts pour paraître sereins face à leur père. Un petit sourire cruel, que personne ne put percevoir, tendit les lèvres du roi. Il reprit :

– Vous n'ignorez pas que notre glorieuse lignée menace de s'éteindre. Depuis de nombreuses décades, le peuple antharite se vautre dans la fange, la stérilité et la dégénérescence.

– Père ! s'indigna Li'Dhon, l'aîné. Vous insultez le…

– La paix ! lui intima le roi. Nous avons voulu ignorer, en vertu de notre honneur et de nos traditions, la sinistre réalité. Je sais, mes fils, que vous avez été élevés, comme tous les valeureux mâles de noble lignage de notre nation, à croire en notre supériorité sur les autres peuples. Ce n'est pas cela que je remets en cause aujourd'hui. Les Antharites forment un grand et fier peuple, lié et anobli par une pureté de sang qui ne trouve pas son pareil d'un bout à l'autre du Continent. Chacun d'entre vous peut se prévaloir d'appartenir à une lignée de souverains remontant à des âges si lointains que nul n'en a plus le souvenir aujourd'hui. Depuis des siècles, nous puisons force, grandeur, pureté, perfection dans nos racines. Nos femmes sont nos sœurs, nos cousines. Autrefois, elles pouvaient même être nos propres filles.

– Oui, intervint Li'Nod de son étrange voix détachée, comme s'il se parlait à lui-même, oui Père, et par tous nos dieux, mieux vaudrait qu'il en soit toujours ainsi.

– Nos coutumes sont sacrées et ont fait de nous…, commença Li'Bat…

– Les êtres d'exception que nous sommes aujourd'hui, termina son jumeau, Li'Sdat.

– Mais vous savez, continua le roi, que les autres peuples du Continent, s'ils tolèrent désormais notre consanguinité, n'admettent plus désormais que nous épousions nos filles. Ces mœurs leur paraissent abjectes. Notre défaite durant la Guerre Noire nous a mis en position de faiblesse. Nous avons dû céder face aux Coréliens et à leurs alliés. En ont résulté l'abandon de cette coutume, et, sur un tout autre plan, la création de ces Duchés Autonomes qui nous musellent.

– Ah, les chiens galeux, les vils esclaves ! cracha Li'Dhon, écumant de rage à la seule mention des ennemis héréditaires. Père, si vous nous y autorisiez, mes frères et moi irions droit sur leur pompeuse citadelle de Parminga, et accompagnés d'une poignée de nos braves, irions éviscérer ce bâtard d'Arestion aux yeux mêmes des fils de catins qui lui servent d'entourage !

Le roi Li'An-Thar tourna un visage attentif en direction de son aîné, qui s'était levé et avait repoussé sa chaise sous le coup de la fureur. Il se leva à son tour de son trône, pour se retrouver à la hauteur de Li'Dhon. Des deux hommes, on n'aurait pu dire lequel était le plus impressionnant : le souverain superbe de majesté ou son fils, puissant, à l'allure redoutable, au visage contracté de haine. Ce dernier avait beau être doté d'une rapidité de réaction qui confinait à la prémonition, il ne put esquiver la fantastique gifle que lui administra Li'An-Thar. Abasourdi, Li'Dhon sembla hésiter entre son honneur d'homme bafoué, qui lui commandait de ne pas laisser passer un tel affront, et son profond respect pour son père et roi. Les poings crispés à s'en faire blanchir les jointures, il parvint à ravaler son orgueil, conditionné par une enfance de soumission et son éducation guerrière qui le portait à respecter son supérieur hiérarchique. Il se rassit. À l'autre bout de la table, Li'Meï, le benjamin, émit un petit sifflement amusé.

– Nous ne sommes pas en mesure d'enfreindre l'accord conclu avec les Coréliens et les autres peuples, reprit le souverain comme si rien ne s'était passé, mais restant dressé devant la table. Pas encore, du moins. Soyez patients, mes impétueux fils, car le temps travaille à notre revanche.

– Comment cela, Père, intervint alors Li'Meï, quel projet nourrissez-vous ? Compteriez-vous... reprendre l'ascendant sur le reste du Continent, et réparer l'injure qui nous a été faite ?

– Vous avez toujours été le plus rapide et le plus fin Li'Meï. Et vous voyez juste. Oui, dans le plus grand secret, j'ai fait se rassembler notre armée, discrètement reconstituée ces dernières années à quelques lieues d'ici, sur la côte. À Port Ghil'Dour, pour être précis. Nos meilleurs capitaines y entraînent nos troupes en attendant mes ordres.

– Ainsi vous préparez à nouveau..., souffla Li'Bat...

–... la guerre, finit Li'Sdat.

– Oui, mes fils. Il est temps pour nous de reprendre ce qui nous a été volé : notre dignité, notre fierté... et notre souveraineté sur les autres peuples ! Or, nous sommes pieds et poings liés face aux Coréliens et à leurs alliés. Il nous serait impossible de déclarer à nouveau la guerre.

– Pourquoi pas ? demanda Li'Dhon. Que nous importe l'opinion des autres peuples ? Si An-Thar veut entrer en guerre, qui l'en empêchera ?

– J'ai toujours douté de vos compétences de stratège, Li'Dhon. Si vous êtes un excellent combattant, je suis au regret de vous annoncer que, sur le plan de la diplomatie, vous êtes inepte. Nous ne pouvons plus, depuis que ce chien de Kron a fait ratifier le traité des Duchés à Sk'l, déclarer la guerre à quiconque. Du moins pas sans raison sérieuse. Une des clauses du traité que j'ai moi-même signé, sous la menace, stipule qu'en cas de velléités belligérantes de notre part, les alliés du Continent seront en droit de nous envahir, de s'emparer de notre trône et de démanteler notre armée.

– C'est une injure faite à notre peuple, constata Li'Nod avec son flegme habituel.

– Ainsi, reprit le roi, il nous faut trouver une bonne raison d'ouvrir le combat.

À ces mots, Li'An-Thar se rassit et se renversa sur son trône, le visage tourné vers le plafond de la salle. Il ferma les yeux, savourant à l'avance le plan qu'il avait conçu et dont il allait faire part à ses fils.

– Père ? demanda Li'Meï après quelques instants de silence. Quelle est votre idée ?

– Eh bien. Quelle meilleure raison aurions-nous d'entrer en guerre… que pour nous défendre ? Si nous sommes attaqués, la clause dont je vous parlais devient caduque. Or, je pense avoir trouvé le moyen de mettre les Coréliens dans une rage telle qu'ils ne pourront que vouloir nous attaquer les premiers. Nous aurons alors tout le loisir de nous défendre, le plus légitimement du monde.

Li'Dhon et les jumeaux partirent d'un rire formidable. Ces projets comblaient leur soif immense de vengeance, leur besoin violent de combat et de domination. Le roi Li'An-Thar grogna, satisfait de leur enthousiasme. Un frémissement de l'air l'avertit néanmoins que la discussion n'était pas encore close : Li'Nod et Li'Meï, le plus placide et le plus rusé, réfléchissaient encore.

Quand les trois aînés eurent fini de manifester leur joie et se rassirent à leur tour, Li'Nod reprit la parole d'un timbre glacé :

– Vous avez évoqué la… déliquescence de notre race, tout à l'heure… Bien que mon impétueux frère ne puisse souffrir la moindre critique faite à son sang, je pense que vous devriez continuer à nous exposer votre idée, Père.

Li'Dhon émit un feulement agacé. Li'An-Thar n'y prêta pas attention et répondit à Li'Nod :

– Comme je le disais, nous avons su garder sauve depuis des temps immémoriaux la pureté originelle du sang des premiers Antharites. Il y va de notre tradition la plus sacrée. C'est ce que nous appelons : la « Loi du Sang ». Nos ancêtres, conscients de leur beauté et de leur suprématie sur les autres hommes, ont compris que pour préserver cet héritage, il fallait le soustraire autant que possible aux influences médiocres des autres races. Moi, Li'An-Thar, fils de To'An-Thar, petit-fils de Gal'An-Thar, descendant de la glorieuse lignée royale dont vous êtes les héritiers, ai toujours été respectueux de nos coutumes. Ma propre sœur, votre mère, m'a été donnée pour épouse afin que je perpétue la tradition, ce dont je me suis acquitté avec honneur et succès, puisque vous voilà aujourd'hui fiers, beaux et braves, réunis devant moi.

– Mais, commenta Li'Meï, nous n'avons ni sœur ni cousine proche à épouser.

– Il est vrai, mon fils.

– Qu'importe, le royaume d'An-Thar compte bien au moins cinq femmes dignes d'engendrer nos enfants, même si elles ne sont pas du plus noble lignage. Je ne vois pas où est le problème. Notre cousine Miggi Surd'In pourrait même avoir la… joie d'épouser mon aîné, si j'en crois les rumeurs, rétorqua Li'Nod.

– Certes, Li'Nod, certes. Mais le problème est plus grave, reprit le roi. Vous n'êtes pas sans ignorer que depuis deux générations, inexplicablement, les femmes antharites ont de plus en plus de mal à mettre au monde des enfants viables et normaux.

– Mon père, tonna soudain Li'Dhon, que nous entretenez-vous ici de ces histoires de femelles ?! Si nos paysannes ne savent plus engendrer, peut-être faudrait-il mieux expliquer à leurs rustauds de maris comment les besogner ! Quant à moi, je suis tout prêt à leur en montrer l'exemple !

– Li'Dhon, gronda le roi en retour, prenez garde que votre seconde joue ne vous démange également...

L'intéressé adopta un silence prudent.

– De toute part dans le royaume, on me rapporte de sinistres histoires d'enfants mort-nés ou difformes. Presque tous sont aveugles..., dit alors le roi, avant d'être interrompu par Li'Meï.

– Mais... il me semble que la cécité ne nous a guère affectés. Cette conséquence de la Loi du Sang est finalement plus un avantage pour nous qu'une tare : c'est grâce à elle que, génération après génération, nous avons su développer nos autres sens comme aucun autre habitant du Continent ne pourrait en rêver. C'est parce que nous avons perdu la vue que nous sommes devenus les meilleurs guerriers des côtes de l'océan Ganéide aux plaines du Rushtan !

– Vous ne m'avez pas laissé finir, mon jeune fils, j'ai dit que ces nouveau-nés étaient aveugles, mais, de plus en plus souvent désormais, ils sont également sourds, souvent incapables de se déplacer, voire de parler, pour certains... Plus grave encore, il apparaît que, depuis quelque temps, ne naissent plus que des mâles. Ces faits mettent directement en péril notre peuple et sa survivance. Nous ne devons ni les ignorer, ni les prendre à la légère. Les femelles sont importantes : nous leur sommes supérieurs, mais nous avons besoin de leurs ventres, jusqu'à nouvel ordre, pour perpétrer notre race…

Un silence pesant s'abattit dans l'immense salle du trône.

Enfin, se dit Li'An-Thar, *ils prennent conscience de la vérité. Ils en acceptent la possibilité.*

Li'Bat reprit alors la parole, un frisson d'horreur dans la voix :

– Père, vous êtes en train de nous dire que…, souffla Li'Bat.

–… la race antharite va… s'éteindre ! conclut Li'Sdat.

Le roi attendit encore quelques longues secondes avant de répondre :

– Il existe un moyen de sauver An-Thar. Et par chance, c'est également par ce moyen que nous pousserons la Corélie à nous déclarer la guerre.

Chapitre 7

Le Relais du Crin Doré

Viperyne, Drachniel et l'O'haï commençaient à sentir les effets de leur longue chevauchée. Comme ils pénétraient dans un hameau nommé Fuibic, ils décidèrent de faire halte dans l'unique auberge qui s'y trouvait. Son nom était peint en lettres jaunes sur le mur crème qui bordait la route : *Le Relais du Crin Doré*.

Une pluie fine s'était mise à tomber en fin d'après-midi, les glaçant jusqu'aux os. Aussi furent-ils ravis d'être accueillis sur le seuil de l'auberge par le patron lui-même, qui fumait sa pipe à l'abri d'un auvent de bois et de paille. Il s'agissait d'un petit homme rondouillard et jovial.

– Mes amis, vous me paraissez chercher un abri, si je ne m'abuse. Donnez-vous la peine d'entrer : un bon feu et des chambres accueillantes vous attendent, les invita-t-il.

Viperyne et Drachniel échangèrent un regard et descendirent de cheval.

– Nous sommes des marchands de passage, expliqua le jeune homme. Nous nous rendons à Ber pour...

– Oui, oui, nous avons l'habitude, l'interrompit l'aubergiste, dont le sourire s'était soudainement figé dans une expression perplexe à la vue de la silhouette encapuchonnée qui se trouvait derrière lui. Et vous êtes des marchands de… ? continua-t-il en désignant l'O'haï du menton.

Dès leur départ, Viperyne avait pressenti que l'accoutrement de leur protégée risquait de susciter les questions sur leur passage. Elle avait mûri sa réponse toute la journée.

– Nous venons du sud-est. Des îles Salines, pour être plus précise, expliqua-t-elle avec un gracieux sourire qui surprit Drachniel et rassura l'aubergiste. Nous accompagnons une jeune danseuse qui est attendue à la cour de Sa Majesté Iliaba, reine des Fodouks. Vous savez que la reine est férue d'art.

L'aubergiste parut se satisfaire de la réponse. Les danseuses et les musiciennes des îles Salines étaient réputées à travers tout le Continent pour leur beauté et leur art. Elles étaient souvent appelées à faire profiter les cours royales de différents pays de leurs talents. Certaines étaient devenues très connues pour avoir conquis le cœur d'un noble ou d'un prince et s'en être fait entretenir, voire épouser. Elles étaient souvent vendues très jeunes et à prix d'or, assurant ainsi la fortune des habitants des îles Salines. Partout, elles étaient traitées avec le respect dû aux plus grandes dames… ou aux marchandises les plus précieuses, et voyageaient couramment voilées, ce qui garantissait aux souverains qui les achetaient l'exclusivité de leur beauté.

– Eh bien, siffla l'aubergiste, cela fait un long trajet ! La traversée de la forêt Salavielle a dû vous paraître interminable.

– Oui, nous sommes partis depuis une lune environ, et nous sommes bien pressés d'arriver, maintenant, convint

Viperyne,... et de nous reposer, ajouta-t-elle, ne se souciant pas d'entretenir une longue conversation avec leur hôte.

Celui-ci comprit l'allusion et les invita d'un geste à entrer. Drachniel s'avança pour aider l'O'haï à descendre de sa monture, mais celle-ci fut en bas d'un bond léger et agile. Tous trois pénétrèrent dans le *Relais du Crin Doré.* Sur le seuil, l'aubergiste héla un garçon d'écurie :

– Zar, mon garçon, viens t'occuper de ces cinq chevaux !

Un enfant qui n'avait pas huit ans partit en courant depuis le fond de la cour attenante à l'auberge et vint saisir les montures par la bride pour les emmener à l'écurie.

L'aubergiste n'avait pas menti : un grand feu crépitait dans une imposante cheminée, faisant luire les tomettes qui dallaient le sol d'un éclat cuivré. *Le Relais du Crin Doré* était un établissement chaleureux et propret. Par bonheur, de surcroît, il était presque vide. Les voyageurs furent guidés vers deux petites chambres lambrissées, équipées chacune de deux lits de sangle, d'un tapis un peu passé, mais épais, et d'une table en pin encadrée de deux chaises. Les pièces étaient tièdes et les draps sentaient le propre. Il sembla évident que Viperyne et l'O'haï partageraient la même chambre.

– Si vous voulez vous restaurer, ma femme peut vous servir du ragoût de mouton, du lait et du pain. Vous pouvez vous laver dans la cour, nous avons une fontaine. Je peux aussi vous faire chauffer de l'eau pour un bain, mais ce sera long et il y aura un supplément. C'est Zar qui s'occupera de vos chevaux et gardera vos bagages pour cette nuit, annonça leur hôte.

– Merci. Nous descendrons manger d'ici une heure. Nous ne prendrons pas de bain, répondit Viperyne avant de refermer la porte de leur chambre.

Elle posa son havresac sur le lit, son arc et ses flèches au sol, ôta son ceinturon et sa veste de cuir et pour finir dénoua ses longs cheveux roux. Sa crinière souple se déroula dans son dos. Elle étira ses bras au-dessus de sa tête en poussant un grognement. Tout s'était bien déroulé pour cette première étape du voyage. En dépit de ses courbatures, elle se sentait finalement plus... molle qu'épuisée. Il ne restait plus qu'à attendre l'arrivée de Sougar, qui devait les rejoindre au plus tard au petit matin ; c'était ce dont il avait été convenu. Passées les premières lueurs de l'aube, si le vieil homme ne donnait pas signe de vie, et dans l'impossibilité ni de l'attendre ni de lui faire parvenir un message, ils devraient se résoudre à poursuivre leur route en croisant les doigts pour qu'il les retrouve un peu plus tard.

Elle allait s'asseoir sur sa couche quand la porte de sa chambre s'ouvrit en claquant. Drachniel entra en courant, se jeta lourdement sur les couvertures repliées, croisa les mains sous sa tête et lança gaiement à Viperyne et à l'O'haï :

– Aaah ! Qu'est-ce qu'on est bien ici, hein les filles ?! Tu aurais pu faire commander un bain, Vip, je n'aurais pas refusé un petit délassement ! À moins que tu n'aies envie de me faire un bon massage ?

– Au cas où tu l'aurais oublié, nous ne sommes pas en voyage de noces, imbécile ! lui jeta la jeune femme.

Imperturbable, l'O'haï se tenait droite sur son lit. Il était impossible de savoir si elle suivait l'échange ou si elle s'en désintéressait complètement. On aurait dit un pantin de bois qu'on aurait posé là et qui aurait attendu qu'on vienne tirer à nouveau ses ficelles pour lui donner un semblant de vie.

– Allez, ne sois pas si rabat-joie, poursuivit Drachniel, visiblement ravi de susciter un certain malaise. Tu sais que tu es jolie quand tu souris ? Je n'aurais pas cru ça possible. Et puis, quelle crinière de lionne tu as, grrr !

Viperyne se contenait depuis le départ. Ce garçon l'exaspérait, avec ses airs de m'as-tu-vu. Elle essaya de se maîtriser, en dépit de la violente envie de le frapper qui l'étreignait. Elle prit une grande inspiration et se dirigea vers la porte qu'elle agrippa.

– Sors ! lui intima-t-elle d'une voix blanche.

Le garçon hésita, semblant douter de la colère de sa compagne. Il finit par se rembrunir sous son regard et se leva donc. En passant devant elle, il lui dit quand même :

– Bon, écoute Viperyne, j'ai l'impression que tu ne m'apprécies pas vraiment. J'essaie juste de faire connaissance...

– En entrant dans notre chambre sans frapper ou en te jetant avec tes bottes sur mon lit ?!

Drachniel la dévisagea d'un air à la fois penaud et content de lui. Il lui tendit la main en secouant la tête. Il voulait recommencer à zéro.

– Bonjour, dit-il, je suis Drachniel de Varn, Cavalier du roi Arestion de Corélie.

La jeune femme soupira, puis saisit la main qu'il lui tendait, évitant soigneusement son regard.

– Et moi Viperyne Glansen... rien du tout de l'Abbaye du Pré.

Drachniel lui fit un clin d'œil.

– Eh bien tu vois la nonne, on va finir par s'entendre !

Il esquiva un coup de pied avant de regagner sa chambre en riant.

Viperyne était trop agacée pour se reposer tout de suite. En outre, la faim commençait à la tenailler. Elle décida de descendre voir si les chevaux étaient bien traités. En passant, elle se rafraîchirait un peu à la fontaine.

À l'écurie, elle trouva le petit palefrenier qu'avait appelé l'aubergiste en pleine besogne. Il avait débâté les bêtes, leur avait fourni eau et foin frais. Il s'apprêtait à les étriller. Voyant la jeune femme entrer, il sursauta, sourit largement et lui lança :

– Ne vous inquiétez pas, Madame, vos chevaux seront traités comme des princes ici, vous avez ma parole !

Le petit garçon effectua alors une parodie de révérence. Il avait l'air si drôle, avec ses cheveux noirs ébouriffés et mêlés de paille et son visage maculé de terre que Viperyne éclata de rire.

– Oh, j'en ai bien l'impression, petit, tu m'as l'air de faire un bon travail ! répondit-elle. Dis-moi, aurais-tu un linge propre à me prêter ? Je voudrais me laver un peu à la fontaine.

Agile comme un singe, Zar sauta de son escabeau et partit en courant à travers la cour. Quelques secondes plus tard, il tendait à Viperyne une serviette de toile blanche et parfumée.

– Eh bien… Zar, c'est ça ? Merci beaucoup ! Je te laisse.

– De rien M'dame, c'est un plaisir ! répondit l'enfant.

Puis, se tournant vers le flanc de Khalem, la monture de Drachniel, il commença à l'étriller. La bête en eut des tressaillements d'aise.

Assise sur la margelle en pierre de la fontaine, Viperyne commença par tremper ses mains dans l'eau glacée. Des frissons lui parcoururent l'échine. Elle s'aspergea les bras, puis le visage, et finalement, trempa toute sa chevelure dans le bassin. Le souffle court, elle sentit avec délice l'eau froide la laver de toute la poussière de la route. Elle avait l'impression d'être encrassée jusqu'à la moelle. Voyant que la cour était déserte à cette heure déjà avancée de la nuit, elle ôta sa chemise de toile beige, et, nue jusqu'à la ceinture, trempa la serviette dans l'eau, puis s'en frictionna le dos, le ventre et la poitrine. Sous la lune, qui était presque pleine et le miroitement émanant de la fontaine, sa peau laiteuse semblait encore plus blanche. Des rigoles brunâtres au début, puis de plus en plus claires sillonnaient le haut de son corps, suivant les lignes de ses seins et de sa musculature nerveuse. L'air était vif. Elle avait la chair de poule, mais ce décrassage improvisé la détendit. Elle allait remettre sa chemise quand elle perçut un reniflement à quelques pas derrière elle.

Zar l'observait, apparemment depuis un petit moment. Gênée, la jeune femme allait le rabrouer quand elle se rendit compte que le garçon pleurait à chaudes larmes. Elle demeura interdite devant le bassin, ne sachant que faire. Elle n'avait jamais été très à l'aise avec les enfants, n'en ayant jamais vraiment côtoyé.

– Vous... êtes... très... belle, sanglota le garçon.

– Euh... c'est gentil, mais euh... ne pleure pas.

Viperyne n'avait pas pour habitude de donner dans la sensiblerie. Elle avait toujours trouvé navrantes les domestiques de l'Abbaye qui se mettaient à pépier d'admiration et à roucouler devant tous les bambins qu'elles croisaient.

La situation commençait à s'éterniser : elle ne savait pas quoi faire de ce morveux en larmes et cela commençait à l'agacer. Si Viperyne avait pris le temps d'analyser ce qu'elle ressentait vraiment, elle aurait été encore plus étonnée de constater qu'intérieurement, elle se sentait prête à s'apitoyer. Elle aurait bien été incapable de dire pourquoi, mais ce petit Zar réveillait en elle des émotions qu'elle pensait ne jamais éprouver. Elle secoua la tête, cherchant vainement à dissiper l'écœurante sollicitude qui s'emparait d'elle. Non ! Pas question de se laisser attendrir.

Zar s'approcha. La jeune femme n'osait plus bouger. Elle fut encore plus troublée quand, sans crier gare, le garçon, dont le sommet du crâne lui arrivait sous les seins, l'enlaça avec fièvre, cachant son visage contre son ventre encore nu.

– C'est que… vous me rappelez ma mère, chuchota-t-il, s'apaisant instantanément. Gauchement, Viperyne lui tapota l'épaule, avant de le repousser. Afin de se donner une contenance, elle demanda :

– Et où est-elle, ta mère ?

– Elle est… elle est… morte, hoqueta le petit, se remettant à pleurer.

– Ah. Euh… c'est… c'est triste…

Ça commençait surtout à devenir embarrassant. Zar, secoué de sanglots, se jeta à nouveau sur elle, posant dans un geste doux et tendre ses petites mains sur ses seins. Elle se laissa faire un instant, pétrifiée par la détresse du garçonnet. Lui, la tête dans son giron, jouant avec les mèches rousses qui retombaient sur les épaules de la jeune femme, finit par se calmer. Viperyne se releva au bout d'une longue minute et se détacha de lui. Elle enfila sa chemise, ne sachant pas quoi dire.

Zar murmura un petit « merci » déchirant, ravala un dernier sanglot et s'enfuit sans se retourner. La jeune femme le suivit des yeux. Elle décida dans l'instant d'enfouir au fond de sa mémoire cette scène inattendue. Elle espérait juste que personne ne croiserait le garçonnet, avec son visage ravagé de larmes. Mieux valait éviter toute question. Ce que Viperyne ne savait pas, c'est qu'à cet instant, quiconque aurait croisé Zar n'aurait pas vu la moindre trace de chagrin : au contraire, comme il quittait la cour de l'auberge, un sourire malin fendait son visage de part en part, surmonté de deux yeux où pointaient des lueurs espiègles.

– Viperyne…, murmura-t-il, en proie à un ravissement manifeste.

Quelques minutes plus tard, la jeune femme rejoignit à l'intérieur Drachniel accompagné de l'O'haï, toujours aussi mutique. Ils étaient attablés devant une assiette fumante.

Le repas avait été étonnant. Drachniel, comme à son habitude, s'était montré bavard, mais il avait trouvé en la femme de l'aubergiste une commère au moins aussi insatiable que lui. Viperyne, au début inquiète de voir le jeune homme discuter si ouvertement avec une inconnue, finit par se rassurer : sous ses airs hâbleurs, Drachniel restait en définitive prudent. À plusieurs reprises, Viperyne put apprécier son habileté à détourner la conversation, sans rien en laisser paraître toutefois, quand la femme de l'aubergiste se faisait trop curieuse. Elle remarqua également qu'il tendait son verre à chaque fois que son interlocutrice lui proposait de trinquer, mais ne faisait qu'y tremper les lèvres, alors que celle-ci le vidait d'un trait. Drachniel était vigilant. Viperyne se sentit soulagée. Peut-être le compagnon de route dont l'avait affublée sa tante méritait-il davantage de considération qu'elle n'en avait eu pour lui jusqu'alors.

Viperyne, pendant qu'elle mangeait, ne put s'empêcher d'observer comment sa protégée était forcée de s'y prendre. L'O'haï se livrait à chaque bouchée à une inconfortable gymnastique pour passer sous son voile. Elle devait le tenir d'une main et assurer le couvert et son contenu de l'autre assez longtemps pour parvenir à la bouche. Étrangement, à chaque fois que le voile se soulevait, le menton qu'on entrevoyait paraissait blafard, presque bleuté. Viperyne conclut que c'était le reflet de la lumière à travers le tissu qui donnait cet aspect étonnant à un visage qui, de plus, ne devait pas avoir souvent vu la lumière du jour.

Une fois le repas terminé, l'O'haï, saisissant avec douceur le poignet de Viperyne, lui signifia qu'elle désirait remonter.

– Tu as raison, dit la jeune fille, allons nous coucher. C'est bien ça ?

L'O'haï acquiesça d'un léger mouvement de tête.

Confortablement lovée dans la tiédeur du lit, Viperyne Glansen lutta encore quelques instants contre la torpeur qui l'avait immédiatement engourdie. Elle avait besoin de faire le point, de rassembler ses idées. La veille encore, elle était une fille insignifiante, transparente aux yeux de tous, excepté de sa tante, Mère Brign-An-Paerven, et de son instructeur, Sougar. Elle avait mené une vie insouciante et libre. Ses seules obligations avaient été de respecter le rythme de la vie monacale d'une novice, avec ses heures de prière réglées et ses travaux pour la communauté. Elle n'avait pas d'amie, mais avait toujours été traitée avec gentillesse par les religieuses comme par les domestiques. Sa seule passion était l'entraînement que Sougar lui prodiguait dès qu'elle avait un instant à elle. Quand elle avait besoin d'un peu de chaleur humaine ou de réconfort, ce qui était à la vérité très rare vu son goût pour l'indépendance, elle trouvait toujours la porte de sa tante ouverte. Un seul désir insatisfait l'avait aiguillonnée dans cette vie simple et heureuse : celui de savoir qui était la mystérieuse pensionnaire de la Tour du Nord.

Et soudain, ce jeune chien fou de Drachniel s'était écrasé avec son cheval à leur porte. Maintenant, elle se retrouvait à ses côtés pour assurer la protection d'une jeune femme précieuse, si précieuse que même ses gardes du corps ignoraient qui elle était vraiment. Viperyne savait trois choses sur l'O'haï.

Premièrement, alors qu'elle avait passé la quasi-totalité de sa vie enfermée seule dans un donjon, elle paraissait être dotée de capacités physiques que Viperyne n'aurait pas attendues, ne souffrant ni de la faim, ni de la soif, ni de la fatigue. Elle se montrait, à tout le moins, capable de les endurer en silence.

Deuxièmement, cette jeune et énigmatique personne était « destinée », c'était ce que signifiait son nom, à accomplir quelque action capitale, mais mystérieuse. Une action qui impliquait au moins le royaume de Corélie, qui l'attendait, et le royaume d'An-Thar, qui la pourchassait.

Enfin, elle était la dernière héritière en vie des souveraines de l'île de Guernanor, et donc l'ultime représentante d'une tribu matriarcale ancestrale qui avait été décimée durant la Guerre Noire.

Viperyne se souvint soudain du carnet que sa tante lui avait remis. Elle savait que son contenu ne s'adressait pas à elle, mais se doutait dans le même temps qu'il contenait certainement des informations qui pourraient l'éclairer. Elle voulut tendre le bras pour s'en saisir et le contempler, à défaut de le parcourir, mais la fatigue l'emporta sur la curiosité. La jeune femme eut encore le temps, avant de sombrer, de songer en un éclair à l'étrange scène qu'elle avait vécue prêt de la fontaine. Elle s'endormit enfin, le souvenir des yeux noirs et embués du petit Zar se mêlant dans son esprit à la barbe qui mangeait les joues du vieux Sougar, dont elle attendait l'arrivée au cours de la nuit.

Chapitre 8

En route pour Ber

Hélas, au petit matin, il fallut bien se rendre à l'évidence : Sougar n'était pas là. Viperyne se sentait d'une humeur massacrante. Drachniel, quant à lui, n'en menait pas large. Il devait bien s'avouer que l'idée d'être épaulé par ce solide gaillard qu'il avait entrevu à l'Abbaye du Pré n'était pas pour lui déplaire. Il avait côtoyé à l'académie militaire de la Tulipe, où il avait été formé, de vieux briscards de son genre. Oui, c'était cela, l'homme lui avait évoqué au premier coup d'œil ces Chevaliers coréliens qui, telles des légendes vivantes, condescendaient parfois à se mêler aux plus jeunes pour leur dispenser quelques conseils toujours bienvenus car issus d'une expérience personnelle riche et digne de respect. Sougar les rejoindrait très certainement dans la journée, mais il fallait aussi se préparer à l'éventualité de cheminer peut-être plusieurs jours encore sans son appui. Les trois voyageurs reprirent la route au petit matin. Environ six jours de cheval les séparaient de Ber, la capitale des Vastes Plaines. Les territoires du peuple zi étaient immenses, mais les larges sentiers qui les sillonnaient permettaient une circulation rapide. La nuit passée au *Relais du Crin Doré* avait permis à chacun de reconstituer ses forces. Drachniel et Viperyne convinrent que les étapes en auberge seraient à éviter désormais. Premièrement, cela leur coûtait cher. Certes, Drachniel possédait encore quelques pièces d'or de ce que lui avait octroyé le roi Arestion avant son départ, mais le garçon savait d'expérience que cette somme ne suffirait pas à entretenir trois voyageurs jusqu'en Corélie. De même, Viperyne s'était vu remettre par sa tante un petit pécule pour les dépenses indispensables, principalement en vue de la traversée du lac Rouge, l'immense étendue d'eau qui marquait la limite nord des Vastes Plaines.

La confrérie des bateliers de Ber, qui assurait les voyages de la côte des Vastes Plaines jusqu'à celle du royaume Fodouk, était connue pour pratiquer des prix prohibitifs puisqu'elle exerçait un monopole juteux sur ce trajet. Il était possible, pour quiconque ne pouvait s'acquitter des droits de passage, de contourner le lac par l'est ou par l'ouest, mais cela prenait en moyenne trois semaines, contre deux à trois jours par voie lacustre.

Drachniel, cavalier hors pair, avait mis trois lunes à traverser le Continent du nord aux confins du sud en cheminant toujours sur des voies terrestres qui traversaient le Continent par l'ouest. Il avait évité la traversée du lac Rouge à l'aller. Mais pour le retour, ils étaient deux de plus, et étaient plus chargés. Le jeune homme estimait qu'ils mettraient environ une lune de plus pour accomplir le trajet en sens inverse. En outre, les deux escorteurs de l'O'haï savaient que, vraisemblablement, des guerriers antharites étaient à leur trousse. Peut-être même les précédaient-ils, à en croire les vagues rumeurs qu'ils avaient pu glaner en chemin. Bref, il fallait faire vite, rester sur ses gardes, s'attendre à de graves complications à chaque instant. Il s'avérait également indispensable de ne pas emprunter au retour l'itinéraire que Drachniel avait suivi à l'allée puisqu'il avait la certitude d'avoir été pris en filature. En vérité, ils jouaient le rôle désagréable et périlleux de livreurs ne connaissant pas l'exact contenu de leur colis, mais sachant toutefois que celui-ci risquait d'être explosif. Ainsi, mieux valait ne pas encourir le risque d'avoir à répondre, tout au long de leur route, aux questions innocentes des aubergistes. Le meilleur moyen était donc de s'arranger autrement : il faudrait dormir à la belle étoile et éviter autant que possible toute forme de contact.

Ils mirent sans souci leur plan à exécution durant les trois premiers jours. La région qu'ils traversaient s'y prêtait très bien. Ils n'avaient aucun mal à dénicher leur pitance, régulièrement aidés par leur mystérieuse compagne voilée, qui, munie de sa fronde, ne ratait jamais sa cible. En dépit de son apparence impénétrable, Drachniel et Viperyne auraient juré que l'O'haï tirait une fierté amusée de ces prouesses. Cela se voyait à sa manière de se redresser sur ses étriers après chaque tir, mais également aux faibles sons qui s'échappaient parfois de sous son voile noir. On aurait dit de petits rires étouffés ou encore des exclamations contenues de justesse. Ainsi les deux membres de son escorte eurent-ils la confirmation que l'O'haï n'était pas muette : elle était tenue au silence et respectait cette règle de son plein gré.

À plusieurs reprises, elle avait su se faire comprendre par des gestes brefs et précis. Pour finir, aussi trivial que cela ait pu paraître, elle était soumise aux mêmes besoins naturels que n'importe qui : nourriture, sommeil… Leur étant de plus en plus familière, elle n'en paraissait tout simplement que plus… humaine. Drachniel et Viperyne en avaient douté au départ.

Les trois nuits passées à la belle étoile avaient été relativement agréables. Les jours rallongeaient, l'air se réchauffait. Tout dans leur environnement respirait cette fraîcheur vivifiante des premiers jours du printemps. Au quatrième soir après leur départ de l'auberge de Fuibic, ils établirent, comme à l'accoutumée, leur campement dans une prairie dégagée, un peu en retrait de la route pour éviter qu'on aperçoive leur feu. Drachniel avait préparé un repas très correct à l'aide d'une pintade sauvage tuée par l'O'haï et de tendres pousses de roseaux que Viperyne avait trouvées près d'un petit cours d'eau. L'ensemble mijotait gentiment dans la gamelle en fer-blanc qu'ils avaient emportée. Pendant que leur compagne s'occupait de laver son épaisse chevelure rousse, agenouillée au bord de l'eau dans la lumière bleutée du crépuscule, Drachniel et l'O'haï se lancèrent dans une joute silencieuse, mais non moins captivante : la jeune personne désignait un arbre, une motte de terre ou encore une souche située à bonne distance, puis chacun s'exerçait au tir d'adresse : Drachniel, de son poignard, faisait mouche à presque tous les coups. Sa concurrente, elle, mettait dans le mille de manière systématique. Son habileté était tout simplement prodigieuse.

Soudain, alors qu'elle s'apprêtait à faucher à vingt pas de distance la tige d'une grosse fougère, elle suspendit son geste, se pétrifiant sur place. Trois secondes plus tard, Viperyne émergea d'un bosquet, les cheveux détachés et encore dégoulinants. D'un bond, elle sauta sur son arc et son carquois.

Elle indiqua à Drachniel d'un geste du menton les deux inconnus qui étaient apparus derrière lui. Soutenant un vieillard à l'échine courbée, une haute silhouette fine, que Viperyne crut d'abord être celle d'une femme, s'avança de quelques pas. Il s'agissait en fait d'un adolescent. Ses cheveux noirs ébouriffés et ses vêtements élimés, comme ceux du grand-père, indiquaient qu'ils étaient des voyageurs ou des mendiants.

– Bonjour, les salua Drachniel sans toutefois s'avancer vers eux.

– Bonsoir à vous, amis voyageurs, répondit l'adolescent d'une voix encore enfantine. J'ai aperçu votre feu à travers les fourrés… Mon compagnon est fatigué, cela fait longtemps que nous marchons. Accepteriez-vous que nous prenions quelque repos auprès de votre feu ? Nous ne vous dérangerons pas.

Drachniel lança un regard interrogateur à sa comparse. Celle-ci haussa les épaules.

– Excusez ma méfiance, répondit alors Drachniel, mais nous avons des raisons de nous montrer prudents et de vous demander qui vous êtes et où vous vous rendez.

– Oui, c'est normal. Je m'appelle Jaquemot, et voici mon maître-compagnon Eliott. Nous sommes d'humbles ouvriers tanneurs en route pour Ber. Nous revenons d'une ville côtière du sud-ouest, où notre employeur nous a envoyés livrer un stock de peaux. Je peux vous montrer le sceau de la Guilde des Tanneurs, si vous le désirez.

À ces mots, il sortit de sa musette une épaisse feuille de papier jauni. L'ayant observée, Drachniel afficha l'air de sympathie qui lui était naturel. Il conclut :

– Bien… Je ne vois pas pourquoi nous vous refuserions un peu d'aide… entre voyageurs ! Nous-mêmes faisons route vers Ber.

Puis il leur déballa l'explication convenue : la jeune femme voilée était une danseuse des îles Salines qu'ils accompagnaient à la cour d'Iliaba, par-delà le lac Rouge. Les deux tanneurs parurent se satisfaire de cette justification. Les regards curieux qu'ils avaient jetés en direction de la silhouette masquée se muèrent immédiatement en étonnement respectueux.

Drachniel les invita à s'installer près du feu et même à y passer la nuit, excellant une fois de plus dans l'art de converser à bâtons rompus sans rien révéler de sa mission ni de son identité. Viperyne et l'O'haï s'allongèrent sur leurs couvertures, de l'autre côté du brasier, leur tournant le dos. Au bout de quelques minutes, elles sombrèrent dans un sommeil profond, bercées par les éclats de voix joyeux et rassurants de Drachniel.

Quelques heures plus tard, Viperyne s'éveilla. Le feu crépitait gentiment, rougeoyant intensément dans l'obscurité. Le souffle de l'O'haï était imperceptible ; Drachniel ronflait un peu. Les deux autres voyageurs sommeillaient à quelque distance apparemment paisiblement, à en juger par leur respiration régulière. Les yeux grands ouverts, la jeune femme ne parvenait pas à retrouver le sommeil. Trop de questions la taraudaient depuis son départ. Elle se redressa et saisit sa besace de cuir, qui lui servait d'oreiller. Là, sous les épaisseurs de cuir et de tissu qui le séparaient d'elle, elle avait l'impression de sentir palpiter le carnet interdit, celui que lui avait confié Mère Brign-An-Paerven avant son départ. Cette dernière lui avait enjoint de le remettre à Arestion dès leur arrivée, lui recommandant de ne pas le perdre. Il devait donc contenir des informations d'une certaine importance. Sa tante lui avait également dit qu'elle n'avait pas le droit d'en lire le contenu. Mais savoir qu'elle n'avait qu'à tourner discrètement une page, puis peut-être une deuxième, pour lever ne serait-ce qu'un bout de pan des mystères qui entouraient l'O'haï lui donnait des fourmillements dans la pulpe des doigts. Elle caressa la couverture de la pointe de l'index, éprouvant la rugosité du cuir, les aspérités de cette couverture rustique et élimée qui recelait tant de réponses. Elle posa l'objet sur le lit, à côté de sa cuisse. Secoua la tête d'un air résolu, afin de chasser l'envie qui bourdonnait en elle comme un essaim de mouches importunes... et, n'y tenant plus, s'en saisit, l'ouvrit et jeta avidement son regard à l'intérieur. Elle commença sa lecture.

De longues minutes plus tard, peut-être une heure, peut-être plus, elle n'aurait su le dire, elle laissa le carnet retomber sur ses genoux. Son cou la faisait souffrir et elle se rendit compte qu'elle avait tellement contracté ses mâchoires que les muscles de son visage, de sa nuque et de son dos en étaient endoloris. Elle avait dévoré les premières dizaines de pages du carnet et leur petite écriture tremblotante comme un naufragé à qui l'on offre une gourde d'eau claire. Eudérope, la nourrice qui avait aidé la petite princesse à échapper au saccage de l'île de Guernanor, y développait avec minutie l'histoire de son île, de sa civilisation, des croyances de cet incroyable peuple féminin qui s'était donné le nom de « Guernanantes ».

Elle avait découvert avec un intérêt presque mystique quelques-unes des étranges et exotiques coutumes de ces femmes somptueuses, dont les origines rejoignaient les mythes les plus archaïques du Continent. Il y était question du Grand Froid qui avait ravagé l'ensemble des terres connues, quand les âges n'avaient pas de nom et que les humains étaient si peu nombreux qu'on pouvait vivre toute son existence sans croiser d'autres êtres que ceux de sa tribu.

La nourrice Eudérope développait, dans un esprit encyclopédique, l'ensemble des connaissances qu'elle possédait sur son peuple, dans une langue simple et vibrante, dont la beauté avait profondément ému Viperyne. Encore envoûtée par les mots sobres et lumineux d'une des dernières guernanantes, elle s'était juré de poursuivre sa lecture clandestine dès que les circonstances le lui permettraient. Ses yeux la picotaient à nouveau et elle s'apprêtait à s'allonger quand Jaquemot, l'adolescent aux cheveux en bataille, s'approcha d'elle. Elle ne l'avait pas vu venir. D'un bond il fut assis à ses côtés sur la couverture et elle ne put retenir un cri de frayeur.

– Je vous ai fait peur ? demanda l'adolescent, visiblement très fier de lui.

– Un peu oui, répondit la jeune femme, interloquée par cette brusque apparition.

– J'ai vu que vous ne dormiez pas… Je n'arrive pas à trouver le sommeil, moi non plus.

Viperyne avait toujours été mal à l'aise avec les étrangers. Le poids de sa mission secrète n'arrangeait pas les choses. Elle dévisagea le jeune garçon. Il était bien jeune, mais on lisait en sa physionomie la promesse d'un homme grand et beau. Ses yeux noirs luisaient sous l'effet des flammes qui léchaient le feu tout proche par intermittence. Ils étaient également animés de leur éclat propre… un reflet amical et vaguement espiègle. Une lueur qui lui paraissait étonnamment familière.

– J'ai une impression… de déjà-vu, maintenant que je vous regarde. Est-il possible que nous nous soyons déjà croisés ? l'interrogea-t-elle, assez troublée.

Jaquemot ne répondit pas, mais un petit sourire lui remonta le coin des lèvres. Il jeta un coup d'œil en direction du livre qu'elle tenait encore entre les mains.

– Que lisez-vous ? Vous aviez l'air… captivée !

– Euh… Il s'agit d'un vieux livre de légendes que j'ai emporté pour passer le temps, le soir.

– Et que racontent ces légendes ?

La jeune femme pria de toutes ses forces pour que Drachniel s'éveille à cet instant et prenne le relais de la conversation. Elle se sentait aussi peu imaginative que mauvaise actrice. Hélas, le Cavalier corélien ronflait désormais comme une souche.

– Oh, euh… vous savez, fit-elle d'une voix hésitante, des légendes banales : des histoires de… princes et euh… de magie…

– Dans tous les cas, ça veut dire que vous savez lire. Moi, je n'ai jamais eu l'occasion d'apprendre. Mon maître Eliott sait lire, mais il dit qu'il ne m'apprendra les lettres et les sons que quand je saurai tanner toutes les peaux qu'il me donnera sans en abîmer aucune. Autant dire que je peux encore attendre quelque temps !

Viperyne émit un imperceptible soupir de soulagement. Le dialogue devenait moins dangereux. En revanche, le jeune garçon s'était approché d'elle sous prétexte d'observer la couverture du livre, de sorte que leurs épaules se frôlaient. Le silence allait redevenir embarrassant si elle le laissait s'installer et Jaquemot ne paraissait pas disposé le moins du monde à la laisser tranquille. Il fallait trouver quelque chose.

– Si vous venez de Ber, vous pouvez peut-être me conseiller. Mes compagnons et moi voulons effectuer la traversée du lac Rouge…

– Ouh là ! siffla-t-il. J'espère que vous avez de quoi payer !

– C'est si cher que ça ?

– Les prix varient régulièrement, mais quand nous sommes partis, il y a plusieurs semaines maintenant, le passage était fixé à cinquante pièces d'or.

– Cinquante pièces d'or pour la traversée ? hoqueta-t-elle. Mais… C'est beaucoup plus cher que ce que je pensais !

– Euh… c'est cinquante par jour… La saison est propice, vous ne devriez donc en mettre que trois jours pour faire la traversée. Il faudra aussi payer vingt pièces par jour pour chacune de vos bêtes.

Viperyne ouvrait des yeux ronds. Après un rapide calcul, elle comprit avec effroi qu'il leur faudrait au moins quatre cent cinquante pièces d'or pour rallier la côte fodouke, où se trouvait l'embarcadère du nord. Cela représentait une somme colossale, dont ils n'étaient certainement pas en possession. Le voyage allait se corser sérieusement. Si seulement ils n'avaient pas gaspillé leur argent au *Relais du Crin Doré* ! Les vingt-cinq pièces qu'ils y avaient laissées leur manqueraient cruellement.

Jaquemot, se penchant un peu plus vers elle, lui murmura :

– Allons, il ne faut pas vous inquiéter… vous trouverez bien une solution. De nombreux vendeurs de bibelots se sont installés près du port. Ils vous rachèteront avec plaisir tout ce que vous voudrez bien leur laisser. Vous n'êtes pas les premiers à vous casser le nez à Ber !

Levant une main, il caressa une des mèches rousses qui frisottaient sur l'épaule de la jeune femme.

– Je vous trouve… très jolie, continua-t-il.

Tout à ses problèmes financiers, Viperyne ne réagit pas immédiatement. Puis l'attitude pour le moins entreprenante de Jaquemot s'imposa à son esprit. Mais enfin… qu'avaient donc tous ces garçons qu'elle croisait ? Peu désireuse qu'il ne finisse par l'enlacer, comme l'avait fait le petit Zar plusieurs nuits auparavant, elle s'écarta d'un geste vif.

– Bien, je crois que je vais dormir à présent, lui dit-elle d'une voix glaciale. Vous devriez en faire de même.

Et joignant le geste à la parole, elle se jeta sur sa couche d'herbe et rabattit sa couverture jusqu'au sommet de la tête. Puis elle guetta les mouvements du garçon espérant qu'il ne se montrerait pas plus téméraire. En effet, celui-ci se leva immédiatement et rejoignit enfin son maître, de l'autre côté du feu. Pendant de longues minutes, Viperyne rumina en son for intérieur sur l'extraordinaire manque de vergogne de ce jeunot et sur le bon coup de pied aux fesses qu'elle aurait dû lui administrer. Elle savait aussi que dans son agacement entrait une tout autre donnée, qui, pour le coup, était totalement extérieure à la conduite de l'adolescent : elle ressentait une forme de rancune tenace envers Sougar, qui, décidément, n'arrivait pas. Plus les jours passaient et plus elle se rendait compte qu'elle lui en voulait de ne pas honorer sa promesse. Quelle raison pouvait-il bien avoir pour manquer à ce point à son devoir ? C'était ainsi du moins qu'elle parvenait à étouffer le véritable sentiment qui l'agitait. Elle était tout simplement inquiète pour son vieil instructeur. La torpeur finit tout de même par la gagner.

Ce fut l'O'haï qui la réveilla au petit matin, la secouant avec douceur. Viperyne mit quelques secondes à émerger des brumes d'un rêve angoissant. Hélas, la réalité n'était pas moins inquiétante : le campement avait été déserté par Eliott et Jaquemot. Ils avaient manifestement emporté avec eux toutes les affaires qu'ils avaient pu prendre sans réveiller les dormeurs. Il manquait les deux chevaux de bât, la gamelle en fer qui servait aux repas et diverses affaires qu'ils n'avaient pas jugé utile de garder contre eux pour dormir. Faisant l'inventaire après avoir réveillé Drachniel d'un coup de botte, Viperyne s'aperçut avec horreur que le carnet d'Eudérope avait disparu.

Chapitre 9

Les geôles de Liodorsc

– Mais enfin Père, demanda Li'Dhon, quel est ce moyen ? Comment pensez-vous assurer la survie de notre peuple ? Et pourquoi les Coréliens nous déclareraient-ils la guerre ?

– Oui, expliquez-vous, renchérit Li'Sdat, aussitôt suivi par son jumeau Li'Bat.

– En admettant que notre race menace effectivement de s'éteindre, comment pourrions-nous lutter ? Cela me paraît… inéluctable !

Li'An-Thar ne répondit pas aux interrogations de ses fils. Il savourait les effluves de perplexité et de tension qui émanaient de ses héritiers. La première partie de son projet était accomplie : il leur avait fait prendre conscience de l'état périlleux auquel était parvenue leur lignée. Accepter la cruelle réalité de la déliquescence de leur propre race n'était pas chose facile. Il savait, par ailleurs, que c'était plus par respect pour lui que par conviction profonde que les trois aînés n'avaient pas montré davantage leur indignation face à ces assertions. Li'Nod et Li'Meï, en revanche, n'avaient pas eu besoin de plus de preuves pour convenir de la justesse des propos du roi.

La vérité était là, sous leurs yeux, depuis toujours. Il n'avait suffi que de la leur mettre en lumière, que de la formuler pour qu'ils en saisissent l'effroyable clarté. Les deux plus jeunes fils, déjà acquis à la cause de leur père, respiraient calmement, attendant la suite.

Li'An-Thar conserva le silence pendant plusieurs minutes. Quand chacun de ses fils se fut tu, il se leva. L'heure de la deuxième partie du plan arrivait : ils étaient prêts.

– Suivez-moi, leur dit-il simplement d'un ton qui n'admettait aucune contestation. Nous descendons.

Pour les habitants de la citadelle de Liodorsc, le verbe « descendre » possédait un sens tout particulier : il s'agissait de s'enfoncer dans les profondeurs mêmes du bloc de granit sur lequel les anciens rois avaient fait élever leur capitale. La presqu'île de Liodorsc était un socle de pierre déchiquetée, un morceau de falaise détaché de la mer. Des siècles d'érosion avaient creusé les falaises vertigineuses, qui isolaient la citadelle du reste de la côte. De génération en génération, les souverains successifs avaient fait creuser à même le rocher des caves, des couloirs, de volées entières de marches, qui s'enfonçaient toujours plus bas sous la cité. Des centaines d'esclaves y étaient morts d'épuisement, conférant à la capitale antharite une réputation des plus sinistres. Par gros temps, les mugissements effrayants qu'on pouvait entendre depuis la côte évoquaient autant le vent battant violemment les falaises que les hurlements humains. Sur l'équivalent d'une quarantaine d'étages souterrains, Liodorsc contenait en son ventre des centaines de cachots humides et totalement obscurs, lieux de tous les oublis et de toutes les tortures. Les hommes d'An-Thar, et surtout les dignitaires royaux, étant aveugles, nulle lumière, nulle torche n'y était nécessaire. Partout régnait un silence feutré, à peine troublé par les suintements légers des murs humides et devenus moussus avec le temps, un silence de mort que l'écrasante absence de lumière rendait plus palpable, plus lourde encore. On racontait que les bourreaux antharites n'avaient même pas besoin de pousser trop loin la torture physique des malheureux qu'on enfermait dans ces cachots lugubres : l'épaisseur des ténèbres entraînait à la longue la perte de tout repère, et la folie emportait les plus valeureux des hommes après quelques semaines de réclusion seulement. Dans l'intervalle, sous la promesse de revoir un jour la lumière du soleil, on leur faisait avouer n'importe quoi. L'humidité ambiante, le manque d'oxygène, de bruit, de lumière flétrissaient à coup sûr quiconque y était enfermé, annihilant toute volonté et toute raison. De toute façon, personne ne ressortait jamais des geôles de Liodorsc. Elles étaient hantées par la folie, le désespoir le plus profond, des maladies putrides et des rats gros comme des chats. Les geôliers eux-mêmes étaient des prisonniers de droit commun, des meurtriers ou des traîtres antharites condamnés à purger leur peine dans cet enfer noir abritant la mort elle-même.

Le roi, suivi de ses cinq fils, chemina durant de longues minutes à travers un dédale de couloirs parfaitement obscurs. Une corde servant de main courante serpentait sur les murs, mais nul n'en avait besoin. Leur ouïe particulièrement développée les prémunissait des faux pas, bien mieux que ne l'auraient fait leurs yeux s'ils avaient pu voir. Le cortège royal parvint ainsi, au terme d'une interminable descente qui avait dû les mener presque à mi-chemin entre la surface et le niveau de la mer, à une porte qui, à l'odeur vermoulue qui s'en détachait, devait être en bois. Un garde somnolait, affalé à son pied. Li'An-Thar le fit sursauter d'un léger coup de botte. Le geôlier, un homme adipeux, aveugle, au visage ravagé d'une maladie de peau qui exsudait des relents nauséabonds, était sourd, de surcroît. Il reconnut néanmoins immédiatement son souverain et s'empressa de sortir de sous sa chemise un trousseau de clefs rouillées qui cliquetèrent scandaleusement fort dans le lourd silence ambiant. La serrure ouverte, les six hommes pénétrèrent dans la cellule. Ils y perçurent immédiatement l'odeur et le bruit caractéristiques de plusieurs lampes à pétrole. La pièce était donc éclairée. Cela était inhabituel et incongru dans ces profondeurs insondables. Dominant l'odeur des lampes, des remugles âcres de paille moisie et souillée envahissaient l'espace. Et puis, plus tenu, émanait du mur opposé à la porte le sillage légèrement acide d'une peau humaine. Une peau de femme vivante, mais mal en point. S'ajoutait à cela le bouquet métallique des chaînes qui la maintenaient par les poignets à demi dressée contre le mur, dans une pose de crucifixion sordide. La femme respirait à peine. Seul un léger gargouillis, émis par ses poumons noyés à cause de la posture qu'elle devait tenir depuis bien longtemps, parvenait aux oreilles des visiteurs. Elle paraissait à deux doigts de se noyer de l'intérieur.

– Voici, mes fils, la clef de notre salut, annonça le roi d'une voix basse, qui résonna néanmoins comme un coup de tonnerre contre les pierres du cachot.

Li'Nod s'approcha de la prisonnière, humant l'air avec curiosité. Il tendit une main et parcourut les contours de son visage. Sous des mèches de cheveux collées par la crasse et la sueur, il tâta les contours émaciés des joues, les pommettes saillantes, les arêtes décharnées du nez et du menton. Puis ses doigts, dans ce qui ressemblait à une caresse fébrile, descendirent le long de la gorge et des côtes. Le souffle rauque d'excitation, il murmura :

– Père, qui est-ce ?

– Il s'agit d'une des dernières descendantes du peuple féminin de Guernanor, fit Li'An-Thar, à son tour gagné par une étrange agitation. Elle a été capturée il y a environ dix-huit ans à la frontière entre le royaume de Corélie et les marécages du Nord. Elle revenait de Parminga, où elle avait livré des informations cruciales à notre rival, Kron de Corélie, le père de l'actuel roi Arestion.

À ces mots, Li'Dhon cracha avec mépris. Un sourire mauvais aux lèvres, Li'An-Thar poursuivit :

– Vous savez tous que vers la fin de la Guerre Noire, nos marins ont découvert où se situait exactement l'île de Guernanor. Cette île abritait, depuis des générations, une peuplade surprenante. Une communauté de femmes réputées pour leur inégalable beauté, qui s'engendraient mystérieusement sans l'aide d'aucun homme. Je vous narrerai les détails de l'expédition plus tard, si vous le désirez, mais sachez que nos navires de guerre, portant à leur bord plusieurs centaines de nos guerriers, ont réduit à feu et à sang l'île et ses habitantes. En effet, ces chiennes étaient alliées aux Coréliens, et s'apprêtaient à leur porter une aide considérable en leur envoyant en renfort une véritable armée de combattantes.

– Une troupe de faibles femelles aurait été une bien grande menace pour nous ! persifla Li'Dhon.

– Oui, mon fils. Ces « femelles », comme vous dites, sont les plus farouches guerrières que la terre ait portées. Elles ont vécu coupées du monde pendant des siècles, développant une civilisation riche, inconnue sur le Continent. Elles ne connaissaient pas la guerre, vivant dans une harmonie et une paix totales depuis toujours, mais par leur force physique et leur esprit agile, elles se sont avérées être des adversaires coriaces. Certes, nos hommes en sont finalement venus à bout, mais seulement parce qu'ils ont bénéficié de l'effet de surprise. La bataille de Guernanor a duré plus de trois lunes, et la moitié des soldats que j'y ai envoyés n'en a pas réchappé.

– Quel est le rapport entre cette femme et l'espoir dont vous parliez pour notre peuple ? intervint Li'Meï. Lui seul était resté en retrait, visiblement incommodé par les odeurs putrides qu'exhalaient le cachot et son occupante.

– J'y viens, Li'Meï, répondit le roi, visiblement satisfait de la question de son benjamin. Comme je vous l'ai expliqué, cette femme a été capturée sur le Continent. Or aucune des habitantes de Guernanor n'a pu s'échapper lors de la bataille. Aucune à notre connaissance. D'autre part, nos hommes, après avoir exécuté tous les membres de leur dynastie locale, et notamment leur reine, Astera de Guernanor, n'ont jamais retrouvé le corps de son unique fille et héritière, la princesse Lune de Guernanor. Enfin, les quelques prisonnières proches du cercle royal que nos hommes avaient gardées en vie finirent par avouer, après plusieurs jours de torture, qu'une nourrice, nommée Eudérope, avait réussi à quitter l'île, emportant la princesse. Cette dernière n'était encore qu'un nourrisson. L'enfant avait été promise, bien avant sa naissance, à l'héritier du trône de Corélie, en vertu d'accords passés longtemps auparavant.

Les cinq hommes, suspendus aux lèvres de leur père, commençaient à comprendre le projet que celui-ci avait conçu. Le roi marqua une courte pause, puis continua :

– Aussi, mes fils, nos hommes ont-ils traqué cette nourrice et sa protégée pendant des jours et des jours. Ils ne suivaient sa trace que pour la perdre à chaque fois. Enfin, quand ils la retrouvèrent, elle était seule. L'enfant avait été placée en lieu sûr. Nous ne la retrouvâmes jamais.

– Si je ne m'abuse, Père, dit alors Li'Bat, réfléchissant à voix haute, les rois coréliens, par le passé, ont souvent eu pour épouses des femmes originaires de cette île. De leur union naissaient toujours des garçons et des filles…

– … d'une grande force et d'une grande beauté, souffla Li'Sdat. À ce qu'on en dit, du moins.

– Vous commencez à entrevoir la solution, confirma Li'An-Thar d'un ton grave. L'héritière cachée de l'île de Guernanor était destinée, bien avant sa naissance, à devenir l'épouse de ce chien galeux d'Arestion. Celui-ci, conformément à la tradition séculaire, verrait ainsi les liens avec le peuple de Guernanor renforcés, et une descendance riche et… parfaite prendre sa suite sur le trône de Corélie. Or, imaginez, mes fils, que cette héritière soit encore en vie… et imaginez que son sang pur et son ventre fécond servent An-Thar, plutôt que la Corélie… Songez enfin à ce qui se passerait si cette femme était enlevée au nez et à la barbe de nos ennemis. Quel affront, quelle injure ce serait pour eux ! Quel autre choix auraient-ils que de vouloir laver leur honneur et sauver cette jeune femme ?

Li'Nod, toujours à proximité de la prisonnière, lui souleva violemment la tête par les cheveux, la forçant à se redresser. La femme émit un râle mêlé de gargouillements de douleur.

Elle marmonna des paroles inaudibles puis hoqueta et se mit à tousser.

– Alors… si je comprends bien, dit le prince antharite, laissant retomber sans ménagement la tête de la malheureuse, Eudérope que voici a fini par révéler où elle avait caché l'héritière.

Il partit d'un rire ignoble, bientôt suivi de ses frères, à l'exception de Li'Meï, qui semblait songeur.

– Père, demanda celui-ci, puisqu'elle a parlé, pourquoi garder cette ruine de femme en vie ?

– Je voulais que vous sachiez que je n'avais pas inventé son existence. Elle n'a parlé que récemment. Cela fait dix-huit ans que nous tentions tous les moyens de lui délier la langue. C'est pourquoi nous l'avons entretenue suffisamment pour qu'elle survive. Nos bourreaux, après avoir testé jusqu'aux tortures les plus raffinées ont finalement trouvé la clef : il a suffi qu'ils lui promettent de l'emmener à la surface si elle parlait. Amusant, n'est-ce pas ? En fin de compte, la légende s'est révélée exacte : nul besoin de torture dans les geôles de Liodorsc, elles se suffisent à elles-mêmes !

– Mais, maintenant, ne faudrait-il pas l'empêcher de parler à tout jamais, dans la mesure où vous avez obtenu ce que vous vouliez ? Je veux dire, n'est-ce pas plus prudent ?

– Li'Meï, mon frère, que tu es perfectionniste ! s'exclama Li'Dhon. Que t'importe de laisser pourrir cette vermine ici ? Personne ne viendra l'y dénicher !

– Si cela vous tranquillise, je veux bien la faire tuer, conclut le roi. En ce jour heureux, je ne voudrais pas qu'un doute vienne obscurcir l'esprit de mes fils. Nous allons sauver An-Thar ! Et nous porterons un rude coup aux Coréliens par là même ! Quoi de plus réjouissant ?

Li'Meï ne répondit pas. Il alla chercher le geôlier et, lui tapotant l'avant-bras pour s'en faire comprendre, lui glissa la garde de son long poignard dans la paume. Le gardien comprit instantanément l'ordre et se dirigea d'un pas lourd vers la prisonnière. D'un geste sûr, il lui trancha la gorge. Une odeur de sang frais envahit la cellule.

Les six visiteurs vidèrent les lieux. Li'Meï, sortant en dernier, tourna une dernière fois la tête en direction d'Eudérope. Ses souffrances étaient terminées.

Chapitre 10

Les ennuis commencent…

Les deux journées qui suivirent leur désagréable réveil furent bien maussades pour les trois voyageurs. Aux inconvénients pratiques du vol dont ils avaient été victimes s'ajoutait la honte de s'être fait berner. Ils avaient pourtant décidé de ne se fier à personne, et voilà qu'à la première occasion, ils avaient baissé leur garde. Ils s'en mordaient désormais les doigts.

Ils n'avaient pas tout perdu, certes. Quelques affaires de rechange leur restaient encore, ainsi que leurs armes, puisqu'ils dormaient avec. Les détrousseurs n'avaient pas eu l'audace de les fouiller durant leur sommeil. Si Drachniel était encore en possession de la totalité de ses réserves d'argent, qui s'élevaient à un peu moins de deux cents pièces d'or, Viperyne avait été totalement dépouillée, les voleurs ayant emporté sa besace, qu'elle avait laissée à un pas d'elle en se rendormant. Le souvenir de sa conversation nocturne avec Jaquemot lui laissait un souvenir cuisant qui la mortifiait. Dire qu'elle l'avait pris pour un jeune garçon inoffensif ! Néanmoins, elle avait immédiatement décidé de se rendre dans le quartier des tanneurs dès son arrivée à Ber : maître Eliott et son apprenti Jaquemot ne s'en tireraient pas comme ça ! La jeune femme fut donc d'une humeur massacrante, y compris au bivouac du soir, où elle refusa qu'on allume un feu et ne décrocha pas un mot à ses compagnons. L'éternel silence de l'O'haï lui parut pour la première fois une bénédiction.

Vers le milieu du troisième jour, ils notèrent que le trafic s'intensifiait. La route était même si encombrée que deux files de marcheurs, charrettes et autres cavaliers s'étaient spontanément formées, l'une en direction de la ville et l'autre s'en éloignant. Cela ne pouvait signifier qu'une chose : ils approchaient de Ber, la capitale marchande des Vastes Plaines, apanage du peuple zi. En effet, ils ne tardèrent pas à apercevoir, dans le lointain, miroiter de son inimitable reflet rosé le lac Rouge.

Il s'agissait d'une immense étendue d'eau douce dont la coloration était due aux algues rouge-cramoisi qui en tapissaient les profondeurs. Le lac Rouge était si vaste qu'on ne pouvait en apercevoir les contours. Pour qui n'aurait pas su où il se trouvait, Ber aurait aussi bien pu border la mer. L'eau s'étendait à perte de vue en une nappe mouvante et colorée. Au détour d'un virage leur apparut enfin Ber, fière petite bourgade de quelques milliers d'habitants, lovée au creux de l'estuaire formé par la rivière qui drainait les Vastes Plaines du sud vers le nord. La ville était ceinte de deux barrières d'octroi. La première, située à environ une lieue des remparts, servait bien souvent de dernière étape pour les marchands ambulants. Leurs chariots et roulottes, remplis de marchandises de toutes sortes, s'arrêtaient là. C'étaient les acheteurs potentiels qui se déplaçaient jusqu'à eux. Cette solution avait été trouvée pour désengorger les rues étroites de la ville, victime avant cette mesure d'encombrements dantesques, des remparts jusqu'au port. Avaient le droit de circuler au-delà du premier octroi, après en avoir acquitté la taxe bien entendu, les voyageurs à pied ou à cheval qui se rendaient à Ber même ou désiraient seulement transiter jusqu'au port. Viperyne, Drachniel et l'O'haï payèrent le droit de passage et s'engagèrent sur la large route qui descendait en pente douce jusqu'à l'entrée de la ville.

C'était une véritable foule qui les entourait désormais, bruyante, mouvante et chamarrée. Des étals de toutes sortes se dévoilaient sur leur passage, présentant fruits, viandes rôties, barils de bière à l'intention des voyageurs arrivant d'un long trajet, mais encore diseuses de bonne aventure, camelots en tous genres, chiffonniers, échoppes de maréchal-ferrant, arracheurs de dents… Et tout cela grouillait de l'activité la plus effrénée qui soit. Les senteurs capiteuses des vins et des tourtes fumantes se mêlaient aux effluves désagréables des immondices semés çà et là, le tout dominé par l'odeur fauve des bêtes transpirantes et des hommes crasseux.

Drachniel, charmé de cette agitation, souriait d'un air béat, ne perdant pas pour autant ses deux compagnes des yeux. Il talonna Khalem et vint se placer au petit trot auprès de Viperyne. Soudain, son sourire se figea. Alors qu'ils approchaient des remparts et de la porte principale, la Grand Porte, il avait aperçu les soldats qui procédaient à des fouilles en règle de la population. Apparemment, quiconque voulait entrer dans Ber devait montrer patte blanche.

– Ce n'est pas habituel, dut crier Viperyne, qui les avait également aperçus, ils doivent chercher quelque chose.

– Ou quelqu'un, renchérit le jeune homme d'un air de plus en plus soucieux. Regarde, dans la tour, à droite de la porte : on dirait… oui, cet homme m'a l'air aveugle…

Ils terminèrent la phrase en chœur :

– Un Antharite !

– Ah là là Vip, j'aimerais vraiment que ton vieux bonhomme soit là…

– Sougar ? Eh bien ce n'est pas le cas. C'est à nous de nous débrouiller… Pour commencer, nous ne devons pas nous faire remar…

À ces mots, l'O'haï tira violemment sur les rênes de sa monture, provoquant un hennissement mécontent. Avec une rapidité surprenante, elle se laissa glisser au bas de son cheval. À la manière dont ses épaules montaient et descendaient sous sa cape noire, on pouvait deviner qu'elle avait le souffle court. Elle agrippa convulsivement la jambe de Drachniel. Il descendit également de cheval, suivi par Viperyne. L'O'haï avait raison : ils étaient trop repérables en hauteur.

– Tu sais ce que je pense, dit la jeune femme rousse, nous devrions vendre nos chevaux. De toute façon, nous n'aurons pas assez pour payer leur traversée, et ils nous encombreront plus qu'autre chose en ville. Avec un peu de chance, nous pourrons en tirer un bon prix. Cela ne sera pas de trop, vu l'état de nos finances.

– Je suis d'accord sur le principe, mais je garde Khalem. C'est non négociable.

Viperyne faillit rétorquer quelque chose, mais se ravisa à l'air déterminé du Corélien.

– D'accord, déclara-t-elle. Je m'en occupe alors. Attendez-moi là, je vais essayer de faire vite.

Et elle s'enfonça dans les ruelles bondées formées par les étals. Elle revint un quart d'heure plus tard, triomphante, brandissant une petite bourse en cuir.

– Nous avons cent pièces d'or de plus, chuchota-t-elle, ne voulant pas attirer l'attention.

Ils reprirent alors à pied le chemin vers la Grand Porte de Ber, Drachniel tenant Khalem par la bride. De temps à autre, ils jetaient un regard anxieux en direction de la tour de guet. Le guerrier antharite, en dépit de sa cécité, gardait la tête tournée en direction de la porte. Il attendait quelque chose, manifestement. En contrebas, droit dans sa ligne de mire, un sergent de Ber en armes lui adressait fréquemment de rapides coups d'œil.

Pas à pas, ils avançaient, prudemment, veillant à se confondre avec la foule bigarrée qui les entourait. En vain : l'étrange accoutrement de l'O'haï suscitait la curiosité. Ainsi, quand ils parvinrent, quelques pesantes minutes plus tard, au pied de la tour de guet, à quelques mètres seulement de la Grand Porte, un petit attroupement s'était formé autour d'eux. Les badauds étaient curieux de savoir qui se cachait sous cette longue cape, quel visage se dissimulait derrière le voile noir. Comme partout ailleurs, les habitants de Ber adoraient les ragots. À plus forte raison, le peuple zi et la gent marchande dans son ensemble étaient toujours prompts à s'approvisionner en anecdotes. Elles constitueraient par la suite un bon divertissement lors des étapes marchandes.

Là où ils n'auraient désiré que calme et discrétion, les trois voyageurs constataient avec une inquiétude grandissante qu'ils créaient l'événement.

Des gardes armés de hallebardes, portant les couleurs de la ville de Ber, le rouge et le vert, arrêtaient tous les passants.

Quand vint le tour des trois compagnons, des sueurs froides leur coulaient dans le dos. Drachniel, égal à lui-même, n'en montra rien, offrant un sourire jovial et décontracté au garde qui leur demandait ce qui les amenait à Ber.

– Nous sommes au service de Sa Majesté Iliaba-la-Très-Grande, mon ami, fanfaronna-t-il. J'ai l'honneur d'être un de ses hommes de confiance. Mon écuyère et moi-même (il désigna Viperyne, qui ne put contenir une grimace en entendant son ton condescendant et ampoulé) avons pour ordre de ramener à notre souveraine cette danseuse des îles Salines, afin d'orner sa cour des plus belles femmes du Continent.

– Ah..., hésita le garde, visiblement impressionné. Et... on peut la voir, cette danseuse ? Rapport au contrôle, vous savez !

Drachniel prit un air offusqué. Il s'approcha du garde et, le tenant par les épaules, lui glissa à l'oreille, comme il aurait fait une confidence à un ami :

– Mon cher ! Sa gracieuse Majesté ne saurait souffrir qu'un... pardonnez-moi l'expression... modeste garde ait l'audace de poser ses yeux sur une de ses artistes privilégiées. Allons, n'en parlons plus, voulez-vous ? Je risquerais ma vie, mon honneur, que dis-je, pour avoir permis une telle impudence !

Des rires fusèrent de l'assemblée qui suivait la scène avec attention. Drachniel, effectuant une révérence, poussa discrètement les deux jeunes femmes en direction de la porte. Le garde, endormi par les belles paroles de Drachniel, qui ne pouvait témoigner que de son appartenance au monde de la cour, se tourna vers son sergent en haussant les épaules. Hélas, son supérieur ne l'entendait pas de cette oreille.

– Hé vous, là ! cria-t-il alors que les trois comparses faisaient déjà mine de s'éloigner. Arrêtez-vous !

Le temps parut se suspendre, l'espace d'un battement de cœur. L'O'haï saisit nerveusement la main de Viperyne, la serrant avec une force inattendue. Drachniel coula un regard entendu à la jeune femme rousse. Il prit une grande inspiration et se retourna vers le sergent, affichant un sourire plus rayonnant que jamais. Au même instant, le guerrier antharite, alerté par le cri du sergent, arrêta son attention sur la petite troupe. Lentement, il souleva le casque qui lui couvrait le visage, dévoilant un long visage aux mâchoires serrées. Ses yeux aveugles, d'une clarté trouble, semblèrent briller comme deux éclairs menaçants. Il huma l'air, précautionneusement, paraissant chercher, au milieu des centaines d'effluves qui lui parvenaient simultanément, celle qui correspondait à sa proie.

Le sergent, fendant la foule des badauds qui commençait déjà à espérer quelque échauffourée, se rua vers Drachniel. Le jeune homme affectait toujours un sourire angélique ; sa main, insensiblement, s'était néanmoins glissée jusqu'à sa ceinture, enserrant déjà la garde de son épée.

– Vous n'avez pas payé le droit de passage, monseigneur, fit le sergent, d'un ton moins rude.

– Ah, ce n'est que cela ?! Où avais-je la tête ? s'esclaffa le jeune homme.

Saisissant la bourse de cuir qui pendait à son ceinturon, il la lança d'un geste leste en direction du garde. Puis, avec toute la superbe dont il était capable, il tourna les talons et reprit sa route du pas calme de celui qui n'a rien à se reprocher.

– Gardez la monnaie mon brave ! ajouta-t-il encore d'un ton désinvolte. Parvenu au niveau de ses comparses, il reprit son cheval par la bride et les invita d'un geste à le suivre. Elles lui emboîtèrent le pas, s'efforçant d'avoir l'air sereines. Ils s'enfoncèrent dans l'avenue principale de Ber. Derrière eux, de l'autre côté de la barrière d'octroi, la foule s'était refermée. La scène n'ayant pas viré à l'algarade, tout le monde reprenait ses occupations. Soudain, surgissant de nulle part, l'Antharite fondit sur le sergent, lui assénant de son gant clouté une gifle qui le projeta à terre, le visage en sang.

– Imbécile ! siffla-t-il entre ses dents avant d'ajouter à l'adresse de trois autres gardes : Attrapez-moi ces trois canailles, bande d'abrutis !

Les soldats, hébétés, dévisageaient alternativement l'effrayant Antharite et leur sergent, à moitié assommé. Puis ils semblèrent comprendre l'ordre qui leur avait été lancé et s'élancèrent en rugissant entre les maisons de torchis, hallebarde brandie.

Drachniel, qui s'attendait à ce rebondissement, espérant seulement qu'ils auraient le temps de prendre de l'avance sur les gardes, saisit l'O'haï par la taille et la jeta sur Khalem.

– Nous devons nous séparer, fit-il, le souffle court. Pars avec elle, Vip, je vous retrouverai plus tard.

D'un bond, la jeune femme fut en selle, derrière leur protégée.

– Va chez Frugenhald Bertomi, le forgeron, près des docks, eut-elle le temps de lui indiquer, avant de talonner violemment sa monture, qui se cabra en hennissant de terreur.

Elle lança un « Yaaaa ! » vigoureux pour encourager Khalem. Femmes et monture s'engouffrèrent dans une ruelle adjacente à la grande avenue. Drachniel n'eut pas le temps de les regarder s'éloigner. Les trois soldats arrivaient déjà à sa hauteur. Il partit en courant à toute vitesse dans la direction opposée. Dans une ville comme Ber, il serait facile de les semer.

Chapitre 11

Frug et Bertine

Se faufiler incognito dans l'écheveau complexe des rues de Ber fut chose aisée. Les gardes avaient pris Drachniel en chasse, négligeant les deux jeunes femmes dans un premier temps. Évidemment, il leur faudrait être prudentes à l'avenir, elles seraient certainement recherchées à leur tour. Pour l'heure, Viperyne savait que les événements étaient trop récents, ce qui garantissait leur anonymat. Quelques pâtés de maisons plus loin, elles ralentirent et descendirent de cheval.

– Si seulement tu n'étais pas obligée de te promener avec cette cape noire en permanence ! fit Viperyne, réfléchissant à voix haute. Tu es bien trop identifiable !

Un petit soupir navré pointa de sous la sombre capuche. Par chance, les rues qui menaient au port étaient de moins en moins fréquentées en cette fin de matinée. Si les abords de la ville grouillaient d'une perpétuelle activité, Ber *intra-muros* était encore assez calme aux premiers jours du printemps. Les échanges commerciaux et le trafic sur le lac Rouge iraient en s'amplifiant jusqu'à la fin de l'été. Alors, dans les derniers jours de la belle saison, Ber se parerait de rouge et de vert pour accueillir le carnaval des Fleurs, dont la renommée s'étendait d'un bout à l'autre du Continent. Il n'y aurait pas une maison, pas une rue, qui ne serait ornée de milliers de fleurs piquées sur de longues guirlandes de chanvre. La ville serait prise d'assaut par des visiteurs attirés par les senteurs et les couleurs infinies qui se mêleraient dans l'atmosphère. Le point culminant du carnaval serait la grande parade, un corso fleuri qui ferait trois fois le tour de la ville et pendant lequel toute la jeunesse des Vastes Plaines, accompagnée de jeunes venus du Continent tout entier, s'adonnerait à une sarabande endiablée au rythme des trompettes zi.

Une heure de marche plus tard, Viperyne et sa protégée arrivèrent sans incident devant la boutique du forgeron que connaissait Viperyne. Enfin, « connaissait » était peut-être un bien grand mot. Elle était plutôt une de ses clientes. Sa tante l'avait souvent envoyée à Ber en compagnie de Sougar. Environ deux fois par an, il fallait se déplacer dans la capitale zi pour s'y procurer des produits rares ou manufacturés que l'on ne pouvait fabriquer à l'Abbaye. Ainsi, comme les grilles qui ceignaient les terres de l'Abbaye du Pré étaient assez régulièrement endommagées par les intempéries, provoquant la chute des arbres, Viperyne avait fait la connaissance de Frugenhald Bertomi, que tout le monde appelait Frug.

La dernière fois, un peu moins d'un an auparavant, elle l'avait trouvé métamorphosé : il avait rencontré une petite femme blonde, toute ronde et très souriante, marchande de fleurs au marché de Ber et pour les grandes maisons bourgeoises. Frug, immédiatement séduit, ne parlait plus à cette époque que de sa tendre Bertine. À trente-cinq ans passés, Frug était un bel homme, étonnamment haut de taille, surtout en comparaison de Bertine, dont la tête lui arrivait au milieu du ventre. Viperyne avait compris que derrière l'attitude de séducteur invétéré qu'il avait toujours affecté avec elle se cachait le cœur d'un grand loup solitaire en manque d'affection. Bertine, apparemment, avait su combler cette carence. Frug était un colosse charmant, excellent compagnon, bon vivant de surcroît. Certaines soirées avaient été bien arrosées, le forgeron fabriquant lui-même son hydromel, un nectar savoureux qui vous assommait sans y paraître comme un coup de massue derrière la nuque.

Viperyne, suivie de l'O'haï qui ne la quittait pas d'une semelle, pénétra dans l'atelier du forgeron. Elles faillirent se heurter à deux clients qui quittaient les lieux au même instant. L'un d'eux maugréa des paroles inintelligibles puis donna un coup de coude à son camarade en apercevant l'O'haï. Tous deux quittèrent les lieux en la dévisageant sans une once de vergogne.

La forge était un endroit sombre et étouffant. Des ouvertures pratiquées dans le toit y amenaient un semblant d'air frais, nécessaire dans l'atmosphère corrompue par le brasier permanent et les relents de métal fondu qui piquaient les yeux et le nez. Ces petites fenêtres laissaient surtout entrer un peu de lumière, en ce milieu de journée. Des rais de soleil, constellés de grains de poussière en suspension, transperçaient à l'oblique l'obscurité qui baignait la pièce. Au fond à gauche, un gigantesque soufflet dormait au-dessus du foyer, une immense cuve de pierre, presque aussi grande qu'un lavoir, tapissée de braises rougeoyantes. Le soufflet démesuré était relié par une courroie à un système de roues crénelées, aboutissant à une large pédale mécanique en bois. Viperyne se rappela avoir vu des gamins, contre une pièce de bronze, actionner la pédale toute la journée durant, quand Frugenhald avait des pièces importantes à fabriquer.

– Parbleu ! Mais… c'est ma petite vipère d'amour ! tonna soudain une voix de baryton depuis le fond de la forge.

Frug émergea derrière un rideau crasseux et s'avança vers Viperyne d'un pas à faire trembler le sol.

– Je ne t'ai pas vue depuis une éternité ma belle ! Comment vas-tu ?

– Salut Frug ! répondit la jeune femme, un grand sourire aux lèvres.

Elle ne répondit cependant pas à la question du forgeron.

– Qu'est-ce qui t'amène par ici ? Est-ce que vous avez encore détruit mes grilles, à l'Abbaye ?

– Non, non ! Elles sont toujours aussi solides, ne t'inquiète pas ! Je… Nous sommes en route pour le royaume Fodouk, dit-elle en s'écartant pour désigner sa compagne. J'accompagne une danseuse des îles Salines chez Iliaba.

– Eh bien ! Est-ce que Mère Brign-An-Paerven se spécialise dans les affaires, maintenant ? Quelle mission !

– Oui, je t'expliquerai ça, c'est toute une histoire. Alors Frug, que deviens-tu ? La dernière fois que je t'ai vu, tu tentais de séduire cette pauvre Bertine… A-t-elle fini par comprendre quel insatiable charmeur tu étais ?

– Bien sûr qu'elle l'a compris, puisqu'elle n'a pas pu me résister ! Je l'ai épousée il y a six lunes.

– Oh Frug ! Je suis sincèrement heureuse pour toi ! Quelle bonne nouvelle !

– Oui, tu peux le dire, renchérit-il, débordant d'enthousiasme. Et il y aura bientôt un petit Bertomi de plus à nourrir.

– Je ne sais pas quoi dire, c'est merveilleux pour toi. Sincères félicitations !

– Oh, ne t'inquiète pas, lui lança-t-il avec un clin d'œil appuyé, tu seras toujours ma petite vipère, même si Bertine ne doit pas l'apprendre.

– Je serai muette comme une tombe, s'esclaffa Viperyne, une main levée en gage de bonne foi.

– Vous vous arrêterez bien à la maison quelques heures, j'espère ! Bertine a justement cuisiné ses fameux pâtés d'écrevisse. Vous ne pouvez pas rater ça.

Et sans leur laisser le temps de répondre, il agrippa les deux jeunes femmes chacune par un coude et les entraîna hors de la forge, en direction de sa maison, qui en était mitoyenne.

Quelques instants plus tard, elles étaient attablées face à l'imposant forgeron, et Bertine, le ventre généreusement arrondi sous son tablier, leur servait à boire. La femme du forgeron était toute petite. Elle rayonnait de bonheur. Sous un foulard plié en triangle, dont la longue pointe retombait entre ses omoplates, Bertine portait, selon la mode des femmes de Ber, son épaisse chevelure entièrement tressée en trois grosses nattes. Des rubans verts et rouges alternaient pour en nouer les extrémités. Il suffisait de saisir un des regards doux qu'elle posait à intervalle régulier sur son gigantesque époux pour sentir à quel point elle était comblée. Ses yeux bleus, immenses et rieurs, commençaient à se plisser légèrement dans les coins, surtout quand elle souriait, c'est-à-dire presque tout le temps. Elle avait accueilli les deux voyageuses avec enthousiasme et leur proposa dès les premiers mots de passer la nuit chez eux. Viperyne ne l'avait qu'entr'aperçue l'année précédente, mais son impression d'alors se confirmait : Bertine était adorable, chaleureuse, et parfaitement assortie au forgeron. Un tel bonheur, simple et bon, était chose réconfortante à voir.

Néanmoins, une fois le soulagement d'avoir reçu un si bon accueil estompé, Viperyne sentit l'angoisse et l'appréhension la reprendre. Ses hôtes avaient beau se montrer extrêmement discrets au sujet de son étrange compagne voilée, elle sentait bien qu'il fallait leur révéler la vérité. D'abord, par politesse, ensuite parce que, compte tenu des événements survenus à la Grand Porte, Frug et Bertine étaient en droit de savoir qui ils hébergeaient et les soucis éventuels qu'ils pouvaient encourir à leur apporter leur aide. Enfin, Drachniel, elle l'espérait, ne tarderait pas à se manifester.

Prenant son courage à deux mains, elle leur dévoila quelques bribes de leur aventure. Elle était un peu gênée dans son récit, qui se heurtait en permanence aux limites de ce qu'elle était en droit de révéler. Elle insista longuement sur l'inexplicable défection de Sougar. Frug poussa un long soupir qui répondait bien à l'inquiétude que Viperyne tentait de museler en elle depuis leur départ. Le forgeron convenait bien que cela n'avait rien de bon. Il savait que Sougar était digne de confiance. S'il ne venait pas, c'était forcément qu'il avait rencontré un imprévu ou un souci quelconque, mais suffisamment épineux pour le faire manquer à sa parole. Les époux Bertomi écoutèrent avec attention le récit qu'elle leur fit. Ils eurent l'élégance de ne pas poser de question, sentant que la jeune femme leur cachait des pans entiers de la vérité, lisant à sa voix basse et à son air préoccupé qu'elle n'était pas en droit d'aller plus avant dans certaines révélations. Elle passa notamment sous silence l'identité réelle de la jeune femme cachée par ses voiles, expliquant d'elle seulement qu'elle était une riche héritière poursuivie par les Antharites. Il lui paraissait important que les Bertomi apprennent d'où pouvait venir le danger, car qui pouvait dire si avoir accueilli l'escorte de l'O'haï ne leur serait pas reproché ultérieurement ? À plusieurs reprises, Bertine se tourna vers l'O'haï, le regard plein d'une sincère commisération. Elle finit même par saisir une de ses mains gantées de noir et la garda entre les siennes dans un geste maternel. Longtemps après, quand elle eut terminé le récit de leurs péripéties, Viperyne jeta un regard anxieux en direction du forgeron. Celui-ci s'était levé en cours de route et faisait les cent pas dans la cuisine, les traits soucieux, les mains croisées dans le dos. Il laissa quelques secondes de silence planer quand Viperyne baissa la voix. Puis, jetant un coup d'œil éloquent à sa femme, il alla se placer derrière cette dernière et posa doucement ses immenses mains noueuses autour de ses épaules. Enfin, il déclara :

– Je n'aime pas les Antharites. Mon père, mes oncles, mes cousins et mes deux frères aînés sont morts durant la Guerre Noire. Le roi Li'An-Thar n'a cessé les combats contre les Coréliens que contraint et forcé. Et encore la paix instaurée depuis dix ans ne tient-elle qu'à un fil. Le royaume d'An-Thar s'est toujours cru supérieur aux autres et cela me déplaît à moi, Frugenhald Bertomi, forgeron du peuple zi. Les Vastes Plaines ont toujours été un pays de paix, ce qui n'a pas empêché les nôtres de mourir dans d'atroces combats. Si ce que tu dis est vrai, si un de leurs monstrueux guerriers dégénérés s'arroge le droit de régenter l'accès à Ber, j'ai peur que cela ne signifie que la garde de Ber a conclu un pacte avec lui.

– Oui, Jévan Le Gal, notre bourgmestre, serait bien capable d'un tel accord. Tout le monde sait, à Ber, à quel point il est aisément corruptible, ajouta Bertine, la mine sombre.

– En effet, reprit Frug. Vois-tu, Viperyne, tu as toujours été une cliente privilégiée à mes yeux : je te connais depuis que tu es toute petite. Tu es une sorte de… petite sœur pour moi. Allons, nous t'aiderons. Nous vous aiderons, tous les trois, dans votre entreprise, se corrigea-t-il. Ne serait-ce que par amitié, je le ferais, mais si en plus je peux mettre des bâtons dans les roues de cette fouine de Le Gal et de toute sa clique au passage, je ne vais pas me gêner !

– Cela pourrait vous attirer des ennuis, Frug. Je m'en voudrais infiniment de vous mettre dans une situation délicate, Bertine ou toi. Je…

– Nous avons pris notre décision, la coupa gentiment Bertine. Nous allons vous aider, autant que nos maigres moyens nous le permettent. Vous pouvez considérer cette maison comme la vôtre aussi longtemps que cela vous sera utile. Nous avons deux chambres de plus à l'étage, expliqua-t-elle en se massant le ventre. La jeune demoiselle peut y rester à l'abri des regards. Je m'occuperai d'elle.

– Quant à moi, j'irai dès demain me renseigner sur les tarifs pour la traversée. Je travaille assez régulièrement avec les bateliers. Avec un peu de chance, je pourrai même négocier les prix. Par contre, je suis désolé, Bertine et moi n'avons pas d'argent à vous proposer, pas suffisamment du moins. Il faudra vous débrouiller pour en gagner.

– Il est absolument évident que je n'accepterai pas une pièce de bronze de votre part, chers amis, rétorqua Viperyne avec fougue. Votre aide sera déjà inestimable ! Nous vous dédommagerons pour votre peine dès que possible, soyez-en sûr ! J'ai pensé que Drachniel et moi pourrions peut-être trouver du travail sur les docks…

– Oui, c'est une bonne idée, admit Frug, les gars du port cherchent toujours de la main-d'œuvre pour charger et décharger les cales des bateaux. Les bateliers payent à la journée et sont honnêtes, en général. Mais c'est un travail pénible.

– Drachniel et moi-même sommes robustes, cela conviendra parfaitement.

– Il faudra vous présenter avant l'aube sur les docks. C'est Jim Murtoff qui s'occupe de l'embauche. Je vous accompagnerai : je ne l'aime pas beaucoup, mais il sera moins méfiant si je suis avec vous… et moins tenté de vous escroquer, sans doute.

À la mention de Drachniel, Viperyne ne put s'empêcher de constater, non sans inquiétude, qu'il n'avait toujours pas donné signe de vie. La nuit était pourtant tombée depuis longtemps.

Après cette longue et sérieuse discussion, hôtes et convives éprouvèrent le besoin de se détendre autour de l'excellent repas préparé par Bertine. Ses pâtés d'écrevisse, notamment, se révélèrent aussi succulents qu'abondants. Elle accueillit les compliments de Viperyne et de son mari les joues roses de plaisir. L'O'haï, quant à elle, manifesta son plaisir en rendant à la cuisinière sa chaleureuse poignée de mains. Enfin, alors que les assiettes étaient léchées et les estomacs pleins à craquer, un grattement faible se fit entendre à la porte d'entrée. Frugenhald Bertomi alla ouvrir avec précaution. Drachniel, visiblement fatigué, mais en bonne santé, apparut trempé dans l'ouverture de la porte. Le forgeron ne lui laissa pas le temps de se présenter. Il l'attrapa fermement par l'épaule et le poussa avec un grand éclat de rire à l'intérieur de la maison.

Chapitre 12

Dockers

La nuit était encore noire. L'air était vif. Sur le quai, trois silhouettes avançaient d'un pas rapide, sans un bruit. La première dépassait d'une bonne tête les deux autres. Des vaguelettes venaient lécher les pilotis de bois vermoulus, provoquant un léger clapotis. À cette heure trop matinale pour que le soleil ne le fasse miroiter, le lac Rouge, vaste étendue couleur d'encre, paraissait un gouffre béant et infini. On distinguait bien, de loin en loin, le halo trouble de quelque fanal, mais l'obscurité n'en restait pas moins écrasante, étourdissante, presque palpable. Les trois silhouettes parvinrent, au bout du quai branlant, à une petite cabane en mauvais état. Trois coups secs furent tapés à la grosse planche qui tenait lieu de porte, puis les trois apparitions pénétrèrent à l'intérieur.

Affalé sur un vieux fauteuil usé par le temps et les moisissures, un petit homme tout sec, chauve, sans âge, le visage déformé par un rictus, les accueillit en coassant :

– Tiens tiens, le forgeron ! Qu'est-ce que tu nous amènes là, l'ami ?

– Ce sont deux de mes amis, Jim, des jeunes qui cherchent à gagner de quoi payer leur traversée. Nous venions voir si tu avais besoin de bras en ce moment.

Jim Murtoff, le docker, se leva et vint tourner autour des deux compagnons de Frug, émettant une espèce de borborygme de temps à autre, qui devait être un ricanement ou quelque chose de ce genre. Il renifla deux ou trois fois, cracha à terre. Soudain, se hissant sur la pointe des pieds, il rabattit la capuche du premier. Drachniel, les cheveux retenus par un épais bandeau bleu marine, lui offrit un de ces larges sourires candides dont il avait le secret. Jim le jaugea du regard, lui tâta un avant-bras, puis un mollet, avant de déclarer :

– Va pour celui-là. Huit pièces d'or par jour. De l'aube à midi au déchargement, puis du coucher du soleil à minuit, pour charger.

– Allons Jim, pour huit pièces d'or, c'est juste le matin.

– Niargh, éructa l'intéressé, disons pour dix. Pas plus.

Estimant l'affaire conclue, il sauta à côté de la troisième silhouette. Du même geste brusque, il découvrit une tête féminine, dont les cheveux avaient été soigneusement enserrés dans une large bande d'étoffe nouée au sommet du crâne, et dont les deux pans retombaient dans le cou. Pas une seule mèche ne dépassait, mais en observant le front, à la limite de la coiffe, on pouvait y apercevoir deux sourcils fauves nettement dessinés et une peau laiteuse constellée de taches de son. Jim Murtoff se détourna d'un air dégoûté en sifflant.

– V'là t'y pas aut' chose : une bonne femme ! Tu sais pas que ça porte malheur chez les marins ?!

– Elle est forte comme un homme et dure à la peine. Tu n'auras pas à t'en plaindre, Jim, ma parole d'honneur.

– Non, non. Ça va attirer des ennuis… et puis, je n'ai besoin de personne d'autre, ça ira.

– Un petit effort, Jim, je t'en serai redevable…

Le docker parut vouloir prendre le temps de la réflexion. Il affecta un air peu convaincu, se caressant le menton d'une main parcheminée.

– Allons, finit-il par dire, son rictus fourbe aux lèvres, je suppose que je pourrais faire un geste. Sept pièces d'or par jour, pour les mêmes horaires que l'autre.

– Mais… c'est injuste ! se récria Viperyne. Je vous jure que je suis aussi capable qu'un homme !

– C'est à prendre ou à laisser.

D'un regard, Frug indiqua à la jeune femme qu'il ne fallait pas en espérer davantage. Viperyne ravala son indignation, serrant les poings sous l'effet de la colère. Jim Murtoff, d'un pas nonchalant, regagna sa ruine de fauteuil et s'y affala lourdement. Il grinça encore :

– Vous commencez dans une heure, à l'arrivée du premier bateau. Vous avez intérêt à être à l'heure, sinon je retiens une pièce d'or sur votre paye.

Le reste de la matinée fut éprouvant pour Drachniel et Viperyne. Le trafic lacustre était très important et régulier. Avant midi, pas moins de dix navires accostèrent, les uns après les autres autour des trois quais du port de Ber. Les cales regorgeaient, en fonction des arrivages, de denrées et matériaux divers en provenance essentiellement du royaume Fodouk : sacs de sable, qui vous empoussiéraient le visage, lourdes plaques de marbre grossièrement taillées, dont les arêtes vous entaillaient les mains, caisses de fruits et de légumes fortement odorants, jusqu'à provoquer l'écœurement. Ce que Viperyne trouva le plus infect fut de transporter les caisses pleines de volailles vivantes qui arrivèrent en fin de matinée. Les bêtes, entassées depuis des jours, marinaient dans leurs déjections et leur sueur. La jeune femme, qui commençait à sentir la faim au terme de longues heures d'un rude travail, dut alors contrôler les spasmes de son estomac, soulevé de dégoût au contact des volatiles. Et puis, elle ne voulait pas se l'avouer, mais elle commençait à fatiguer. Drachniel en revanche, certainement parce qu'il avait été aguerri à ce genre de tâches ingrates depuis son plus jeune âge, supportait aisément la cadence imposée par le contremaître. Mieux encore, il chantonnait gaiement, quand il ne jacassait pas à tort et à travers. Viperyne, tentant de masquer qu'elle avait par moments le souffle court, l'écoutait sans lui répondre. En d'autres circonstances, le bavardage de Drachniel l'eût exaspérée, mais force était de reconnaître que la présence de ce compagnon plein d'entrain lui était d'un certain réconfort. Si elle savait déjà qu'il était un cavalier expert, elle découvrit que Drachniel était véritablement très costaud, ce que n'aurait pas laissé deviner sa stature plutôt modeste. Mortifiée, Viperyne fut obligée d'admettre, en son for intérieur, que Jim Murtoff n'avait pas tout à fait tort de le payer plus qu'elle : il portait souvent le double de ce qu'elle-même pouvait transporter.

Drachniel lui parla longuement de Griselde, sa fiancée, qui l'attendait là-bas, en Corélie. Elle avait les bras les plus blancs, les cheveux les plus soyeux, la cuisse la plus ronde et la voix la plus cristalline du monde ! Elle travaillait aux écuries royales, où son rôle consistait à tresser les queues et les crinières des chevaux d'apparat. Elle était, assurait-il, la plus experte enrubanneuse qui soit. Ses doigts étaient fins, agiles, rapides, ses ongles toujours roses... et ses lèvres si pulpeuses ! Ils s'étaient aperçus plusieurs fois sans oser se parler, avant de faire connaissance un jour de tournoi. Drachniel y paraissait pour la première fois sous la livrée de Cavalier, quittant le statut d'Écuyer, et s'approchant un peu plus de son rêve, celui d'être un jour consacré Chevalier du roi Arestion.

– Mais... au fait... quel âge as-tu ? ahana Viperyne. Elle avait entendu parler des trois étapes de la formation d'élite des Coréliens.

Les jeunes garçons, mais également les petites filles de Corélie qui en montraient les capacités, étaient pris au château dès l'âge de cinq ans. Ils étaient ensuite Écuyers jusqu'à leurs vingt-deux ans révolus. Ils devenaient, après avoir satisfait à diverses épreuves, Cavaliers de Corélie. Trois ou quatre ans plus tard, au terme d'un tournoi qui sélectionnait les meilleures recrues, et parfois par nomination directe en récompense d'un haut fait d'armes, par exemple, ils pouvaient enfin prétendre au rang de Chevalier. Atteindre un tel niveau était difficile. Nombreux étaient ceux qui menaient une carrière respectable sans jamais accéder à la fameuse faction des Cent. Cents Chevaliers... et pas un de plus, accédaient au haut de la pyramide. La compétition faisait rage, car outre l'honneur insigne d'accéder au cénacle de la garde rapprochée du roi, le titre de Chevalier s'accompagnait de terres et d'une rente fort intéressante. Drachniel, s'il était devenu Cavalier depuis peu, comptait donc parmi les plus doués de sa génération. Il ne devait, de plus, pas être très âgé. De fait, il plastronna comme jamais, lui annonçant qu'il venait d'avoir dix-neuf ans.

– Si... jeune ! Mais... le lait... te sort encore... des narines ! plaisanta Viperyne, courbée en deux sous son fardeau.

Au fond, elle était impressionnée par son compagnon, dont elle n'avait jamais vraiment réalisé toute la valeur jusqu'alors.

– Eh toi, Viperyne Glansen-la-Vieillarde, riposta-t-il joyeusement, d'où te vient ton incommensurable sagesse ?

– D'au moins... quatre ans... de plus... que toi..., gamin !

Ils durent arrêter là leur conversation, le contremaître leur intimant le silence d'un regard courroucé.

Viperyne et Drachniel, leur première part de travail achevée pour la journée, regagnèrent la maison des Bertomi, où Bertine les accueillit avec un repas encore fumant. Fourbus, ils tombèrent de sommeil immédiatement après s'être restaurés. Il leur fallait reprendre quelques forces avant le travail du soir. Viperyne se demanda vaguement comment elle pourrait tenir la cadence pendant la quinzaine de jours à venir. Hélas, Drachniel avait calculé qu'ils gagneraient avec ça tout juste de quoi payer la traversée, en espérant que les tarifs n'augmentent pas d'ici là.

Il sembla à Viperyne qu'elle avait à peine fermé les yeux quand une main fraîche lui effleura le front en douceur, la réveillant délicatement de sa sieste. Elle ouvrit un œil. C'était l'O'haï qui lui caressait le visage. Elle avait ôté un de ses éternels gants noirs et sa peau claire était visible pour la première fois. Avec une grande délicatesse, elle effleura la chevelure rousse de Viperyne qui, libérée des étoffes dont elle l'enserrait pour travailler, s'était emmêlée en une crinière fauve et volumineuse. Tout dans les gestes de l'O'haï témoignait à la fois d'une curiosité grandissante et d'une admiration certaine. Si elle ne parlait pas, elle n'en devenait pas moins de plus en plus expressive, à mesure qu'elle se familiarisait avec les deux membres de son escorte. Elle paraissait également avoir eu une confiance innée en Bertine et même en Frug, avec lequel elle gardait néanmoins une distance polie. Viperyne, encore toute tiède d'avoir dormi si fort, se souleva à demi. L'O'haï retira vivement sa main, comme si les mèches l'avaient brûlée. Elle se leva d'un bond et fit signe à Viperyne de la suivre avant de quitter précipitamment la pièce.

En bas, dans la cuisine, Frug et Drachniel discutaient depuis un bon moment. Le forgeron avait mis à profit son temps libre pour se renseigner sur la présence du soldat antharite et son éventuelle alliance avec Jévan Le Gal, le bourgmestre de Ber. Il avait appris que l'Antharite aperçu à la Grand Porte n'était ni plus ni moins que Li'Dhon'An-Thar, le redoutable fils aîné du roi Li'An-Thar. Ce n'était donc pas un simple soldat, mais un prince de sang royal et un des plus violents généraux du roi Li'An-Thar qui les recherchait à travers toute la ville ! Il se disait qu'il avait débarqué plusieurs jours auparavant et que, moyennant un gros pot-de-vin, il avait convaincu Le Gal de se montrer « coopératif ». Ainsi, ses six hommes et lui secondaient-ils la garde régulière de Ber, donnant ordres et consignes qui ne manquaient pas d'être suivis aveuglément. Comme il fallait s'y attendre, la ville était quadrillée depuis la scène de la veille. Trois individus présentés comme de dangereux criminels étaient activement recherchés : une jeune femme grande, facilement reconnaissable à sa chevelure flamboyante, un jeune homme aux cheveux châtains, montant un cheval dont le harnachement paraissait de facture typiquement corélienne, une danseuse saline, enfin, vêtue de noir de pied en cap et qui cachait son visage derrière un voile épais. Drachniel ne cacha pas son inquiétude. En ce qui le concernait, il se savait difficilement identifiable tant qu'il ne montait pas Khalem.

Heureusement, la maison de Frug et Bertine possédait une petite arrière-cour très discrète, dont on avait pu aménager la remise en boxe pour son cheval.

Il sourit à Viperyne qui, juste après avoir pris place à ses côtés sur le banc, entreprit de nouer ses cheveux et de les masquer comme elle l'avait fait aux docks le matin. Ainsi très nettement modifiée, son apparence n'éveillerait pas trop les soupçons. Le problème majeur concernait l'O'haï, tellement facile à repérer sous son accoutrement étrange. Au contraire, elle attirait à elle tous les regards. Il faudrait embarquer à la nuit tombée et surtout avec un minimum de spectateurs... Si seulement il avait été envisageable de lui faire ôter ne serait-ce que son voile de crêpe : cela aurait immédiatement mis fin aux ragots. Enfin, il serait temps d'y songer plus tard, se disait Viperyne en dégustant le revigorant repas concocté par leur hôtesse.

Les trois premiers jours de travail furent éreintants. La nuit était courte, puisque Viperyne et Drachniel n'avaient que quelques heures pour se reposer. Ils rattrapaient leur sommeil en retard dans la journée. La bienveillance et les attentions constantes de leurs hôtes les aidèrent grandement à supporter la charge accablante de travail qui les attendait pour encore plusieurs jours. Bertine était un véritable cordon-bleu ainsi qu'une délicate maîtresse de maison. L'O'haï, toujours drapée comme un fantôme de plusieurs épaisseurs d'étoffes noires, s'activait à aider Bertine autant que possible.

Aux docks, Viperyne avait cru mourir de fatigue le premier jour. Retourner travailler le soir, les membres engourdis de courbatures, était une véritable souffrance. Le deuxième jour, sachant à quoi s'attendre, elle avait essayé de dominer son envie de partir en courant, avec quelque succès. Son vieil instructeur, Sougar, lui avait enseigné que la résistance à la douleur ou à la fatigue se trouve plus dans l'esprit que dans le corps. Le troisième jour, même si le travail lui était toujours aussi pénible, elle sentit qu'elle commençait à s'y accoutumer. Elle put même rester à table à discuter avec Frug, au lieu de se traîner dans sa chambre pour s'y effondrer lourdement, comme les jours précédents.

Finalement, il y avait peut-être encore quelque espoir que les choses se déroulent désormais comme prévu et qu'ils embarquent rapidement pour la traversée. Ce jour-là, Viperyne s'endormit rassérénée par un espoir naissant.

Chapitre 13

Tanneurs

Le quatrième jour, Viperyne décida de mettre ses heures de pause de l'après-midi à profit pour régler un problème qui lui tenait à cœur : partir en quête de maître Eliott et de son apprenti Jaquemot, qui les avait détroussés sur la route de Ber.

Frug lui avait indiqué où se trouvait le quartier des tanneurs, mais exprima sa désapprobation face au projet de la jeune femme. Traverser la ville n'était guère prudent, sachant que les gardes de Ber secondés par les hommes de Li'Dhon'An-Thar écumaient les rues à sa recherche. Viperyne assura qu'elle saurait se montrer discrète, ce qui fit d'ailleurs pouffer Drachniel. Certes, prendre de tels risques pour le vol de quelques provisions de bouche et objets nécessaires au voyage était démesuré, mais Viperyne se devait surtout de retrouver le carnet d'Eudérope que lui avait confié sa tante et qu'elle avait la mission de remettre à Arestion lui-même. Elle désirait par ailleurs s'acquitter au moins autant de cette tâche que poursuivre la lecture du précieux carnet. À l'intérieur de celui-ci, elle le savait, se trouvaient les réponses aux trop nombreuses questions qui la tourmentaient à propos de l'O'haï. Si leur vie à tous trois était menacée, elle devait savoir pourquoi. La voix chevrotante de Sougar résonna à son oreille : « Si tu ne sais pas d'où vient la tempête ni pourquoi elle fait rage, tu ne peux pas t'en protéger. »

Elle avait beau la connaître de réputation, Viperyne fut suffoquée par la puanteur qui émanait du quartier des tanneurs. Les gigantesques cuves dans lesquelles marinaient des peaux fraîchement écorchées dégageaient une odeur infecte qui vous emplissait les narines et vous coupait le souffle. Tirant un des pans du tissu qui enserrait le haut de son crâne pour s'en couvrir le nez, elle prit son courage à deux mains pour entrer dans la première tannerie de la rue.

À l'intérieur de l'échoppe, les relents acides étaient encore plus violents. Elle fut accueillie avec méfiance par une vieille femme au visage buriné. Fort heureusement, maître Eliott paraissait connu dans le quartier et la vieille femme lui indiqua où le trouver. Alors qu'elle progressait sans grande certitude dans l'écheveau des ruelles, toutes jalonnées d'innombrables et nauséabondes cuves et ateliers de tannerie, Viperyne se rendit compte que sa présence était loin de passer inaperçue. Les tanneurs étaient reconnaissables à leurs vêtements maculés de taches noirâtres et à leur peau abîmée par les projections acides. Épisodiquement se mêlaient à cette foule d'ouvriers sales et précocement usés par un travail ingrat quelques domestiques des grandes maisons bourgeoises de Ber. Le nez enfoui dans une main ou une écharpe, ils filaient à grandes enjambées, les bras chargés des peaux dont leurs maîtres avaient fait la commande. Il y avait là des hommes, de vieilles femmes ridées, de nombreux enfants, ceux des tanneurs, qui jouaient à la marelle au milieu de flaques douteuses, mais Viperyne était la seule jeune femme. Les gens se retournaient sur son passage, et cela l'inquiétait. Frug avait eu raison de se montrer réticent... Elle finit par trouver l'établissement qu'elle cherchait. Comme elle s'apprêtait à y entrer, un homme la bouscula, lâcha une bordée de jurons, se massant l'avant-bras.

Viperyne reconnut immédiatement la stature famélique dont elle avait le souvenir : c'était maître Eliott.

L'homme eut un sursaut étonné en posant les yeux sur l'étrangère qui se tenait dans l'entrée de son atelier. Comme elle lui apparaissait à contre-jour, il ne semblait pas sûr de lui. Il plissa ses petits yeux chafouins pour essayer de percer le demi-jour qui filtrait. Soudain, il tenta le tout pour le tout, la repoussant des deux mains sans crier gare, dans l'espoir qu'elle le laisserait passer par l'embrasure grâce à l'effet de surprise.

Plus vive que l'éclair, Viperyne le saisit à la gorge et le plaqua brutalement contre la porte. Eliott n'était pas très grand et certainement beaucoup moins fort qu'elle. Elle n'allait en faire qu'une bouchée !

– Bien le bonjour, maître Eliott ! Je viens récupérer ce que vous m'avez dérobé, il y a quelques jours, exposa Viperyne, les dents serrées.

L'homme écarquilla les yeux, singeant l'air de la plus parfaite candeur. Il haussa les épaules et secoua la tête pour signifier qu'il ne voyait pas de quoi elle pouvait bien parler. Viperyne se demanda furtivement combien de personnes il avait détroussées depuis leur précédente rencontre, pour avoir ainsi du mal à resituer les événements de leur rencontre. Elle lui rafraîchit la mémoire :

– Nous vous avons permis de vous installer près de notre feu. Votre apprenti disait que vous étiez fatigué, et vous nous avez volés pendant la nuit !

Eliott esquissa un pauvre sourire impuissant, puis fit signe qu'il ne pouvait pas respirer sous la poigne qui le maintenait collé à la porte. Viperyne desserra un peu les doigts. Eliott reprit son souffle puis ricana nerveusement :

– Quelle surprise, mademoiselle. Ne soyez pas fâchée ! Vous savez ce que c'est : je ne suis qu'un misérable tanneur. C'est mon apprenti, le voleur, moi je ne voulais pas. Je l'ai renvoyé, c'était un mauvais garçon et...

– J'ai du mal à vous croire, vous mentez très mal, maître Eliott... et je n'ai vraiment pas beaucoup de temps à vous accorder..., le coupa la jeune femme, serrant de nouveau la main autour du cou maigre du tanneur.

Celui-ci se recroquevilla instinctivement, s'apprêtant manifestement à recevoir des coups. Il pleurnicha comme un enfant, la tête rentrée dans les épaules :

– Non, non, pitié, madame !

Elle le contempla, un sourcil arqué par la perplexité. Maître Eliott était peut-être bien l'être le plus vil et le plus insignifiant qu'il lui avait été donné de croiser...

– Dans les affaires que vous avez prises, il y avait un livre, un carnet, pour être exacte. Qu'en avez-vous fait ?

Eliott gémit de plus belle, jurant ses grands dieux qu'il était innocent.

Et puis, sans raison apparente, il parut se ressaisir et se redressa. Viperyne eut à peine le temps de remarquer que le vieil homme jetait un regard d'invite à quelqu'un d'autre, par-dessus son épaule. Un formidable coup lui atteignit l'arrière du crâne, provoquant une inconcevable douleur.

D'abord suspendue par la surprise, elle s'effondra l'instant suivant devant maître Eliott qui lui décocha un mauvais coup de pied dans le ventre. Elle crut que ses poumons allaient manquer d'air. Il s'accroupit devant elle et lui dit à l'oreille :

– Ma belle, tu es joliment audacieuse de venir me demander des comptes chez moi ! Tu aurais dû savoir qu'un tanneur n'est jamais en danger dans son propre quartier. Toi, en revanche, tu t'es déjà trop fait remarquer.

Il se releva et s'adressa à celui qui l'avait délivré de sa désagréable situation. Il s'agissait d'un colosse aux puissantes mains noueuses dont le visage n'exprimait pas particulièrement l'intelligence, mais plutôt une sourde méchanceté.

– Merci Norbert, fit-il. Est-ce que toi ou un de tes gars pourrait me jeter cette emmerdeuse un peu plus loin ? J'espère qu'elle aura compris la leçon.

– Je m'en charge, répondit l'intéressé. Au fait, c'est vrai que tu lui as volé quelque chose ?

– Disons que je lui ai pris de quoi payer l'octroi, rien de plus. Par contre son histoire de livre, ça ne me dit rien. Ça doit être l'autre qui l'a pris.

– Ce Jaquemot ? D'où venait-il, celui-là ?

– C'est un garçon qui a fait un bout de route avec moi, rien de plus. Il m'avait donné quelques pièces pour que je dise qu'il était mon apprenti. Je n'ai pas bien compris pourquoi, mais c'était toujours ça de pris ! Il était déjà parti quand je me suis réveillé cette nuit-là.

À leurs pieds, Viperyne tentait de maîtriser les vagues de douleurs qui sourdaient à l'arrière de sa tête. Elle se releva d'un pas chancelant. Maître Eliott soupira :

– Enfin, Norbert, tu vois bien qu'elle nous écoute, fais-lui passer l'envie de revenir... Ce genre de garce doit aimer la manière forte.

Norbert partit d'un rire imbécile, comme si Eliott avait fait une sortie hilarante.

Il rassembla les deux énormes battoirs crevassés qui lui servaient de main et les abattit dans le dos de Viperyne, qui essayait de leur fausser compagnie. Elle sentit quelque chose craquer en elle. La violence du choc la projeta à terre. Norbert, d'un pas placide, la rejoignit. Quand il abattit à nouveau ses deux poings rassemblés sur sa tête, elle perdit totalement connaissance.

Tranquillement, le colosse chargea le corps inanimé de la jeune femme sur une de ses larges épaules. Eliott cracha au sol d'un air dégoûté et rentra chez lui.

Ni l'un ni l'autre des deux ruffians ne s'était aperçu qu'à quelques pas, caché derrière un tas de bois, un petit garçon aux cheveux drus avait assisté à la scène.

*

Quand Viperyne émergea, quelques heures plus tard, des brumes de son sommeil forcé, il lui sembla que sa tête avait éclaté. Elle tenta de se redresser car les pavés où elle gisait lui rentraient douloureusement dans le dos. Une fois assise, elle dut se pencher pour vomir, prise d'un haut-le-cœur subit. Elle attendit quelques minutes, complètement désorientée, que les spasmes se calment. Chaque mouvement lui provoquait une douleur indescriptible dans le dos et la poitrine. Elle devait avoir plusieurs côtes cassées. Le simple fait de respirer lui faisait mal. Elle porta une main à sa tête et l'en retira poissée de sang et de boue. Tâtonnant autour d'elle à la recherche d'un point d'appui pour se relever, elle aperçut soudain, à quelques pas d'elle, un garçonnet qui la dévisageait silencieusement. Il devait être là depuis un bon moment. Viperyne plissa les yeux pour essayer de distinguer ses traits car elle avait du mal à se concentrer. Le jour commençait en outre à baisser.

– Jaquemot... ? fit-elle péniblement.

Le garçon s'approcha d'elle. Non, il était plus petit que le soi-disant apprenti de maître Eliott. Elle l'avait pris d'abord pour Jaquemot car ils avaient tous les deux la même tignasse brune et désordonnée. Arrivé à sa hauteur, il s'accroupit.

– Mais... je te reconnais... Tu es... le petit palefrenier de l'auberge du *Crin Doré* ! articula-t-elle d'une voix pâteuse.

– Oui, c'est moi, Zar, madame.

Le petit garçon la dévisageait, manifestement au comble de la fierté. Un large sourire lui donnait un air espiègle. Décrochant la gourde en peau qui pendait à sa ceinture, Zar lui donna à boire. Viperyne lui en fut reconnaissante. L'eau fraîche l'aida à retrouver ses esprits.

– Mais... je... je ne comprends pas... Que fais-tu là ?

Une lueur dorée zébra le regard noir du jeune garçon. Il esquissait un nouveau sourire, s'apprêtant à répondre, quand une patrouille surgit à l'angle de la route, les interpellant :

– Eh vous, là-bas ! Que faites-vous ?

Zar se releva d'un bond et s'approcha des gardes, nullement effrayé. Viperyne constata avec soulagement qu'aucun Antharite ne les accompagnait.

– C'est ma grande sœur, messieurs les gardes, elle est tombée par terre en glissant sur les pavés et s'est cogné la tête. Mais ça va aller, elle va se relever, assura le garçonnet.

Les gardes haussèrent les épaules.

– Il va bientôt pleuvoir, vous devriez rentrer, conseilla l'un d'eux.

Puis ils tournèrent les talons sans plus se préoccuper de Viperyne. Dans l'intervalle, craignant une fouille en règle, elle avait réussi à se relever. Zar la retrouva accrochée à une borne en pierre comme un naufragé à un bout de bois jeté à la mer. La jeune femme chancelait. Zar lui prit un bras et le passa par-dessus son épaule pour la maintenir debout. Sous l'effort, elle dut contenir une nausée inattendue. La terre tanguait sous ses pieds. Elle prit finalement appui sur l'épaule du garçonnet. Elle fut étonnée : finalement, il n'était pas si petit qu'elle l'aurait cru… et sa force était étonnante.

Ils tentèrent de faire quelques pas. Le retour jusqu'à la maison du forgeron parut interminable. Fréquemment, Viperyne s'arrêtait pour ne pas tomber, tant la tête lui tournait. Vers la fin, comme une pluie fine et glacée s'était mise à tomber, elle dut se concentrer pour ne pas glisser. Néanmoins, en dépit du froid transperçant, la pluie qui lui inondait le visage lui permit de recouvrer totalement ses esprits.

Sans l'aide de Zar, béquille consciencieuse et muette, elle n'aurait jamais pu retrouver son chemin dans les rues sombres de la capitale, ni eu la force de rentrer toute seule. Quand ils arrivèrent enfin chez les Bertomi, il faisait nuit noire. La jeune femme serrait les dents, épuisée, ne voulant pas cependant l'avouer face au jeune Zar. Viperyne occupait depuis un moment son esprit à chercher ce qu'elle allait bien pouvoir dire au garçon pour le remercier. Elle aurait voulu le dédommager pour sa peine, mais elle ne savait rien de lui ou de ce qui pourrait lui rendre service en retour. De plus, elle n'était pas bien riche. La jeune femme s'agrippa au montant de la porte, mais ne frappa pas. Se tournant vers le garçon, elle allait ouvrir la bouche quand il lui tendit un petit paquet entouré d'un carré de tissu sali.

– Je pense que c'est ce que vous cherchiez, m'dame ! dit-il.

Puis il alla frapper à la porte du forgeron, avant de détaler en courant, exactement comme lors de leur première rencontre dans la cour du *Relais du Crin Doré*.

Quand Frug ouvrit la porte, il trouva Viperyne debout dans un équilibre précaire, trempée et l'air stupéfait.

Elle tenait à la main le carnet d'Eudérope.

Chapitre 14

Port Ghil'Dour

Port Ghil'Dour était une paisible bourgade côtière. Ses habitants, d'honnêtes et simples marins antharites, y vivaient de la pêche, mais aussi de l'exploitation des minerais de fer que leur procuraient les falaises. Le roi Li'An-Thar avait choisi cet emplacement pour y rassembler son ost, et ce dans le plus grand secret. Nul sur le Continent, hormis les hommes de main et les officiers antharites, ne devait pouvoir soupçonner ce qui se tramait à Port Ghil'Dour. L'emplacement très méridional du village, loin de Liodorsc, était un avantage non négligeable.

Jonanoc Az'Ruhl et Dilenn Am'Ren, deux simples fils de bourgeois, avaient été choisis pour leur vue parfaite, caractéristique désormais rare dans le peuple antharite, mais aussi pour leur loyauté indéfectible à leur souverain. Pendant des mois, les deux émissaires antharites avaient enquêté à Parminga, la capitale de Corélie. Discrets comme des chats, rusés comme des renards, aussi insaisissables et invisibles que le vent, ils avaient patiemment mené leur enquête, furetant dans les moindres recoins de la cité de leurs ennemis.

Au terme de quasiment quatre années d'investigation, ayant réussi à pénétrer le palais royal en se faisant employer comme simples laquais, ils avaient pu jouir tout à loisir des bruits de couloir dont frémissait toujours la cour corélienne. Jonanoc, par pur calcul, s'était même lié à Ava, une jeune servante affectée aux appartements privés d'Arestion. Il avait poussé le perfectionnisme jusqu'à l'épouser au vu et au su de tous. Sa couverture était ainsi parfaite. Jonanoc et Dilenn, grâce à leur art consommé du mensonge et de l'infiltration, avaient en quatre ans obtenu ce qu'ils étaient venus chercher.

Ava, un soir, était rentrée, le sourire aux lèvres, ses yeux dorés pailletés d'excitation. Elle avait surpris une conversation entre le roi et Lindzin d'Alunay. Personne ne l'avait aperçue et elle n'avait osé manifester sa présence. De sous la table où elle était occupée à épousseter les pieds en bois tourné, elle avait retenu son souffle, consciente qu'elle se trouvait là où elle n'aurait pas dû, ou alors au mauvais moment. Jonanoc piaffait d'impatience. La lenteur et la bêtise de son épouse l'exaspéraient. Ses phalanges le démangeaient, mais il devait se contenir jusqu'à ce que la pauvre fille ait vidé tout son sac. Petit à petit, au rythme du récit confus que livrait Ava, si on l'élaguait des multiples commentaires inutiles dont elle ornait ses propos, se dessinait l'essentiel du message : Arestion envoyait un tout jeune Cavalier du nom de Drachniel de Varn accomplir une mystérieuse et capitale mission. Les mots « héritière » et « cachée » avaient été chuchotés... Jonanoc s'était ensuite levé de la table où il découpait des tranches de lard à l'aide d'un large couteau en écoutant Ava pérorer depuis son retour. Il avait vaguement souri à sa femme avant de s'avancer vers elle et, sans crier gare, d'un geste aussi lent que précis, de lui ouvrir la gorge de part en part. Puis il avait enjambé son corps agité des derniers soubresauts d'une vie arrachée par surprise et avait quitté, sans un regard en arrière, la masure qui lui avait servi de foyer pendant plusieurs années. Son comparse Dilenn l'attendait derrière la porte et lui avait emboîté le pas.

Suivre à distance le Cavalier corélien n'avait pas été une mince affaire, tant sa monture était rapide et son endurance prodigieuse. Un soir de bivouac, Dilenn avait même reconnu que la réputation des Cavaliers du roi Arestion était méritée, ce qui avait arraché un juron à Jonanoc.

*

Désormais, Li'An-Thar savait. Il savait où se trouvait la dernière héritière de Guernanor grâce aux confessions de la prisonnière des geôles de Liodorsc. Il savait quand elle avait quitté l'Abbaye du Pré, qui l'accompagnait et quel trajet ils avaient emprunté. Jonanoc et Dilenn avaient reparu devant lui après des années de bons et loyaux services. Il leur avait donné des terres et les avait enjoints de rejoindre son armée après quelques jours de repos. Ils avaient bien œuvré. Li'An-Thar pouvait encore se délecter de la dernière partie du récit de Dilenn. Il pouvait se le représenter, juché sur sa monture noire, adressant au jeune Cavalier corélien qu'il avait pris en chasse le sifflement à deux tons des antharites. Il pouvait deviner l'émoi, non la terreur, du jeune homme, mais aussi sa circonspection : pourquoi l'avait-on suivi à travers tout le Continent ? Pourquoi ne pas l'avoir arrêté avant qu'il ne touche aux grilles de l'Abbaye du Pré ? Li'An-Thar, les narines frémissantes, imaginait les effluves de sueurs et de peurs qui avaient dû être celles du Corélien.

Le soir même, ses deux espions, tapis dans les fourrés épais de la forêt Salavielle, avaient encore vu la troupe composée de trois cavaliers et de cinq chevaux quitter au galop l'enceinte de l'Abbaye. Les deux hommes avaient ensuite pris la direction du royaume d'An-Thar, pensant rallier Liodorsc, et c'était presque par hasard qu'ils avaient retrouvé leur roi et leurs compatriotes cantonnés dans le plus grand secret à Port Ghil'Dour.

Li'An-Thar jubilait intérieurement, même s'il n'en laissait rien paraître. Il se félicitait de sa propre clairvoyance, qui l'avait poussé, environ une lune plus tôt, à expédier son balourd de fils aîné à Ber. Soit la présence du prince Li'Dhon'An-Thar décourageait les fuyards et les poussait à contourner le lac Rouge par l'ouest, ce qui les rapprochait dangereusement des terres antharites, soit, mais c'était moins probable, ils étaient assez inconscients pour tenter la traversée du lac Rouge, et Li'Dhon n'aurait qu'à les cueillir tranquillement. L'O'haï et sa misérable escorte étaient pris comme des rats dans une nasse.

La partie commençait.

Assis dans la pièce principale d'une massive bâtisse en pierre réquisitionnée au bourgmestre de Port Ghil'Dour, Li'An-Thar en était là de ses réflexions. Il s'apprêtait à se remémorer les différentes étapes de son plan quand un garde vint lui annoncer l'arrivée imminente de son fils aîné, Li'Dhon'An-Thar.

Quelques instants plus tard, l'imposant prince antharite saluait son père du sifflement caractéristique de son peuple. Le vieux roi huma l'air. Son exaltation retomba comme un soufflé. Il secoua la tête en signe de dénégation et soupira :

– Ainsi tu as échoué.

Li'Dhon encaissa le coup. Comme toujours, il était impossible de rien cacher à son père. À l'instant même où il avait franchi le seuil de la salle, le roi avait perçu au rythme de ses pas, au son de sa respiration, à la sueur que l'angoisse de l'échec faisait perler à ses tempes, que c'était piteux et les mains vides qu'il revenait vers lui. Essayant de ne pas laisser percevoir la honte que ce résultat lui infligeait, il répondit :

– Oui, père. Mes hommes ont perdu leur trace sitôt les portes de Ber franchies. Nous... nous avons tenté de les retrouver bien sûr, mais les gens de ces contrées vivent dans un tel capharnaüm... un tel dédale de ruelles que nous n'avons pas pu...

Un silence pesant s'installa. Le prince conscient de se trouver en faute devant son impitoyable père ajouta précipitamment :

– J'ai conclu un accord avec le bourgmestre de Ber. Cet imbécile se gargarise de devenir notre allié... J'ai cru bon d'exploiter la fascination que nous exerçons sur lui et d'attiser son ambition personnelle. Ainsi, il a immédiatement mis à la recherche de l'O'haï la totalité de ses hommes. Et j'ai préféré rentrer pour vous faire mon rapport directement.

Li'Dhon était mal à l'aise. Le mutisme de son père n'annonçait rien qui vaille. Il avait pris assez de coups dans son enfance pour sentir au souffle court de Li'An-Thar qu'un mécontentement profond l'habitait.

Le prince dit encore, de la voix la plus sincèrement contrite dont il pût se montrer capable :

– Je vous prie de m'excuser.

Li'An-Thar garda encore le silence pendant de longues secondes. Debout au milieu de la salle, couvert de la boue et de la poussière du voyage, Li'Dhon n'osait plus ni parler ni bouger. Soudain, il perçut un gargouillement ténu : Li'An-Thar riait. D'un rire mauvais et contenu. Puis il déclara :

– Allons voir vos frères, Li'Dhon, puisque vous n'avez pas su me donner satisfaction, j'espère qu'ils seront, eux, à la hauteur.

Li'Dhon s'était attendu à mille choses : des coups, des réprimandes, des récriminations. Mais il n'aurait jamais pensé que son père puisse lui offrir un si cuisant ridicule. Il avait ri ! Il s'était moqué de lui, son futur héritier, le plus solide et le plus puissant de ses cinq fils ! Le prince de sang emboîta le pas à son père en se concentrant pour réprimer son envie de le frapper.

Le soleil se couchait déjà, ses rayons bas faisant miroiter les remous de l'océan Ganéide. En haut de la falaise escarpée surplombant Port Ghil'Dour, l'armée antharite était tout entière absorbée dans la répétition de manœuvres militaires, ignorant tout de la beauté du panorama. À la tête de plusieurs milliers de soldats armés jusqu'aux dents, les officiers antharites, juchés sur d'énormes montures aux naseaux frémissants, hurlaient leurs ordres et modulaient des sifflements effrayants. Puisque la plupart des dirigeants de cette armée étaient aveugles, les Antharites avaient développé un art complexe de la stridulation, un véritable code de guerre, un langage secret. Cela avait l'avantage de rendre incompréhensibles aux espions ou aux prisonniers les stratégies et tactiques des Antharites sur le champ de bataille. En outre, l'ouïe seule permettait aux chefs de cohorte de saisir l'efficacité ou l'échec de telle ou telle manœuvre. À cet usage, les haches, épées et javelots des combattants avaient tous été munis de sortes de boîtes en osier appelées « pièges-à-vent » ou encore « trahissoirs ». Ces objets gros comme un poing d'homme fonctionnaient sur le modèle des harpes éoliennes : le moindre souffle de vent, le plus infime déplacement d'air provoquait des bruits plus ou moins graves ou rauques. Cela indiquait comment l'arme à laquelle le piège-à-vent était fixé s'était déplacée, quel obstacle elle avait rencontré, quelle trajectoire on lui avait fait adopter. Les soldats antharites préféraient appeler le piège-à-vent « trahissoir » car l'objet était celui par lequel leurs chefs les jugeaient habiles ou non au maniement des armes. Le trahissoir était encore parfois appelé « le délateur ». Ses sons implacables n'offraient nul recours aux médiocres : il rendait compte de vos moindres faits et gestes dans la bataille.

Les autres peuples du Continent, ceux qui avaient eu à affronter les hommes d'An-Thar, redoutaient le seul son émis par cet instrument, qu'ils avaient appris à reconnaître de loin. C'était d'ailleurs le seul inconvénient tactique que présentaient les trahissoirs, si sensibles aux mouvements de l'air : ils pouvaient, même s'ils étaient obturés, émettre des sons caractéristiques et ainsi trahir l'approche de l'armée. Toutefois, l'armée antharite s'accommodait bien de ce léger défaut, tant elle avait peu l'habitude d'avancer à couvert. C'était dans la bataille rude, frontale, brutale que résidait sa puissance.

Il émanait du plateau où l'armée manœuvrait une rumeur vibrante, un grondement sourd assez proche d'un roulement de tambour ou de tonnerre. Les pièges-à-vent râlaient à l'unisson, couvrant par moments les cris des hommes. Li'An-Thar et Li'Dhon chevauchèrent jusqu'à une tente de tissu lamé argenté peinte de motifs noirs, aux couleurs du royaume d'An-Thar. On avait enduit les montants de la tente d'un mélange d'huile de pin et de laurier, qui signalait aux antharites la présence d'un bâtiment royal.

Li'An-Thar et Li'Dhon y trouvèrent les quatre autres princes royaux. Li'Bat et Li'Sdat, les jumeaux, étaient impeccablement sanglés dans leurs armures et s'apprêtaient à rejoindre leurs montures pour prendre part aux entraînements. Au fond de la tente, attablés devant un repas copieux, Li'Nod et Li'Meï, les deux cadets, finissaient de se restaurer. Ils se levèrent à l'entrée du roi. Les quatre fils sifflèrent en signe d'accueil, comme l'avait fait Li'Dhon auparavant.

Li'An-Thar s'assit sur une banquette garnie de velours bordeaux et entretint ses fils sans préambule, conformément à son habitude de père et de roi :

– Il s'avère, mes fils, que votre aîné n'a pu freiner la course désespérée de l'O'haï et de son escorte. Il semble que le Corélien et sa vipère à cheveux rouges soient plus... glissants que nous ne l'avions escompté.

– Cela ne m'étonne guère..., souffla Li'Nod en secouant sa longue chevelure noire.

Néanmoins, comme son frère, fidèle à son habitude, ne développait pas le sens de ses paroles, Li'Dhon ne sut si cette remarque s'appliquait à son échec ou aux talents de ceux qu'il poursuivait. Personne ne demanda de précision et l'aîné des princes, une fois de plus, dut ravaler avec difficulté son orgueil bafoué.

– Li'Bat, Li'Sdat, poursuivit Li'An-Thar, partez sur-le-champ en direction des terres fodoukes. Tout porte à croire que nos fugitifs vont traverser, si ce n'est déjà fait, le lac Rouge. Je suis sûr qu'ils vont aller se réchauffer quelque temps dans le nid de cette couleuvre d'Iliaba. Aux portes de Sk'l, au nord, vous guetterez, saisirez et réduirez à néant les deux pitoyables membres de ce misérable convoi, puis vous nous amènerez la fille. Ne me décevez pas.

– Nous sommes..., fit Li'Bat.

–... à vos ordres, père, conclut Li'Sdat.

Puis, sans demander plus de précision, ils quittèrent la tente et enfourchèrent leurs chevaux. Le roi attendit que le bruit des sabots s'éteigne dans la nuit qui couvrait le départ de ses fils. Il continua :

– Li'Dhon, vous irez quant à vous rendre visite aux pensionnaires de l'Abbaye du Pré. Ils ne peuvent plus rien nous apprendre désormais, mais ils ont choisi le clan des Coréliens : nous leur ôterons l'envie de les soutenir à nouveau. Je devine que vous saisissez ce que je veux dire ?

Li'Dhon se redressa et éclata d'un rire gras. Il avait craint une nouvelle humiliation. Or son père venait de lui confier une nouvelle mission. Une mission qui le réjouissait. Toute honte envolée, il retrouvait sa superbe.

– Je saurai vous satisfaire, père, soyez-en sûr. Ces chiens vont payer de leur sang leur affront !

Et, suivant ses deux frères sortis quelques instants plus tôt, il s'évanouit dans la nuit.

– Et que ferez-vous de nous, père ? demanda alors Li'Meï, qui avait suivi la discussion avec amusement.

Li'An-Thar s'avança vers la table et s'empara d'une cuisse de poulet rôti. Il en arracha à pleines dents un lambeau de chair dégoulinant de graisse. Mastiquant sans ménagement, il répondit :

– Je garde les deux meilleurs pour la fin, bien sûr. À moins que, Li'Meï, vous n'ayez quelque chose à me proposer...

– Eh bien, justement, père, j'aurais une idée à vous soumettre… Mais il va me falloir agir vite, déclara le plus jeune des princes antharites.

À l'air qui s'était soudain figé autour de son plus jeune fils, à l'odeur du complot savamment ourdi qui se dégageait de toute sa personne, Li'An-Thar sut qu'une suggestion intéressante se dessinait.

– Très bien, Li'Meï, vous avez toute mon attention.

– Qu'on fasse seller mon cheval au plus vite. Et faites également quérir Sirvàn An-Merr ! ordonna alors le prince avant de s'avancer vers son royal père.

Ils allaient en avoir pour quelques heures à fixer tous les détails de son plan.

Chapitre 15

Lune

Pendant les deux jours qui suivirent son expédition mouvementée dans les ateliers de tannerie de Ber, Viperyne fut obligée par Bertine à garder le lit. La femme du forgeron, d'apparence si douce, se montra une infirmière redoutable de fermeté. Secondée par l'O'haï, elle pansa ses blessures, la nourrit comme un enfant malade et faible, l'aida à sa toilette.

Outre la plaie ouverte qui lui courait de l'oreille gauche à l'arrière du crâne, la jeune femme devait avoir une ou deux côtes fêlées ou cassées, conséquence du coup de pied asséné par Eliott quand elle était tombée. Elle en gardait un vague souvenir. En revanche, elle était incapable de comprendre où et comment elle s'était ouvert la peau du crâne. La pluie, l'engourdissement, l'hébétude l'avaient empêché de sentir le sang couler par la plaie. Elle avait fourni une assez terrifiante apparition quand la porte du forgeron s'était ouverte : hagarde, ensanglantée de la tête aux pieds, trempée, blême... Les adjectifs ne manquaient pas pour exprimer l'horrible visage qu'elle leur avait offert ce soir-là ! Bertine en avait encore les sangs tout retournés. Elle maugréait pour la forme après les auréoles rouges que les blessures de Viperyne avaient laissées sur ses tomettes luisantes. En réalité, elle nourrissait les plus grandes inquiétudes pour la santé de son hôte. Le plus grave était l'étourdissement qui ne manquait pas de la prendre dès qu'elle essayait de se lever, redoublé d'une nausée quasi immédiate.

Drachniel passait matin et soir s'assurer qu'elle allait bien. Il s'asseyait au bord de son lit et lui racontait ses longues heures de travail aux docks. Jim Murtoff, courroucé par la défection soudaine de Viperyne, jurait ses grands dieux que le forgeron lui paierait le manque à gagner de sa poche. Il assurait également qu'il ne la paierait même pas pour les heures déjà effectuées et ne la rembaucherait certainement pas, même si elle devait le supplier à genoux. À ses yeux, elle était la preuve vivante du peu de fiabilité de la gent féminine. Viperyne se maudissait intérieurement : si elle ne pouvait pas reprendre le travail, c'étaient toutes leurs prévisions qui tombaient à l'eau. Drachniel devrait doubler la durée de son engagement, puisqu'il travaillait déjà comme un forcené plus de quatorze heures par jour, désormais. Il risquait de s'y épuiser. Les jours s'écoulaient trop lentement. Le travail était trop rude, bien qu'il paraisse y trouver un certain plaisir. Il affirmait souvent que sentir jouer ses muscles était tout ce qui lui manquait depuis son départ. Viperyne n'avait pas le cœur à le railler. De plus, il était vrai que le Corélien s'étoffait à vue d'œil sous l'effet des tonnes de vivres et de marchandises qu'il transportait jour après jour.

Mais il n'était pas juste qu'il assume seul les conséquences de son imprudence à elle, même s'il choisissait, comme toujours, de n'en voir que l'aspect positif. Et puis, le temps leur était compté : qui pouvait dire quand Li'Dhon les retrouverait ? Il fallait fuir Ber au plus vite, avant que la présence de l'O'haï ou la leur ne soit repérée. Drachniel expliqua qu'il avait demandé une augmentation à Murtoff contre la promesse de doubler son rendement. À ce compte, il espérait avoir réussi à rassembler la somme nécessaire à la traversée sous une dizaine de jours. Contre toute attente, le docker avait accepté le marché. Frug avait également mis ses relations à profit pour leur réserver d'avance trois places à bord de la *Victoire*, un navire de commerce qui était actuellement hors d'eau pour vérification, mais devait reprendre du service sur le lac Rouge justement dans une dizaine de jours. Le capitaine était un de ses cousins éloignés ; le convaincre d'accorder un petit rabais sur les tarifs avait été plutôt aisé.

Vaincue par sa faiblesse ainsi que par la vigilance constante de Bertine, Viperyne passa de longues journées à se remettre, confortablement blottie sous d'énormes édredons en plume de canard. Elle avait beau passer le plus clair de son temps à dormir, la mauvaise humeur et une lassitude accablante la rendaient grincheuse.

Un jour qu'elle ruminait son ennui et commençait à sentir qu'elle avait recouvré quelques forces, elle sortit de son lit en grimaçant de douleur et, en s'efforçant de ne pas faire grincer les lattes du vieux parquet, ce qui aurait inévitablement provoqué l'arrivée de Bertine, elle se dirigea vers la table où reposaient ses affaires personnelles. Elle en extirpa le carnet d'Eudérope. Après tout, elle tenait là un moyen efficace de se distraire et de poursuivre son apprentissage à propos de l'O'haï et des Guernanantes. Elle savait qu'il lui restait à entamer un passage dédié à ce qu'Eudérope appelait « L'ère des dynastes ». Elle n'avait pas eu le temps encore de parcourir ce chapitre qui se proposait de dresser une généalogie des plus grandes souveraines de la mystérieuse île.

S'enfonçant confortablement sous ses couvertures, Viperyne ouvrit le livre… et poussa un hoquet de stupeur. La moitié des pages en avaient été arrachées ! Il en restait suffisamment cependant pour qu'elle ne se soit pas méfiée quand le petit Zar lui avait remis le carnet en main propre.

– Mais quel petit renard ! s'exclama-t-elle, incrédule.

Inexplicablement, elle était persuadée que c'était Zar qui était à l'origine de ce forfait. Elle revoyait la lueur malicieuse qui dansait entre ses yeux, et qu'elle avait été trop épuisée pour prendre en considération, quand il l'avait ramenée aux portes du foyer des Bertomi.

Elle feuilleta ce qui restait du carnet dans tous les sens. Les pages avaient été arrachées assez proprement, exactement à l'endroit où elle se souvenait avoir fait une petite corne en haut d'une page pour se retrouver. Cela ne pouvait pas être le hasard. On n'avait pas voulu qu'elle lise la suite… c'était manifeste. Mais qui était en mesure de comprendre ce que contenaient ces pages tout en jugeant qu'elle en savait déjà trop ? Arestion avait-il envoyé un espion corélien pour la surveiller ? Elle était à peu près certaine que Drachniel ne savait rien de l'existence du carnet car il n'était pas là quand sa tante le lui avait remis. Cela n'avait aucun sens… Elle se perdait en conjectures à ce sujet quand, à force de manipuler le cahier amputé de la moitié de son contenu, elle tomba sur une petite inscription à demi effacée qui se trouvait sur la face intérieure de la couverture. Les pages arrachées permettaient de dévoiler ce détail situé en bas de la troisième de couverture : une inscription manuscrite, réalisée dans une encre dont le bleu tirait vers le violet au contact du cuir, avait bavé, mais demeurait lisible :

« Lune, ma princesse, ce carnet est pour toi.
E. »

À cet instant, l'O'haï entra dans la chambre, un plateau chargé d'appétissants beignets à la fleur d'oranger préparés par Bertine dans les mains. La maison embaumait d'ailleurs depuis le matin. Viperyne la dévisagea avec intensité, tentant de percer l'obscurité insondable des voiles pour discerner les traits du visage de sa compagne. Elle se sentait envahie d'une émotion étrange. Pour la première fois, elle parvenait à l'envisager autrement que comme une entité abstraite. Sous ce crêpe noir, derrière ces gants, ces longues jupes, ces lainages, vivait un être humain unique. Et cet être avait un prénom.

– Lune..., murmura Viperyne, comme transcendée par cette révélation avant de poursuivre d'un ton plus affirmé, tu... tu t'appelles Lune... et tu es la princesse perdue. Tu es Lune de Guernanor.

L'O'haï fut prise d'un violent tremblement. Elle s'avança d'un pas incertain, déposa le plateau à la hâte sur la table de chevet, fit volte-face et s'enfuit à grandes enjambées. Viperyne n'en était pas certaine, mais elle crut bien entendre des sanglots dans la chambre voisine. Elle était vraiment perplexe, mais, surtout, se sentait très bête d'avoir posé cette question : soit l'O'haï ignorait tout de sa propre histoire, et ce n'était certes pas à Viperyne Glansen, la moins-que-rien, l'insignifiante orpheline de l'Abbaye du Pré, de lui révéler son identité ; soit elle savait qui elle était et ce qu'elle faisait là. Dans ce cas, lui en rappeler les raisons ne pouvait que raviver un immense chagrin, puisque son peuple avait été décimé quelques mois seulement après sa naissance.

Tout à ces réflexions, Viperyne finit de nouveau par se rendormir. Elle avait tout de même mangé quelques beignets, plus par respect pour le travail de Bertine que par faim réelle. Ils avaient beau être succulents, elle avait l'appétit coupé par sa lecture. Quand elle se réveilla au milieu de la nuit, Drachniel était rentré des docks. Elle l'entendit discuter à voix basse avec Frug. Sur le plateau qu'avait apporté l'O'haï, elle découvrit un petit billet froissé portant une écriture fine et pleine d'arabesques :

« S'il vous plaît, n'en parlez à personne. »

Le mot était paraphé : « L. de G. ».

Chapitre 16

La *Victoire*

Enfin le jour du départ arriva. Drachniel, grâce à l'argent rudement gagné aux docks, avait réussi à réunir la somme nécessaire à la traversée. Aux dernières heures de la nuit, ils adressèrent au forgeron et à sa femme leurs derniers remerciements et leurs adieux. Drachniel avait même trouvé le temps et l'argent pour leur faire un petit cadeau. La grossesse de Bertine atteindrait son terme quelques lunes plus tard. Il avait un jour involontairement surpris une conversation entre les deux époux concernant le berceau du futur bébé. Drachniel, la veille du départ, était rentré un peu après midi, triomphant. Derrière lui, un menuisier et son apprenti entrèrent chez les Bertomi, chargés d'un berceau en bois sculpté de délicats motifs de fleurs champêtres.

– C'est bien modeste, déclara le Corélien, mais j'ai cru comprendre que vous en auriez bientôt besoin !

Il révéla par la suite à Viperyne qu'il avait dû revendre, pour en faire l'acquisition, les boucles d'oreilles en or qu'il avait achetées quelques jours plus tôt pour sa fiancée Griselde. Bertine déclara qu'elle ne pouvait accepter un tel présent, mais Drachniel protesta énergiquement, appuyé par Viperyne et même par l'O'haï, qui prit la main de Bertine et la posa sur le montant du lit. Les époux Bertomi tentèrent encore d'affirmer qu'ils avaient aidé les trois voyageurs sans arrière-pensée, de bon cœur, et sans en attendre aucune contrepartie. Puis, cédant au sourire joyeux de la jeune femme et du Corélien, ils se laissèrent convaincre.

Les au revoir furent émouvants. Tous savaient que la route qui les attendait serait longue et semée d'embûches. En vérité, leur mission était même des plus périlleuses. Les Antharites étaient à leurs trousses et devaient trépigner d'impatience à l'idée de les attraper avant qu'ils n'aient pu quitter Ber. Une seule chose jouait encore en leur faveur : les poursuivants semblaient avoir perdu leur trace depuis plusieurs semaines et ils ne devaient plus savoir où donner de la tête. Peut-être même les croyaient-ils passés depuis longtemps de l'autre côté du lac Rouge. C'était là une chance et un répit assurés. Plus la zone de recherche était étendue, plus l'O'haï et son escorte avaient de chance de passer entre les mailles du filet. Il fallait espérer en tout cas que leur trace n'ait pas été repérée et que les ennemis ne s'apprêtent à fondre sur eux comme l'aigle sur l'agneau.

Le jour n'était pas encore levé quand ils se présentèrent à l'embarcadère où les attendait amarrée la *Victoire*. Une fois que Drachniel eut payé la somme convenue, il confia la bride de Khalem à un des matelots qui l'emmena vers les cales du navire. Le capitaine les mena jusqu'à la cabine unique qu'ils devraient partager pendant les trois nuits de la traversée. L'arrivée à Sk'l, la ville côtière du royaume Fodouk, était prévue pour le soir du quatrième jour. Drachniel et Viperyne espéraient que le voyage s'effectuerait sans encombre. D'après le capitaine, les autres clients seraient surtout des Fodouks rentrant chez eux après une saison de commerce à travers les Vastes Plaines et jusqu'au sud du Continent. Ils en furent soulagés : s'il n'y avait pas d'habitants de Ber à bord, cela signifiait qu'ils n'auraient pas à se cacher. Tout au plus faudrait-il rester discret. Les repas étaient compris dans le prix payé. Une grande salle au pont supérieur était meublée de longues tablées. Drachniel proposa que l'O'haï reste dans la cabine afin de prévenir les questions que les autres passagers pourraient se poser à son sujet. Il se chargerait de lui apporter ses repas en s'arrangeant pour ne pas éveiller les soupçons.

Deux heures plus tard, la *Victoire* était sur le point de quitter le port de Ber en direction du Nord. Ses immenses voiles blanches se gonflèrent lentement sous le vent du petit matin. Les mâts gémirent en douceur sous l'effort pendant que les passagers embarquaient d'un pas lent, empruntant les passerelles de bois jetées sur le quai. Viperyne et Lune avaient conscience que c'était là un moment particulièrement critique. Elles avaient prévu de s'engouffrer au plus vite dans leur cabine pour se soustraire à la vue des badauds, mais il fallait quand même embarquer, se frayer un chemin dans une foule compacte, traverser quelques ponts et couloirs. Plus que jamais, elles sentaient peser sur leur passage les regards inquisiteurs des autres voyageurs ainsi que des membres de l'équipage. Tout le monde commençait à s'interroger sur la silhouette énigmatique de l'O'haï. Viperyne et Drachniel, très nerveux, se rendaient compte que leur manière d'encadrer l'O'haï pour lui faciliter la progression dans la foule renforçait l'idée qu'ils accompagnaient une personne d'importance. Et puis il était à craindre que ceux qui les cherchaient ne soient alertés par l'attroupement qui se formait peu à peu autour de l'O'haï et de son escorte. Mêmes s'ils étaient aveugles, les Antharites sauraient identifier sans problème leurs proies, à l'odorat ou au bruit de leur pas. Ils détecteraient peut-être la curiosité piquante des gens qui regardaient passer ces trois étrangers, tentant même parfois d'agripper un pan des voiles de l'O'haï pour s'assurer qu'elle était bien réelle. Drachniel avait observé et rapporté l'alliance manifeste des hommes de Jévan Le Gal avec les Antharites, ainsi, il y avait de toute façon un risque d'être visuellement identifié. Viperyne priait pour que les quais ne soient pas trop surveillés. Elle savait que la masse flamboyante de ses cheveux bouclés trahissait son anonymat aussi sûrement que les amas de voiles noirs signalaient la présence de l'O'haï. Combien de fois avait-elle souhaité que sa protégée puisse ôter les épaisseurs de crêpes foncés qui la rendaient si aisément identifiable ! Mais l'O'haï remuait énergiquement la tête à chaque fois que la question était posée. Viperyne n'osait insister, ne voulant pas non plus créer de bévue sur le plan diplomatique : le roi de Corélie et la défunte reine de Guernanor avaient prévu de masquer la jeune fille ; ce n'était pas à Viperyne Glansen, l'obscure habitante des lointaines Terres Salavielles, d'aller s'opposer à la volonté des monarques.

Enfin elles furent à bord. Elles s'engouffrèrent dans les étroites coursives des ponts inférieurs pour rejoindre la cabine qui leur avait été attribuée. Elles découvrirent l'espace sommairement aménagé et complètement borgne qui les accueillerait durant la traversée et claquèrent la porte avec un indicible soulagement. Drachniel, après être allé s'assurer que Khalem était correctement installé, avait choisi de s'accorder un petit moment d'observation à la poupe du bateau. Le pont supérieur était noir de monde. Drachniel fut soulagé de constater que, conformément à ce qu'avait annoncé le capitaine, il ne semblait pas y avoir d'habitants de Ber à bord. La plupart des passagers étaient soit fodouks, soit originaires d'autres contrées, comme en témoignaient leurs accents divers et exotiques.

Accoudé au bastingage pour observer les manœuvres de départ de la *Victoire*, Drachniel eut la stupéfaction de voir la foule qui faisait ses adieux sur le quai fendue par une troupe armée de gardes de Ber. À sa tête se trouvait Jévan Le Gal. Le bourgmestre de Ber hurla quelques ordres. Le jeune Corélien ne douta pas un seul instant que leur signalement ait finalement été transmis. Il s'en était vraiment fallu de peu, comprit Drachniel en contemplant la manœuvre exécutée par les soldats de Ber. La troupe se déploya rapidement sur le ponton, mais déjà, la *Victoire* s'en était écartée de quelques mètres. Le capitaine, occupé à manœuvrer l'embarcation depuis sa cabine surélevée, ne vit pas, ou ne voulut pas voir, l'agitation des gardes. Jévan Le Gal sauta à bas de son cheval et courut jusqu'au bout du quai. La *Victoire* doubla l'extrémité de la jetée à cet instant, lui passant sous le nez de peu. Un cri rageur parvint encore distinctement aux oreilles de Drachniel, puis la *Victoire* sortit définitivement du port.

Jévan Le Gal avait échoué : ses proies lui filaient entre les doigts. Avec elles devait également s'envoler la promesse d'une forte récompense de la part des Antharites. Néanmoins, Drachniel avait été glacé par cette scène : ils avaient eu beaucoup de chance de s'échapper ainsi de Ber. Cela s'était joué à quelques minutes près. Il trouva un maigre réconfort dans l'idée qu'il serait presque impossible à ses poursuivants de le rattraper. La *Victoire* était un des plus petits navires du port, et donc le plus léger et le plus rapide. De plus, Drachniel avait appris en travaillant aux docks que la traversée se faisait toujours à pleine vitesse jusqu'à Sk'l, de sorte qu'il serait impossible à d'éventuels poursuivants de combler leur retard. Ils étaient *a priori* hors d'atteinte pour l'instant. Mais qui sait, peut-être de bien pires ennuis les attendaient-ils de l'autre côté du lac Rouge ? Frissonnant sous l'effet du vent et de l'inquiétude, Drachniel descendit rejoindre ses deux compagnes dans leur cabine, à l'entrepont.

La *Victoire* filait désormais à grand train sur les calmes eaux rosées du lac Rouge. On était à la fin de la matinée, le port de Ber n'était plus visible. Tout au plus pouvait-on distinguer la côte des Vastes Plaines, qui marquait la fin du territoire zi. Bientôt, le lac s'étalerait à perte de vue. Drachniel adorait la sensation du vent fouettant son visage. Malgré les dangers, ou peut-être même à cause de leur existence, d'ailleurs, il éprouvait depuis le début de son voyage à travers la Corélie le sentiment que sa vie avait irrémédiablement basculé : tout était désormais plus mouvementé, moins certain, plus périlleux et par là même si exaltant ! Il avait passé toute la matinée à la proue du navire, se laissant tremper par les embruns. La sensation procurée par la vitesse lui rappelait celle qu'il connaissait bien quand, grisé par l'espace et l'air frais, il lançait Khalem au triple galop. En fait, les jours passés à Ber lui auraient été mortellement ennuyeux s'il n'avait pu s'occuper aux docks. Il avait sans cesse besoin de sentir ses muscles en action, de se fatiguer physiquement. Des poissons volants cuivrés, aux nageoires striées de noir, accompagnaient la course du navire. La lumière était irréelle : les rayons du soleil frappaient la surface de l'eau, renvoyant sur toute chose un éclat rose orangé qui modifiait leur apparence véritable. Observant ses mains, Drachniel s'aperçut qu'elles lui apparaissaient plus foncées qu'à l'accoutumée. Sa peau, sous l'effet de cette luminosité si particulière, prenait d'étonnants reflets ambrés. Au loin se dessinaient des nuages moutonneux dont les teintes allaient du doré au violacé. Ils paraissaient gorgés d'une étrange eau rouge.

Comme… du coton trempé dans du vin, pensa Drachniel avant de secouer la tête, l'air vif le faisait divaguer.

À ce rythme, la *Victoire* aurait rattrapé les nuages en quelques heures. Peut-être fallait-il s'attendre à un orage.

– C'est vraiment très beau, hein ? fit soudain une voix à côté de Drachniel.

Un homme jeune, peut-être du même âge que lui, brun, de grande taille, paraissait désireux d'engager la conversation.

– Magnifique, répondit Drachniel.

– C'est la première fois que vous faites la traversée ?

– Oui. J'avais entendu parler de la lumière du lac Rouge, mais c'est vraiment un phénomène exceptionnel.

– *Sur le lac purpurin ; vit et meurt le marin*, récita l'inconnu.

– *Et l'eau devient son sang ; la vague son néant*, compléta Drachniel, un sourire aux lèvres.

– Je vois que vous connaissez vos classiques !

– Oh, vous savez, *Le Dit du marinier fodouk* n'est pas mon poème préféré, mais oui, je connais les textes majeurs.

L'homme, apparemment ravi de s'être trouvé un compagnon pour discuter, tendit une main engageante :

– Bonjour, je suis Johan de Cômes. Je viens du duché de Nacre.

– Drachniel… des Îles Salines, fit celui-ci, rendant la poignée de main avant de demander : Qu'est-ce qui vous amène ici, si loin de chez vous ?

– Je suis… le fils du duc de Nacre. Mon père m'a demandé de conclure quelques affaires en cours. Et puis j'en profite pour accomplir un voyage d'agrément avant de commencer à me former pour sa succession. J'avais envie de parcourir le monde.

– Oui, je comprends : découvrir de nouveaux horizons, d'autres coutumes, d'autres paysages…

– C'est exactement ça. Le duché de Nacre est un tout petit territoire carré, jouxtant le duché d'Opale et le duché d'Ivoire. Vous savez qu'ils ont été créés à l'issue de la Guerre Noire, mais ce ne sont que des états tampons dédiés à l'exploitation neutre des carrières et des mines. Bref, nous n'avons pas une grande histoire ni une grande richesse culturelle. Je connais bien sûr les royaumes de Corélie et d'An-Thar, qui sont frontaliers, mais j'avais envie de voir autre chose que les pays du nord… et vous, puis-je vous demander pourquoi vous avez quitté vos îles natales ?

– Oh, moi c'est le commerce qui m'amène ici : je convoie une de nos danseuses à la cour d'Iliaba.

– Une danseuse saline ? On les dit plus belles et plus talentueuses que nulle autre femme sur le Continent ! Je comptais moi-même faire escale à Sk'l. Mon père m'a chargé de transmettre ses amitiés à la reine. Nous risquons donc de nous croiser à la Cour.

– J'en serais ravi. D'autant que c'est ma première visite au palais. Il paraît qu'il est immense. On dit aussi que la reine est difficile à voir, et que les solliciteurs attendent parfois des jours entiers avant d'obtenir une audience.

– Si je vous accompagne, il n'en sera rien. Je vous guiderai avec grand plaisir dans les méandres de la bureaucratie fodouke.

La conversation se poursuivit avec entrain. Drachniel avait immédiatement senti un courant de sympathie l'animer pour Johan. Il était de ce genre d'hommes qui, en d'autres circonstances, aurait pu devenir un ami serviable, discret et courtois.

Pendant que, sur le pont, Drachniel faisait ainsi connaissance avec Johan de Cômes, Viperyne se familiarisait avec le reste du bateau. Elle profitait également de la visite pour observer les passagers. Le capitaine avait dit vrai : il s'agissait surtout de Fodouks retournant au pays. Viperyne fut soulagée de ne croiser que des étrangers qui, s'ils étaient restés quelques jours tout au plus à Ber, n'avaient probablement pas entendu parler des trois suspects recherchés par la garde de Ber et les Antharites. Les commerçants, de tous âges et de tous sexes, parfois voyageant en famille, formaient une population bruyante et agitée. On sentait chez eux l'impatience et l'exaltation de rentrer après de longs mois d'hiver passés sur les routes du Sud. Peu après midi, le repas fut sonné à la trompe, invitant tous les passagers à se rendre dans la grande salle commune du pont supérieur pour s'y restaurer.

Elle y retrouva Drachniel, qui lui présenta son compagnon. La jeune femme dévisagea attentivement Johan de Cômes. L'homme paraissait jeune, agréable et si ses yeux vifs trahissaient une intelligence certaine, on y lisait aussi beaucoup d'innocence. Viperyne décida de rester tout de même sur ses gardes, même si Drachniel semblait déjà beaucoup apprécier Johan. Ils conversaient à bâtons rompus de tout et de rien. Mais Viperyne n'avait pas les facilités de conversation de son comparse. Elle se savait mauvaise actrice, aussi décida-t-elle de garder un silence réservé, laissant les deux hommes discuter sans intervenir plus souvent que la politesse ne l'y obligeait. Elle avala le repas, qui n'était pas fameux, en deux bouchées et s'empressa de leur fausser compagnie pour aller apporter sa pitance à l'O'haï, qui patientait dans la cabine.

Quand celle-ci eut mangé, passant habilement sous le voile qui lui couvrait le visage sans jamais sembler la gêner, Viperyne s'octroya une courte sieste. Elle se ressentait encore des effets de sa blessure. Son alitement prolongé, en outre, l'avait considérablement affaiblie. Elle comptait bien se remettre d'aplomb par un exercice physique intense. Les chevauchées des premiers jours de route lui manquaient, mais elle devrait attendre d'avoir remis pied à terre pour cela.

Accessoirement, j'aurai également besoin d'un cheval ! songea-t-elle avec aigreur.

La *Victoire* était aux yeux émerveillés de Viperyne un immense voilier qui ne comptait pas moins de cinq mâts principaux, desquels partait un jeu complexe de filins, haubans et poulies. Pour autant, elle faisait partie des plus modestes embarcations qui sillonnaient le lac Rouge, à l'exception des navires de plaisance privés. Il paraissait même que deux des bateaux qui assuraient la liaison fonctionnaient non pas au vent, mais à la vapeur, cependant elle ne les avait jamais vus. Les dockers de Ber assuraient qu'ils étaient grands comme des villages entiers. Ils n'étaient utilisés que lorsque l'affluence atteignait son paroxysme au milieu de l'été.

Les cabines de l'entrepont étaient simples, mais confortablement aménagées, et Viperyne dormit finalement pendant plusieurs heures. Quand elle émergea d'une sieste réparatrice, elle aperçut l'O'haï, « Lune », se corrigea intérieurement la jeune femme, assise sur sa couchette, le visage tourné vers le hublot, les genoux ramenés sous le menton. Elle semblait absorbée dans une profonde contemplation des remous rosés du lac et des nuages qui le surmontaient, ou peut-être dormait-elle, en fin de compte : comment savoir ce qui se passait sous l'impénétrable voile noir ? Quelles pouvaient bien être les pensées de cette jeune princesse condamnée à la solitude et à un anonymat éternel ? À quoi pouvait-on rêver quand on n'avait le droit de parler à personne, quand personne ne pouvait lire vos émotions dans vos yeux, quand personne ne connaissait les traits de votre visage ? L'O'haï ne réagit pas quand sa compagne lui dit qu'elle allait se promener sur le pont.

En haut, Drachniel, qui avait passé la majeure partie de la journée avec Johan de Cômes, était désormais seul. Il ne pouvait se détacher du somptueux panorama qui s'étendait devant lui. Le jour déclinait. La *Victoire* s'était approchée des gros nuages aperçus le matin sans pour autant les atteindre. Ils étaient désormais d'un grenat foncé tirant aux extrémités sur le lie-de-vin. Des éclairs cuivrés zébraient le ciel, au loin, promettant toujours un orage pour la nuit. L'air était doux, vaguement iodé, chargé de relents d'écume et d'algue marine. Viperyne apparut au Corélien nimbée d'un halo saumoné dans l'étrange lueur du soir. Elle vint s'accouder à ses côtés au bastingage de bois vernis. La proue du bateau était presque déserte. Ils restèrent longtemps silencieux, perdus dans leurs pensées. Puis Drachniel lui dit d'une voix douce :

– Tu sais Vip, si nous n'étions pas poursuivis par les hommes de Li'An-Thar, si nous n'avions pas cette mission à effectuer, je crois que ce serait un des plus beaux moments de ma vie.

– Oui, pour moi aussi, souffla-t-elle. Ce lac et ce navire sont stupéfiants. Je n'étais jamais allée plus loin que Ber…

Soudain, Drachniel lui saisit le coude et la fit pivoter vers lui. Elle était vraiment plus grande que lui, même si le Corélien répugnait à le reconnaître. Ses cheveux voletaient autour de son visage, leur couleur cuivrée accentuée par les reflets chauds du lac. Il se pencha vers elle, très lentement, imperceptiblement. Elle le regarda avec étonnement, ne sachant pas quelle contenance adopter. Il s'approcha encore plus près. Encore quelques centimètres et leurs lèvres se toucheraient. Il pouvait sentir son haleine, voir ses pupilles s'agrandir légèrement.

– Je…, commença-t-il.

Il inclina un peu plus son visage. Au moment où il pensait l'embrasser, sans crier gare, les prunelles de la jeune femme se dilatèrent de surprise. Elle pencha la tête de côté, l'air incrédule, et lui hurla dans l'oreille :

– Mais… c'est Jaquemot ! Eh, toi là-bas ! Reviens, misérable voleur !

Et elle partit en courant, laissant Drachniel dépité et perplexe.

À l'injonction de Viperyne, Jaquemot avait pris ses jambes à son cou. Elle était plus grande que l'adolescent, mais ne parvint pas à le rattraper. Au bout de la coursive, elle heurta un groupe de troubadours fodouks qui la repoussèrent sans ménagement. Impatientée, elle faillit en frapper un, mais se contint de justesse et reprit sa course. Trop tard. Jaquemot avait déjà disparu. Elle parcourut le bateau de long en large sans jamais retrouver sa trace. Quelques passagers interrogés ne purent pas la renseigner davantage. À croire qu'il n'avait jamais mis un pied sur l'embarcation. Elle rejoignit leur cabine en maudissant Jaquemot et les autres passagers autant qu'elle-même. Elle eut la désagréable surprise d'y trouver Drachniel agenouillé au chevet de l'O'haï. Le Corélien paraissait embarrassé au plus haut point.

– Qu'est-ce qu'elle a ? Un problème ? demanda Viperyne d'un ton plus agressif qu'elle ne l'aurait voulu.

Puis elle se radoucit en entendant les petits gémissements qui fusaient de sous le voile.

– Rien de grave, fit Drachniel. Je crois juste qu'elle a le mal de mer.

Chapitre 17

L'incendie

Confortablement installée dans son fauteuil matelassé, seul luxe qu'elle accordait à son corps vieillissant dans sa vie spartiate, Mère Brign-An-Paerven compulsait les traités d'agronomie du savant Loc Bal. S'absorber dans sa lecture lui permettait d'arrêter quelque peu le cours de ses pensées. Des rumeurs inquiétantes lui étaient parvenues depuis le départ de sa nièce. Le chef d'un village voisin était venu l'informer que des guerriers aveugles l'avaient interrogé à propos de choses qu'il n'avait pas comprises : un Cavalier corélien, un enfant caché... Il n'avait su que répondre, ce qui avait provoqué la colère des étrangers. Ils avaient brûlé deux maisons et un grenier en guise de représailles. L'homme avait apparemment craint davantage de violence encore de la part des Antharites, et s'estimait heureux de ne compter aucun blessé parmi les siens.

Ce soir-là, l'air était chargé d'une électricité palpable. La Révérende Mère avait congédié Safinia et Mérida, ses deux servantes habituelles, tant leurs gloussements permanents lui portaient sur les nerfs. À leur place, Azalée s'assurait des besoins de sa maîtresse. Elle était plus âgée et d'un naturel plus calme. Tentant de se concentrer sur les travaux de Loc Bal, Mère Brign-An-Paerven caressait Mino, son gros matou persan. Il lui avait été offert par un jongleur itinérant contre quelques jours de gîte et de couvert, quelques années auparavant. Le chat au pelage crème, parfaitement brossé par Mérida, ronronnait comme un bienheureux, levant des yeux amoureux sur la Révérende. Tout à coup, l'animal huma l'air, méfiant. Sougar apparut à l'entrée de la cellule. La Révérende Mère porta lentement une main à sa bouche. Une angoisse terrible la saisit. Si Sougar était revenu à l'Abbaye du Pré, cela impliquait qu'il n'avait donc pas pu rattraper l'O'haï, Viperyne et Drachniel, qui se retrouvaient sans protection. Et les raisons qu'il avait de ne pas avoir mené sa mission à bien devaient également s'avérer impérieuses. Fébrile, elle écouta les explications qu'il lui asséna d'une voix rapide et nerveuse.

Ce que le vieil homme avait découvert dépassait en horreur tout ce qu'ils avaient pu imaginer. Malgré le peu de temps qu'il avait eu pour enquêter, il avait compris que les Antharites exerçaient dans le plus grand secret, et depuis probablement plusieurs semaines déjà, des pressions sur la population dans le but de la retourner contre l'Abbaye. Chantage, extorsion de fonds et de denrées, enlèvements rançonnés, peut-être... Quelque chose de violent s'agitait, de cela, il était certain. Les rumeurs les plus folles, manifestement répandues par les guerriers eux-mêmes, prétendaient que l'Abbaye du Pré était le refuge de criminels recherchés sur tout le Continent. Un fermier lui avait même affirmé que Mère Brign-An-Paerven se livrait à des pratiques de sorcellerie, les nuits de pleine lune. Toute la forêt Salavielle bruissait d'échos inquiets, de superstitions infondées et d'authentiques peurs. Une tension réelle tenaillait les habitants des villages alentour.

Il avait également découvert l'identité du meneur des Antharites : le prince royal Li'Dhon'An-Thar en personne. Tout portait à croire qu'il avait établi une véritable garnison à Col Réas, un village de bûcherons situé à un jour de marche de l'Abbaye, en pleine forêt. Ces découvertes étaient bien trop graves pour que Sougar ne mène pas un peu plus avant ses investigations. Il avait donc poussé jusqu'à Col Réas pour contempler l'horrible vérité. Les Antharites étaient bien là et se préparaient pour une attaque prochaine. Leur but était évident : l'Abbaye du Pré. Ventre à terre, Sougar était rentré enjoindre Mère Brign-An-Paerven de vider les lieux. Il était alors très tard et l'ensemble des religieuses et de la domesticité de l'Abbaye dormaient déjà.

Soudain, des petits coups frappés à la porte de la cellule les firent sursauter. Sougar se rencogna dans l'ombre de la pièce pour masquer sa présence pendant que Mère Brign-An-Paerven allait ouvrir la porte.

C'était Azalée, la domestique. Elle tordait ses mains nerveusement.

– Mère ! haleta-t-elle. Dans la Salle des Lectures, un incendie !

Sougar et la Révérende Mère échangèrent un regard lourd.

– Déjà..., murmura-t-elle, avant de se lever énergiquement, de jeter une cape de laine sur sa longue chemise de nuit et d'emboîter précipitamment le pas de la servante. Dans les couloirs, des volutes de fumée noirâtres rendaient déjà la vision difficile.

– Fais sortir tout le monde, ordonna-t-elle, assure-toi qu'il ne reste plus personne puis organise une chaîne jusqu'au puits. Allez !

Éperdue, elle se rua ensuite en haut de l'escalier qui menait à la Salle des Lectures. C'était ainsi qu'on nommait la conséquente bibliothèque qui assurait la renommée de l'Abbaye auprès des érudits des quatre coins du Continent. Bien sûr, ce lieu n'était rien, comparé aux immenses rayons garnis des plus prodigieux ouvrages que possédait le Grand Couvent de Chat-de-Nuire. Néanmoins, Mère Brign-An-Paerven, si elle n'avait pas été aussi tempérée et sage que son existence monacale l'exigeait, aurait pu s'enorgueillir de la possession de quelques beaux et rares volumes. La Salle des Lectures renfermait par exemple la collection complète des *Songes et Abîmes* de frère Saint-Théoclète, ou encore de passionnants récits de vie tels que *Les Humbles*, de l'archimoine Paloxès, *Soupir de Dieu*, de sœur Suzon de la Croix, *La Tétralogie de feu* du père Grégoiran. La vaste pièce occupait tout le deuxième étage du bâtiment. Elle était réputée pour le blanc laiteux de ses murs passés à la chaux tous les cinq ans, la douce tiédeur que les braseros y apportaient en hiver, la fraîcheur piquante qui entrait par les larges fenêtres à croisées en été. La Salle des Lectures était le lieu propice à toutes les méditations, à tous les apprentissages, à tous les recueillements. Sur ses bancs de chêne polis par les ans, on venait s'asseoir depuis le Continent tout entier. Des érudits de tout poil, religieux ou profanes, mais aussi de simples amateurs de beaux livres, se retrouvaient avec discrétion et respect chaque année, au moment de la fête du Père-Dieu, durant laquelle les portes de l'Abbaye du Pré s'ouvraient à tous pour quelques jours.

Mère Brign-An-Paerven aimait la Salle des Lectures comme une jeune amante : avec pudeur, respect, dévotion. Chaque heure passée au sein de l'immense salle, chaque ouvrage compulsé sous l'égide bienfaisante des poutres apparentes du plafond, qui conférait à l'ensemble un air quasiment rustique, chaque page tournée dans la lumière des doux braseros, et l'ombre portée aux planches lustrées de frais du parquet de ronce de cornouiller : tout cela remontait à l'esprit de la Révérende Mère alors qu'elle courait à la suite de sa domestique. Hélas, l'épaisse fumée noire qui obscurcissait de plus en plus densément les couloirs ne pouvait laisser imaginer que le pire concernant le sort du havre de paix et de culture que renfermait l'Abbaye.

Quand Mère Brign-An-Paerven poussa la porte en bois massif, il était déjà trop tard : elle ne découvrit qu'un gigantesque brasier. Dès qu'elle avait ouvert la lourde porte, l'air enflammé s'était mis à crépiter autour d'elle. Une mèche de ses cheveux gris échappée du bonnet prit brusquement feu. Elle la tapota vivement entre ses mains puis recula d'un pas pour se soustraire aux fumées âcres qui la faisaient tousser et lui brouillaient la vue. Elle repoussa la lourde porte qui laissa passer en se fermant une nuée de petites braises en suspension. Dans un hoquet, Mère Brign-An-Paerven réalisa que c'en était déjà fini de la bibliothèque. Des trésors de littérature, des gravures vieilles de plusieurs siècles, des enluminures uniques au monde venaient de disparaître dans un feu aussi subit que violent. Accablée, le souffle court, elle se laissa glisser le long de la rambarde du grand escalier. Elle resta là interdite par la brutalité de l'incendie pendant quelques instants, quand soudain Sougar fut à ses côtés :

– Madame ! La grange a pris feu. Des chevaux sont prisonniers.

Il fallut se relever et repartir à la hâte. La Supérieure envoya Sougar au-devant d'elle pour s'occuper de la grange. Elle voulait prendre le temps, avant de s'élancer hors du bâtiment principal, de s'assurer que les chambres de ses Filles étaient bien vides. Secondée par quelques servantes courageuses, elle tint à ouvrir la porte de chaque cellule, terrorisée à l'idée que l'une d'elles puisse demeurer endormie ou piégée dans le brasier qui gagnait déjà la toiture.

Sougar revint la presser de quitter le bâtiment à son tour. L'incendie avait déjà gagné trop de terrain : le toit ne tarderait pas à s'effondrer. En outre, il avait rapidement compté les pensionnaires échevelées qui s'étaient rassemblées spontanément autour de la fontaine. Toutes semblaient saines et sauves. Enfin, il réussit à tirer la Mère Supérieure au-dehors et à la jeter dans le bassin qui ornait le perron. À l'instant même, le plafond s'affaissa dans une gerbe d'étincelles et un mugissement effrayant. Sougar saisit la tête de Mère Brign-An-Paerven et l'immergea totalement avant de plonger à son tour. Abasourdie, elle se laissa faire. Ses poumons allaient éclater quand Sougar relâcha sa pression. Dès qu'elle fut de nouveau libre de ses mouvements, elle se débarrassa de sa robe de chambre : des paillettes incandescentes voletaient un peu partout. Le tissu, au niveau du dos, qui n'avait pas été plongé sous l'eau, était criblé de petits trous noirs. Elle se demanda vaguement si sa peau avait été également brûlée, mais fut immédiatement absorbée par autre chose : partout autour d'eux, c'était le chaos. Les pensionnaires de l'Abbaye et les domestiques courraient en tous sens, échevelés, hagards. Mais le plus horrible, au milieu des cris d'épouvantes humains, étaient les hurlements des quelques chevaux qu'on n'avait pas pu évacuer. La grange, située sur la gauche de l'Abbaye, s'effondrait sur elle-même, lentement. Aux hennissements fous, qui parurent durer des heures, succéda un terrible vacarme. Quelques instants plus tard, le vaste édifice n'existait plus. À sa place se dressait un monticule de bois, de sac de grains et de balles de foin dont dépassait ici ou là le sabot ou la tête calcinée d'un cheval. La Supérieure se leva, ruisselante, le tissu de sa chemise de nuit se plaquant contre ses cuisses. Un instant, l'envie de s'enfuir à toutes jambes loin de ce lieu de chaos lui traversa l'esprit. Puis elle se ressaisit. Elle était leur Mère. Elle devait s'occuper de sa maisonnée.

Peu à peu, les membres de l'Abbaye s'aperçurent de la présence de leur Supérieure. Ils vinrent progressivement se masser autour d'elle en quête de conseils et de réconfort. Un silence relatif s'établit quand elle leva la main. On n'entendit plus pendant un bref instant que les crépitements du feu. La main suspendue, Mère Brign-An-Paerven semblait réfléchir.

– Y a-t-il des blessés ou des… disparus ? demanda-t-elle d'une voix qu'elle aurait voulu plus assurée.

– Des blessés oui, par ici ! cria une voix.

– Azalée, fais-toi aider et occupe-toi d'eux. Allez vous installer dans la clairière. Fais le compte et reviens me dire combien sont concernés… Ensuite, quelqu'un sait-il ce qui s'est passé ?

Un silence consterné envahit les habitants de l'Abbaye. Très lentement, Sougar dit alors :

– J'ai vu trois Antharites repartir par le nord.

Des murmures terrifiés s'élevèrent indistinctement de l'assemblée.

Ainsi, les craintes des derniers jours étaient-elles fondées ! Mère Brign-An-Paerven reçut la nouvelle comme un coup au ventre. Elle savait très bien pourquoi ils étaient venus. Ils avaient incendié l'Abbaye comme on enfume un terrier pour en chasser le renard. Ils cherchaient l'O'haï. Elle jeta un coup d'œil derrière elle : surplombant le bâtiment principal, désormais immense tas de gravats achevant de se consumer, la haute Tour du Nord tenait encore bon sur ses solides fondations, même si tout son côté gauche avait été noirci par les flammes. Si les Antharites cherchaient l'O'haï, ils ne tarderaient pas à faire irruption pour venir constater l'efficacité de leur stratagème.

– Siguibert ! Eladonar ! appela brusquement Brign-An-Paerven.

Les deux palefreniers s'avancèrent. L'un d'eux avait le visage en sang, mais paraissait tenir debout.

– Rassemblez les chevaux. Quand vous aurez fini, vous guiderez toutes les Sœurs et les domestiques en direction de Bourg-Galante. Envoyez-nous des hommes du village et si possible quelques charrettes pour transporter les blessés.

Une heure plus tard, la clairière était transformée en hôpital de fortune. Toutes les pensionnaires de l'Abbaye et la plupart des domestiques avaient tenu à rester pour s'occuper des blessés, bientôt rejoints par des hommes et des femmes de Bourg-Galante, arrivés en renfort. Une vingtaine de pensionnaires n'avaient, par chance, été que légèrement touchées. Elles présentaient des brûlures légères ou des difficultés à respirer, quand elles avaient été surprises par les émanations brûlantes en quittant l'Abbaye. Trois pensionnaires en revanche étaient plus grièvement atteintes. L'une d'elles, en particulier, difficilement identifiable, avait flambé comme une torche humaine. La malheureuse respirait encore, mais on sentait à son souffle rauque et pénible qu'elle n'en aurait pas pour longtemps. L'odeur de chair calcinée qui se dégageait de son pauvre corps terriblement brûlé était insupportable. Mère Brign-An-Paerven songea avec horreur que l'acte le plus charitable serait encore d'abréger ses souffrances, mais elle ne pouvait s'y résoudre : cela était contraire à tous les principes de sa confession. Plusieurs pèlerins, des moines itinérants, mais aussi quelques familles de nécessiteux originaires de Bourg-Galante ou d'autres proches hameaux, avaient été plus lourdement blessés. En effet, le dortoir où on les accueillait était situé exactement en dessous de la Salle des Lectures, et communiquait avec celui-ci par trois conduits de cheminée. Empruntant ces ouvertures naturelles, la fumée, mais aussi parfois des brusques poussées de flammes crépitantes, s'étaient insinuées dans le vaste dortoir et en avaient surpris les occupants en plein sommeil. Ils avaient à peine eu le temps de comprendre ce qui se produisait que le sol de la Salle des Lectures, qui faisait le plafond du dortoir, s'était effondré. On déplorait la perte de deux Frères de l'Abbaye du Bois, venus spécialement consulter les registres séculiers de l'institution, en partie conservés à l'Abbaye du Pré. Un enfant semblait avoir reçu un coup fatal au crâne : une crevasse brunâtre courait à travers le cuir chevelu. La mère de l'enfant courait en tous sens pour demander de l'aide sans comprendre que le petit était déjà mort.

– Mon Dieu, se répétait Mère Brign-An-Paerven, mon Dieu, fais que tout cela ne soit qu'un cauchemar !

La clairière, éclairée par les hautes flammes qui se dégageaient encore de l'Abbaye, ressemblait à un champ de bataille. Des râles atroces, des pleurs désespérés, les questions que lui adressaient à chaque instant les rescapés lui bourdonnaient aux oreilles. Elle avait envie de courir, le plus loin et le plus vite possible, d'échapper à sa responsabilité écrasante, de se recroqueviller contre un tronc et de pleurer, elle aussi, jusqu'à ce que la mort l'emporte.

Chapitre 18

L'orage

À bord de la *Victoire*, la troisième journée de voyage touchait à sa fin pour Viperyne, Drachniel et l'O'haï. L'arrivée à Sk'l était prévue pour le lendemain en fin d'après-midi. Viperyne avait continué à chercher Jaquemot jusque dans les moindres recoins du navire, sans résultat. Elle finissait par se demander si elle l'avait vraiment aperçu, deux jours auparavant. Elle évitait cependant soigneusement de repenser à cet épisode, car alors ressurgissait un autre souvenir plus gênant : celui de Drachniel à deux doigts de l'embrasser. Passer la journée à arpenter le voilier lui avait au moins permis d'éloigner cette pensée dont elle ne savait trop que faire. Apparemment, les louanges dont il ne tarissait pas à propos de sa Griselde, qui l'attendait là-bas, en Corélie, n'empêchaient pas son compagnon de s'intéresser à d'autres femmes. Viperyne se sentait profondément stupide de ne pas l'avoir repoussé dès la première tentative. Elle se demandait aussi ce qui se serait passé si elle n'avait pas alors cru apercevoir Jaquemot. Elle était cependant sûre d'une chose : si le Cavalier corélien ne manquait pas de panache en certaines circonstances, et s'il était plutôt beau garçon malgré sa petite taille, elle n'était absolument pas attirée par lui. Elle s'était sentie flattée par son intérêt, mais laissait à d'autres qu'elle, à la réflexion, les yeux noisette de Drachniel. C'était surtout à elle-même qu'elle en voulait de cette scène pathétique qui avait bien failli se produire dans le fabuleux coucher de soleil, ce soir-là. Ils étaient en mission pour le compte de l'Abbaye du Pré et du roi Arestion de Corélie. Ils avaient à leurs trousses l'armée et les espions d'An-Thar. Le Continent tout entier semblait s'intéresser dangereusement à l'O'haï. Et voilà qu'elle se laissait prendre à un badinage des plus grotesques au premier crépuscule venu ! Il faudrait décidément qu'elle en touche deux mots à Drachniel. Seulement... encore faudrait-il en trouver le courage. Peut-être passer sous silence cet épisode, sur le pont, serait-il encore la meilleure solution. Abritée sous un auvent, Viperyne ruminait ses pensées quand la trompe sonnant le repas du soir retentit. Elle demeura encore quelques instants à contempler la pluie violente qui clapotait à grosses gouttes sur le pont. L'air était électrique. À en juger par les nuages pourpres qui flamboyaient dans les lueurs irréelles du soleil couchant, l'orage ne tarderait pas à éclater.

Dans la salle commune, le vacarme émanant de la centaine de passagers attablés était assourdissant. Le repas se faisait attendre. Pour faire patienter tout le monde, le capitaine venait d'annoncer qu'il offrait une tournée générale de vin de mer. Trois énormes tonneaux avaient été roulés au fond de la salle, générant un attroupement immédiat. Dans un coin, des bardes fodouks avaient sorti cithares, tambourins et flûtes à pistons, entonnant bientôt un air rythmé.

Des chopes de vin de mer pleines à ras bord d'un liquide à l'odeur fortement tourbée et aux reflets violet foncé circulaient de tablée en tablée. Le vin de mer, spécialité de la gastronomie fodouke, était plus une eau-de-vie qu'un vin, en vérité. Il s'obtenait par le distillat des algues qui tapissaient le lac Rouge et marinait ensuite dans des tonneaux de cèdre rouge tapissés de mousses au parfum de terre et d'humus, ce qui lui donnait sa couleur et son goût si particuliers. À terre, le vin de mer coûtait très cher, mais tous les capitaines naviguant sur le lac possédaient un droit de bouilleur de cru permanent. Ainsi, il n'était pas rare qu'ils en offrent à leurs passagers. Le surplus serait vendu dans un port ou dans un autre, assurant aux capitaines un complément de revenu des plus conséquents. Rapidement, les bavardages bruyants des convives se muèrent en beuglements et en rires avinés. Un peu partout, on repoussait les tables et on se mettait à danser aux sons endiablés de la musique des bardes, qui ne ménageaient pas leur peine. Enfin, le repas, un modeste ragoût de mouton accompagné de pommes de terre à la cendre, fut servi. Viperyne parvint à trouver la table où Drachniel, les yeux brillants, menait une discussion animée avec son nouvel ami, Johan de Cômes. Ce dernier, contrairement à Drachniel qui en était à sa troisième, ne semblait pas avoir touché le contenu de sa chope. Il accueillit poliment la jeune femme, lui dégageant un coin de banc à ses côtés.

– Drachniel était en train de me parler des Guemguémides, cela vous dit-il quelque chose ? s'enquit-il.

– Ma foi, je crois bien avoir entendu ce nom quelquefois, mais je ne sais pas vraiment de quoi il s'agit.

– Les Guemguémides, ce sont des sorciers ! s'exclama avec feu Drachniel. Un jour ils sont enfants, le lendemain, pfut ! des adultes ! Tu ne connais pas ça… Vip ? termina-t-il dans un hoquet.

Viperyne haussa les épaules en signe d'impuissance. L'humeur trop joyeuse de son compagnon commençait à la préoccuper. Elle allait lui faire une remarque quand celui-ci se leva, annonçant qu'il allait lui chercher à boire. Johan sourit à la vue du jeune homme qui s'éloignait, interpellant les convives serrés à table pour qu'ils lui laissent la place de circuler jusqu'aux tonneaux. Leur comparse rousse soupira d'un air navré.

– Alors, reprit-elle, que disiez-vous sur les Guemguémides ?

– Moi pas grand-chose, mais Drachniel me racontait qu'il en avait rencontré deux, un jour à Parminga. Il s'agit d'une très ancienne peuplade de nomades des Terres Catabatiques, qui s'étendent d'est en ouest, à la frontière sud de la Corélie et à l'ouest du royaume d'An-Thar. On appelle aussi parfois cette tribu « le Peuple Croissant », ou encore « le Peuple Guemguem ».

– Le « Peuple Croissant » ?

– Oui. Selon certaines légendes, les Guemguémides auraient le pouvoir de vieillir ou de rajeunir à volonté. D'aucuns prétendent même qu'ils sont immortels. Enfin je crois qu'il s'agit surtout d'histoires de bonnes femmes. Les Guemguémides existent bien, mais ils vivent dans une communauté très fermée, subvenant eux-mêmes à leurs besoins. Ce sont tout simplement de farouches nomades qui répugnent à se mêler aux autres peuples. Très peu de gens sont entrés en relation avec eux, ce qui explique certainement les fantasmes à leur sujet.

– J'imagine. Comment peut-on croire des telles fariboles ? Ça ne serait pas la première fois que des légendes abracadabrantes seraient brodées sur des peuples aux coutumes justes… différentes. Un peu comme pour les Antharites et leurs prétendus pouvoirs. J'ai déjà entendu dire qu'ils naissaient tous, surtout la caste des guerriers, dégénérés, mais dotés d'étranges capacités. On parle même de télépathie !

– Moi aussi je l'ai déjà entendu : il est vrai que la plupart des guerriers sont un peu myopes, mais rien de plus.

– Leur voisinage ne doit pas être simple… Quelles sont vos relations avec eux, depuis la création des Duchés Autonomes ? demanda Viperyne.

– Eh bien… Les Antharites sont euh… plutôt distants et…

Johan fut interrompu par le retour tonitruant de Drachniel, qui posa violemment deux chopes sur la table.

– Et deux bocks pour la demoiselle, deux ! chanta-t-il en reprenant sa place.

– Mais… Drachniel, fit Viperyne d'un ton consterné. Les deux sont vides !

– Ah bon ? Je croyais pourtant bien les avoir remplis moimême, j'ai juste dû boire un peu ce qui risquait de se renber… de se renmer… de se renverser !

Puis le jeune homme éclata de rire, faisant mine de se relever pour retourner chercher du vin de mer. Sa compagne le retint fermement par le bras.

– Tu as assez bu Drachniel, ça suffit maintenant !

Incrédule, il ne réagit pas tout de suite, la dévisageant. Soudain un éclair de colère voila son regard déjà passablement troublé par l'alcool. Il se leva brusquement, manquant de perdre l'équilibre en repoussant le banc, puis quitta la pièce à grandes enjambées, l'air furieux.

Une heure plus tard, Viperyne, qui avait fini de dîner en compagnie de Johan, lui souhaita une bonne soirée et regagna la cabine pour apporter sa part du repas à l'O'haï. Sur le pont, l'air frais et gorgé d'eau de pluie contrastait agréablement avec l'ambiance enfumée et avinée de la salle commune. Des éclairs pourpres zébraient la nuit. Des roulements de tonnerre sourds se faisaient entendre. Elle croisa plusieurs groupes de passagers très excités sous l'effet du vin de mer. La *Victoire* tout entière semblait s'être vautrée ce soir-là dans l'alcool. Cela tournait à l'orgie malsaine. Un matelot, comme elle passait à côté de lui, s'effondra contre le bastingage, ivre mort. Un marchand fodouk à l'haleine chargée voulut l'entraîner dans un pas de danse, lui braillant des insanités à l'oreille. Elle se dégagea avec difficulté de ses gros bras rendus pourtant gourds par l'ivresse. À tout instant, de forts hurlements de rire se faisaient entendre depuis les cabines. Soudain, un formidable coup de tonnerre éclata. La *Victoire* se mit à tanguer violemment sous l'action d'un vent déchaîné. Une rafale de pluie fouetta le visage de Viperyne, suivie d'un paquet de mer. Chancelant, elle retrouva avec soulagement la coursive qui menait à sa cabine. Sur le chemin, étrangement désert, elle constata que plusieurs portes avaient été forcées. Diverses affaires traînaient au milieu du couloir. L'ensemble donnait l'impression d'avoir été mis à sac comme un village ennemi après une bataille. Elle fut prise d'un mauvais pressentiment. Accélérant le pas, elle parvint à la cabine qu'elle occupait avec l'O'haï et Drachniel. La porte était grande ouverte, à moitié défoncée. La cabine avait été retournée, même si rien ne paraissait avoir été volé.

En revanche, l'O'haï avait disparu.

Au même instant, un groupe d'hommes sérieusement éméchés arrivait dans la grande salle, poussant brutalement une silhouette couverte de voiles noirs devant eux, se livrant à de grossières plaisanteries.

– Eh ! Regardez ce qu'on a trouvé les gars ! tonna le plus grand d'entre eux, un colosse aux joues couperosées et aux mains larges comme des battoirs.

Dans la salle, qui avait désormais des allures de taverne mal fréquentée, une quarantaine de passagers étaient encore attablés, buvant, jouant aux cartes, beuglant à qui mieux mieux. L'orchestre s'arrêta de jouer. Petit à petit, tous les regards se tournèrent en direction du groupe qui venait d'entrer. Le géant qui les avait interpellés souleva l'O'haï par la taille et la posa sans ménagement debout sur une table. À la vue de la longue cape noire, des gants et du voile qui enveloppaient la jeune femme, les spectateurs restèrent interloqués un instant. Puis l'un d'eux cria :

– Qu'est-ce que c'est que ça ? On dirait une Prêtresse de Sigur !

– Non, répondit l'autre, c'est encore mieux que ça : une danseuse saline !

Dans l'assistance, des hommes partirent d'un rire gras. Une voix fusa :

– Allez, danse, ma belle !

– Ouais, et enlève ta cape, qu'on voie un peu la marchandise, brailla un autre.

Les bardes fodouks, à peine moins ivres que les autres, se lancèrent dans une chanson à boire au rythme endiablé. Plusieurs hommes montèrent sur la table, jouant à se pousser la jeune femme dans les bras l'un de l'autre, lui prenant les mains pour essayer de la faire danser. Celle-ci se laissait ballotter, tétanisée par la peur, jusqu'à ce que l'un d'eux n'essaie de lui arracher son voile. Elle se raidit, lui tordit le poignet avec une force stupéfiante et le poussa de toutes ses forces. Il alla s'écraser lourdement sur une table avant de rouler à terre, s'ouvrant l'arcade sourcilière au passage. Étonnés par le geste et la force inattendus de la jeune femme, ceux qui étaient encore sur la table reculèrent d'un pas. L'homme qui était tombé se releva, non sans difficulté. Quand il redressa la tête, son regard était noir et une rigole de sang lui coulait du sourcil ouvert jusqu'au coin des lèvres. Il saisit un poignard à sa ceinture, sauta de nouveau sur la table et se jeta sur l'O'haï. Lui tordant un bras dans le dos, il la maintint immobile, se plaqua contre elle et lui posa sa lame contre la jugulaire. Une femme d'une quarantaine d'années, d'un ton moqueur, cria :

– Ah tu fais moins la belle, maintenant, hein ? Tu vas danser, qu'on te dit ! Pour une fois, y a pas que les seigneurs qui pourront admirer tes fesses !

Un rire hystérique secoua l'assemblée. Des encouragements fusèrent. Enhardi, l'homme au poignard se frotta d'une manière obscène contre sa prisonnière, ravivant les ricanements gras de ses camarades. Tout à coup, d'un geste ample de son poignard, il éventra la cape de laine et la lança derrière lui. Une silhouette menue, vêtue d'une chemise en toile et d'une longue jupe noire, apparut. De longs cheveux ébène se déployèrent sur ses épaules.

– Faut en enlever encore, dit quelqu'un, on voit rien !

Après avoir effectué une large révérence qui redoubla l'hilarité générale, l'homme entreprit de déchirer à grands coups de couteau jupe et chemise.

Soudain, le silence se fit.

Dans une camisole de coton crème à fines bretelles, ajourée par une dentelle délicate, un corps surprenant de blancheur apparut. L'O'haï n'était pas très grande, mais d'apparence svelte, souple, harmonieuse. Ses jambes, dénudées de la cheville au haut de la cuisse, étaient diaphanes, galbées et nerveuses à la fois. Une taille fine se devinait sous l'étoffe, entre deux hanches légèrement marquées et une poitrine discrète. Les épaules formaient une courbe douce jusqu'au cou délicat et palpitant d'émotion de la jeune fille. Au bout des bras, pleins et blancs, deux poignets étroits précédaient des mains de petite taille aux ongles nacrés. Contrastant avec l'ivoire presque irisé de la carnation, une abondante chevelure brune drapait ses épaules et son dos. Seul son visage était encore voilé. L'homme esquissa un geste pour le découvrir puis se ravisa. Un reste de civilité l'empêchait de violer totalement l'intimité de cette surprenante apparition. En outre, l'anonymat de ce visage masqué et surmontant ce corps d'une blancheur et d'une finesse irréelles apportait un peu de piment à la scène.

– Allez les gars, jouez-nous quelque chose de plus calme pour cette beauté. Un des airs que vous joueriez à la Cour.

Il fit signe aux autres hommes de descendre de la table et, avant de les suivre, murmura à l'oreille de sa proie :

– Si tu ne danses pas, je t'écorche morceau par morceau.

Alors une mélopée suave s'éleva de la cithare, bientôt secondée par les frémissements légers du tambourin. Un calme plein d'expectative se fit dans l'assemblée. L'O'haï ne parut pas vouloir bouger, dans un premier temps. Puis comme l'homme s'approchait d'elle d'un air menaçant, elle leva une main pour signifier qu'elle obtempérait. Avec une grâce et une lenteur infinies, sa taille se mit à onduler lentement, suivant le rythme lancinant de la musique. Ses bras s'entrelacèrent au-dessus de sa tête, décrivant des arabesques complexes. L'assistance, profondément captivée, se tut, ne pouvant détacher ses yeux de ce corps gracile, qui ondoyait en cadence, n'exprimant que pureté et suave innocence bien que quasiment dévêtu. Passées les premières mesures, la jeune femme parut s'enhardir. Les mouvements de son bassin s'accentuèrent, puis son corps se plia avec souplesse. Comme le tempo de la musique accélérait, la danseuse suivit le rythme. Ses pas se firent plus langoureux, plus haletants. Ses jambes se mêlaient, s'entrecroisaient, s'élevaient et retombaient. Ses bras s'envolaient puis revenaient à ses flancs, ondulant avec une fièvre croissante qui n'avait d'égale que celle qui s'emparait des spectateurs, réduits au mutisme. Les mains de l'O'haï caressaient la peau diaphane de son cou, glissaient le long de ses côtes, filaient contre ses cuisses, enserraient ses chevilles comme elle se courbait avec grâce, et tous les hommes et les femmes présents retenaient leur souffle. L'audience était captivée par le magnétisme sensuel de la danseuse au visage masqué. Elle n'était pas humaine. C'étaient les mouvements chaloupés de quelque déesse inconnue qu'ils contemplaient. Elle les avait envoûtés et eux, bouche bée, la poitrine soulevée par une respiration de plus en plus courte, lui offriraient bientôt leur âme en présent si elle le demandait. Ils n'étaient plus bourreaux, mais victimes. Le corps d'albâtre qui serpentait rythmiquement sous leurs yeux ébahis devenait la fièvre et l'eau qui l'apaisait en même temps. Nul ne songeait plus désormais à la contraindre. Au contraire, les hommes et les femmes de l'assistance ne pouvaient détacher de l'apparition leurs regards empreints d'une émotion complexe où s'entremêlaient le pur émerveillement, la plus violente concupiscence et une forme de gratitude proche de l'extase.

Impénétrable, imperturbable, totalement offerte aux sensations que la musique et l'ivresse d'une chorégraphie improvisée créaient en elle, libérée des entraves de son corps, l'O'haï dansa longtemps, effectuant des figures d'une souplesse et d'une beauté époustouflantes. Quand enfin, la musique s'arrêta, on entendit plus que les souffles rauques des spectateurs et, de loin en loin, les grondements de l'orage qui s'éloignait. À l'autre bout de la pièce se tenait Viperyne, médusée.

Soudain tout s'emballa.

L'instant de grâce et de surprise était passé. L'assemblée se mit à hurler. Les bardes recommencèrent à jouer, se lançant cette fois-ci dans un tempo effréné. Trois hommes sautèrent de nouveau sur la table, tentant d'entraîner l'O'haï dans des corps à corps serrés. Elle se débattait sans laisser échapper un mot. Sa camisole ne résista pas longtemps. Tenant un pan déchiré d'une main, elle repoussait les assaillants de l'autre, en vain. Un couteau de table, brandi par un bras anonyme, tenta soudain de se planter dans le ventre de Lune. Heureusement, la lame fut détournée à la dernière seconde par les hasards de la cohue et ripa contre ses côtes sans y pénétrer réellement. La jeune femme étouffa un cri, luttant pour ne pas perdre l'équilibre. Viperyne se jeta dans la mêlée qui dégénéra en bataille. Un barreau de chaise arraché au passage lui servant d'arme, elle en assénait de grands coups au hasard pour se rapprocher de la jeune femme. Des coups lui furent rendus, mais elle n'en tint pas compte. Plaquant sa protégée contre le mur, elle s'interposa entre elle et les brutes avinées qui s'amusaient de voir ces deux femmes se défendre bec et ongles. La chevelure rousse de Viperyne, son air farouche, le rouge qui lui montait aux joues détournèrent momentanément l'attention des assaillants. L'un d'eux émit une plaisanterie sur la beauté des femmes en colère. Puis, comme un seul homme, ils se ruèrent sur Viperyne qui disparut sous l'assaut. Les musiciens fodouks s'en donnaient à cœur joie, jouant de plus belle, donnant son rythme à la bagarre.

Soudain une voix forte couvrit les cris et la musique. Un homme surgit de nulle part, épée au poing, superbe de rage. Il dut assommer plusieurs personnes avant de voir la foule s'écarter d'une mine mauvaise et renfrognée. Au sol, Viperyne gisait recroquevillée, le visage tuméfié. Sentant les attaquants s'éloigner, elle se redressa timidement. Des bleus sombres zébraient déjà la base de son cou, une de ses pommettes et ses bras. Elle se mit debout, se tenant les côtes. La correction infligée par maître Eliott, le tanneur de Ber, laissait encore des séquelles que cette bataille avait douloureusement ravivées.

– Allez, reculez, tous ! ordonna Johan de Cômes de la voix de celui qui a l'habitude d'être obéi, brandissant son épée d'une main assurée.

Il alla ramasser la cape de l'O'haï et lui en couvrit les épaules, avant de l'aider à se relever. Elle étouffa un gémissement en portant une main sur son flanc gauche. Elle étendit ses doigts poisseux de sang d'un air incrédule. L'O'haï était blessée. Sans prendre le temps de mesurer l'étendue des dégâts, Johan la soutint de son bras libre. Puis il se dirigea vers la porte, faisant passer Viperyne devant lui, menaçant quiconque s'approchait d'un peu trop près de la pointe de son arme. Clopin-clopant, ils s'empressèrent tous trois de quitter la salle.

Une fois sur le pont, ils virent alors Drachniel arriver en courant. Avant de rentrer dans la grande salle, Viperyne l'avait retrouvé affalé dans un canot de sauvetage. Elle n'avait pas réussi à la sortir de sa torpeur avinée. Il avait quand même fini par se ressaisir et arrivait d'un pas mal assuré à la rescousse.

– Vip… tu… vous n'avez rien ? Je…

– Si, elle est blessée, le coupa-t-elle d'une voix glaciale. Ça n'a pas l'air très grave, mais ce n'est pas grâce à toi.

– Et… et toi ?

– Ne te mêle pas de ce qui m'arrive. Tu as déjà bien trop à faire avec toi-même, Cavalier.

Drachniel, désemparé, le visage défait, la regarda s'éloigner en boitant à la suite de l'O'haï soutenue par Johan. À ses oreilles claquait encore le douloureux mépris qui avait résonné dans la voix de Viperyne.

Chapitre 19

La roue

– Mère Brign-An-Paerven, regardez ! cria une de ses Filles en pointant la lisière de la forêt Salavielle du doigt.

Sans même avoir besoin de jeter un regard en direction des frondaisons, la Révérende Mère sut que le sursis octroyé aux habitants de l'Abbaye du Pré, dont les restes achevaient de se consumer lentement non loin d'eux, avait pris fin. Elle se signa discrètement pour se donner du courage et décida d'affronter l'inéluctable. Les auteurs de l'incendie avançaient. Elle espérait seulement que la destruction de l'Abbaye serait leur pire méfait. Mais quand elle distingua la masse sombre et informe qui sortait d'entre les arbres, elle eut le terrible pressentiment que les atrocités ne faisaient hélas que commencer. Une troupe d'une cinquantaine d'hommes se dirigeait vers la centaine de rescapés du feu, momentanément repliés dans la clairière. À la tête des arrivants, juché sur un imposant étalon noir, un guerrier antharite sifflait en direction de ses hommes. Il donnait ses ordres. Dans le nimbe argenté de la lune qui éclairait la clairière, il tira sur les rênes de sa monture, provoquant un hennissement lugubre. Levant une main munie d'un étrange objet qui siffla en déplaçant l'air, il intima le silence à la troupe qui le suivait.

Il aboya un ordre en ancienne langue antharite. Un de ses guerriers s'avança, tirant une femme par les cheveux. C'était Azalée. Comme ils avançaient droit vers elle, Mère Brign-An-Paerven distingua avec effroi le visage tuméfié de sa servante. Sa lèvre supérieure était fendue et enflée. Son œil droit disparaissait sous un hématome sanguinolent. Azalée, traînée sur l'herbe par l'Antharite, ne pouvait plus s'appuyer que sur une jambe. Son genou droit prenait un angle peu naturel. Elle devait avoir l'articulation déboîtée ou cassée. Elle paraissait plus morte que vive. Parvenu à une dizaine de mètres de la Supérieure, le soldat s'arrêta, semblant attendre une instruction. Son chef émit un petit sifflement. Alors l'homme hocha gravement la tête. Il dégaina un poignard à la lame dentelée et, comme il aurait essuyé le fil sur un tissu pour le nettoyer, le passa sur le cou d'Azalée. La servante eut un hoquet étonné pendant que sa gorge s'ouvrait et que le sang inondait sa poitrine. Puis elle s'affaissa. L'homme lâcha le corps de la malheureuse qui tomba lourdement et disparut dans l'herbe épaisse. Il se détourna et revint se placer derrière son prince. Les habitants de l'Abbaye du Pré, médusés, ne réagirent pas. Le chef de la troupe talonna son cheval. Arrivé au niveau du corps d'Azalée, il fixa de ses yeux étrangement troubles la Révérende Mère, qui s'était détachée de la foule. La brise de la nuit faisait voler ses cheveux raides.

– Je suis le prince royal Li'Dhon'An-Thar, premier fils de Li'An-Thar, petit fils de To'An-Thar, dit-il d'une voix faussement douce. Je suis à la recherche d'une femme que vous avez hébergée. Une jeune fille. Dites-moi où elle se trouve, et vous mourrez sans souffrance.

– Je suis Mère Brign-An-Paerven, répondit-elle, sentant soudain la colère sourdre au fond de son cœur, Révérende Mère de l'Abbaye du Pré, Souveraine Ecclésiaste de l'Ordre du Pré. Je ne tire mes ordres que du très saint Archevêque de Ber et de Dieu lui-même. Vous êtes des monstres, et aux monstres, je ne révélerai rien.

Li'Dhon, calmement, opina du chef d'un air compréhensif. Il prit le temps de relever la tête pour humer la brise nocturne qui lui parvenait. Il y détectait l'odeur vespérale de la clairière et de la forêt toute proche, mêlée des effluves âcres de l'incendie. La petite note subtile apportée par le sang, les larmes et les sueurs d'effroi des pensionnaires de l'Abbaye venait couronner le tout dans ce qui sembla être à Li'Dhon un des meilleurs parfums qu'il ait jamais senti jusqu'à présent. Il en était l'architecte, le nez, le compositeur souverain. Cette scène de désolation et de souffrance, il en était l'instigateur. Cela le ravissait et ne faisait, en outre, que commencer.

– Il semble que je n'aie pas été assez explicite. Je reformule donc ma demande : livrez-nous l'O'haï ou vous et toutes les personnes ici présentes serez torturées jusqu'à ce que votre réponse me satisfasse en tout point.

Ces paroles furent prononcées avec détachement. N'eût été leur effroyable contenu, on y aurait entendu l'accent de la plus grande courtoisie. Il avait d'ailleurs accompagné les derniers mots d'un grand sourire. Ses dents nacrées brillaient comme des poignards dans la clarté lunaire.

Constatant l'absence de réaction de Mère Brign-An-Paerven, le prince antharite émit un nouveau sifflement. Immédiatement, trois hommes s'avancèrent, arc tendu à la main. Ils pointèrent leur arme en direction de la masse hébétée qui contemplait la scène sans comprendre. Quand Li'Dhon leur en donna l'ordre, ses sbires décochèrent chacun une flèche. Aussitôt, mortellement touchées, trois des religieuses de l'Abbaye du Pré s'effondrèrent.

Un frisson parcourut l'assemblée. Le temps sembla se suspendre un instant, puis ce fut la cohue. Tout le monde se mit à courir : hommes et femmes de l'Abbaye, villageois de Bourg-Galante restés, malgré la nuit tombée, au chevet des blessés, visiteurs malchanceux, pris entre les feux d'un conflit qu'ils ne comprenaient pas et qui ne les concernait en rien. Les Antharites étaient moitié moins nombreux que la troupe qui tentait de s'égayer dans la nature, mais ils étaient armés et obéissaient avec promptitude et efficacité aux ordres. Et les ordres que sifflaient Li'Dhon étaient terribles. En quelques secondes, tous ceux qui s'étaient enfuis en courant furent abattus. Les Antharites, se guidant aux sons émis par l'herbe foulée, aux halètements éperdus des fuyards, au sillage de peur qui marquait leur trajectoire aussi sûrement pour un aveugle qu'un trait de peinture blanche pour un voyant, décochaient flèche sur flèche dans la plus grande sérénité. Chacune rencontrait le dos ou l'arrière du crâne de sa proie. D'autres soldats arpentèrent la clairière désormais agitée de soubresauts et de râles d'agonie. Ceux qui gisaient déjà au sol furent méthodiquement passés par la lame du poignard. En ce qui sembla être seulement quelques minutes aux témoins du massacre, les Antharites exterminèrent sans ciller plusieurs dizaines de malheureux et malheureuses. Li'Dhon, durant cette scène, inspirait l'air à grande goulée avec délectation. Posté à côté de la Révérende Mère, il commentait :

– Savez-vous que les humains dégagent une odeur très particulière quand ils ont peur ? Vos gens savent qu'ils vont mourir... Quel fumet exquis !

Du haut de son cheval noir, le prince antharite ressemblait à un gourmet à qui l'on vient de promettre un festin raffiné.

– Allons, ne soyons pas trop gourmands, cria-t-il soudain à ses hommes, laissez-en quelques-uns en vie.

Comme un seul homme, tous les soldats de Li'Dhon cessèrent la tuerie et se contentèrent de maintenir en joue la petite troupe des survivants qu'ils avaient rassemblée.

Mère Brign-An-Paerven, enfin, quand le calme et le silence se furent à nouveau installés dans la clairière, poussa un hurlement. Elle sentit ses jambes la lâcher, puis tomba assise dans l'herbe, hébétée. Li'Dhon se laissa glisser en bas de son cheval et marcha jusqu'à elle. Lui prenant la main, il la força d'une secousse à se relever.

– Ne soyez pas triste. Ils seraient morts de toute façon. Vous le serez tous dans quelques heures. J'ai été clément. Il n'y a pas encore eu de souffrance. Je vous écoute, ma chère amie : où est l'O'haï ?

Comme la Supérieure hochait la tête dans un signe de dénégation incrédule, Li'Dhon partit d'un grand éclat de rire.

– Vous êtes trop bonne, madame, en vérité. Je n'en attendais pas moins de vous !

Il lui lâcha la main, saisit le gant épais qui pendait à sa ceinture et l'enfila, faisant saillir ses jointures. Des clous décoraient le cuir, du poignet jusqu'aux premières phalanges. Sans crier gare, un sourire carnassier aux lèvres, il lui asséna soudain une claque monumentale qui l'envoya rouler à un mètre de là. L'air de rien, il s'avança et la releva une seconde fois. Mère Brign-An-Paerven, la bouche emplie de sang, se mit à tousser violemment. Dans la chute, elle avait perdu son bonnet et ses cheveux gris lui retombaient par mèches collées sur le visage et les épaules.

– Je vous en prie, murmura-t-elle, laissez-les tranquilles. Elles ne savent rien.

– Vraiment ? Je vous crois sur parole, madame. Êtes-vous certaine que personne ici ne saurait me renseigner ?

– Oui. Vous… avez ma parole. Je suis la seule à avoir jamais connu *son* existence. Moi seule *lui* apportais ses repas. Personne ne sait qui elle est. Laissez-les partir, articula-t-elle avec difficulté, la bouche pâteuse.

– Dans ce cas, je vais faire relâcher ces gens. Voyez que je ne suis pas le monstre que vous vous imaginez. Je vous crois même bien volontiers : si vous dites que vos religieuses ne savent rien, fort bien ! Quelle raison auriez-vous de me mentir ?

Pleine d'espoir, Mère Brign-An-Paerven vit l'Antharite donner l'ordre à ses guerriers de laisser partir les prisonniers. Religieuses et domestiques hésitèrent un instant puis se mirent à courir à toutes jambes à travers la clairière, en direction de Bourg-Galante.

– Mais j'y pense, dit soudain Li'Dhon, tous savent qui je suis. Je ne saurais laisser se répandre les rumeurs sur ma présence ici.

Pour la troisième fois, il siffla à l'adresse de ses hommes, lesquels comprirent immédiatement. Alors que la Supérieure hurlait à s'en écorcher les poumons, les impitoyables Antharites, toujours avec la même stupéfiante et odieuse efficacité, bandèrent de nouveau leurs arcs et décochèrent plusieurs salves de flèches en direction du fond de la clairière. Pas une ne rata sa cible. L'herbe parut engloutir les corps des victimes, et en quelques secondes, la clairière retrouva sa quiétude, comme si la sauvage exécution n'avait jamais eu lieu.

– Nous serons mieux en tête à tête, fit Li'Dhon, écœurant d'obséquiosité. Ne pensez-vous pas ?

Les premières lueurs de l'aube rosissaient le ciel du matin. Une délicate rosée pailletait déjà les herbes et les fleurs. Le vent était tombé, laissant les ruines de l'Abbaye et de la grange encore fumantes. Assis sur un tabouret en bois, Li'Dhon se repaissait des sensations qui s'offraient à lui. Mère Brign-An-Paerven, clouée par les chevilles et les poignets sur une roue à larges rayons dressée au milieu de la clairière, respirait avec peine, le menton appuyé sur la poitrine, ses longs cheveux gris pendant dans le vide. La peau de son torse dénudé était marbrée de taches brunes et sanguinolentes. Un homme au visage masqué tenait devant elle une torche enflammée.

– Voyez-vous, disait Li'Dhon, j'ai un défaut. Je n'ai jamais su être patient.

Il claqua de la langue. Le bourreau approcha la flamme de la gorge de la Révérende. On entendit un léger crépitement. Elle fut agitée d'un violent soubresaut. Un gémissement fatigué s'échappa de ses lèvres, qu'elle mordait pour ne pas crier.

– Certes, j'ai cédé à la colère, tout à l'heure, en faisant exécuter tous vos protégés. J'aurais pu les laisser en vie et les torturer sous vos yeux, un à un, pendant des jours.

De nouveau, le prince antharite donna son bref signal au bourreau. De nouveau, le même grésillement, les mêmes douloureux soupirs se firent entendre. Il continua :

– Mais ç'aurait été trop facile, en fin de compte. Vous autres, religieux, êtes bien trop sensibles à la souffrance des autres. Vous auriez parlé rapidement. J'aime bien mieux m'amuser avec vous. Vous me paraissez fascinante, ma chère. Jusqu'à quand croyez-vous que vous tiendrez ?

Le bourreau planta la torche dans le sol. Il voulait tester autre chose. D'un coup de pied, il fit tourner la roue sur son axe. La Révérende se retrouva la tête en bas. Ils attendirent de longues minutes. Les plaies de sa bouche et de sa poitrine coulèrent lentement. Son propre sang lui coula dans les yeux. S'arrêtant entre chaque mot pour ne pas s'étouffer, elle parvint à articuler d'une voix éteinte :

– Je… vous… l'ai… dit : elle… elle est déjà… loin.

– Oui, oui, je sais cela, s'agaça Li'Dhon, se levant tout à coup et se mettant à faire les cent pas devant elle. Je sais même qu'elle doit être en route vers le nord. Arestion doit s'attendre à sa venue.

À la mention du roi ennemi, plusieurs des soldats crachèrent au sol.

– Mais ce que je vous demande, ce sont des détails : à quoi ressemble-t-elle ? Qui l'accompagne ? Quel chemin a-t-elle emprunté ?

Li'Dhon s'approcha de la roue et la remit à l'endroit. Le mouvement fut si brusque que Mère Brign-An-Paerven faillit s'évanouir. Les yeux révulsés, le visage ruisselant de sang, elle fut soudain prise d'une toux violente. L'Antharite s'écarta d'un air dégoûté et demanda de l'eau. Un de ses hommes tendit une gourde à la suppliciée dont il lui renversa le contenu sur la tête. Soudainement réveillée par la fraîche sensation du liquide, elle releva le visage.

– Vous... ne... saurez... jamais..., murmura-t-elle.

Elle n'avait plus de force, mais avait prononcé ces mots avec toute la détermination dont elle était capable. Elle pensa à sa nièce Viperyne, si jeune et si impétueuse, qui, au loin, s'occupait désormais de sa protégée. Puis l'image de sa sœur, Jérisbée Glansen, la mère de Viperyne, s'imposa à elle. Elle sourit de ses lèvres boursouflées et fendues. Li'Dhon hésita quelques instants entre la colère et l'amusement. Puis il opta pour la seconde attitude. Il regagna son tabouret et s'adressa au bourreau :

– Alors, Childéric, qu'as-tu prévu pour le plat de résistance ?

Ce dernier ne répondit pas. Il était déjà occupé à fouiller dans une grande sacoche en cuir. Triomphant, il en extirpa une longue tenaille recouverte de crasse. L'outil avait déjà dû servir plusieurs fois sans jamais être lavé. Il s'approcha de la prisonnière. Un hurlement inhumain résonna tout à coup jusqu'aux profondeurs de la forêt Salavielle. Puis un deuxième, plus étouffé. Les guerriers de Li'Dhon qui n'assistaient pas encore à la séance vinrent se placer en arc de cercle derrière leur chef, les bras croisés sur la poitrine. Cependant, Childéric s'était emparé d'un petit poignard à la lame tarabiscotée et étudiait avec attention l'endroit où il comptait s'en servir. On aurait dit un peintre scrutant sa toile afin d'y apposer une touche de couleur capitale. Précautionneusement, il dévoila un genou de sa victime. Il se pencha, jaugeant l'angle de frappe et tendit le bras en arrière pour donner plus de puissance à son geste. Il amorçait déjà son coup quand sa main resta suspendue en l'air. Une flèche, surgie de nulle part, lui avait transpercé le poignet. Immédiatement, un sifflement retentit, suivi du bruit sourd d'une pointe se fichant dans une planche épaisse. Li'Dhon poussa un hurlement de rage. Suspendue à sa roue, les bras en croix, Mère Brign-An-Paerven venait de recevoir la deuxième flèche en plein cœur. Elle était morte sur le coup. Li'Dhon éructa des ordres furieux. Ses hommes se ruèrent en direction de la forêt, leurs armes dégainées.

Loin devant eux, éperdu, Sougar filait à une vitesse surprenante, évitant les arbres et les racines avec habileté. Il se savait pisté par les plus cruels et les plus efficaces guerriers que le Continent ait jamais vus. Ses poursuivants le traqueraient au bruit et surtout à l'odeur. Leur cécité les rendrait néanmoins plus lents que lui entre les arbres. C'était là son avantage. Il fallait en tirer parti. Sougar courait donc à en perdre haleine, rapide et concentré. À une demi-lieue de là se trouvait une petite rivière peu profonde. Y faire perdre sa trace aux Antharites était sa seule chance. Enjambée après enjambée, allongeant la foulée, il finit par atteindre la rivière et par s'y jeter tout entier. L'eau fraîche lui arrivait à la taille et le courant n'était pas fort. Il la remonta pendant de longues minutes, s'arrêtant juste pour regarder en arrière. Il y avait une distance raisonnable entre lui et ses poursuivants. Pour l'instant en tout cas. À l'endroit où le lit de la rivière s'élargissait, formant des marécages dans les prés avoisinants, il s'engagea dans les ajoncs et la terre détrempée. Il commençait à avoir le souffle court. La boue épaisse, composée d'humus et de feuilles en putréfaction, rendait ses mouvements pénibles, mais son odeur pestilentielle serait son meilleur camouflage. Il s'arrêta enfin, trouva refuge dans un tronc d'arbre creux à moitié embourbé, s'y recroquevilla et attendit. Longtemps.

À la nuit tombée, alors qu'il avait entendu les Antharites s'approcher à plusieurs reprises sans le trouver, il patienta encore pour être certain qu'ils avaient renoncé, puis s'extirpa de son abri et replongea au cœur de la forêt. Peu après, parvenant à une grotte masquée par un bosquet d'aubépine sauvage, il fut accueilli par deux jeunes femmes qui l'attendaient avec angoisse. Il s'agissait de Mérida et Safinia, les deux domestiques de ce qui avait été l'Abbaye du Pré, que Sougar avait miraculeusement pu soustraire au groupe des rescapés avant que tous ne soient exécutés par les Antharites.

– Alors ? demanda Safinia d'une voix tremblante.

– Alors elle ne souffre plus et ne pourra plus parler, répondit le vieil homme d'une voix lasse.

Safinia fondit en larme, se laissant glisser par terre. Mérida vint s'agenouiller auprès d'elle et la prit dans ses bras. Ensemble, elles pleurèrent pendant de longues heures.

Chapitre 20

Sk'l

L'arrivée à Sk'l se fit dans une ambiance morose. La dernière nuit passée à bord de la *Victoire* avait été courte, riche en émotions, épuisante physiquement et nerveusement pour tous. L'O'haï avait surpris tout le monde en jouant le jeu des soûlards plutôt que de trahir son identité de couverture. Elle avait endossé son rôle de danseuse professionnelle à la perfection, avec une troublante facilité, à la vérité. Viperyne se demandait où et quand de tels talents pour la danse avaient pu être enseignés à la princesse anonyme. Le phénomène dépassait son entendement : d'où l'O'haï tirait-elle une telle aisance. Son enfance solitaire dans la Tour du Nord aurait logiquement dû l'isoler de ce genre de pratique. S'agissait-il d'un don naturel ? La jeune femme, décidément perplexe, tâtait le renflement de sa besace : le carnet d'Eudérope, elle en était sûre, avait dû contenir la réponse à bien des questions, mais dorénavant elle n'était plus en mesure de les connaître.

Après la scène épique du réfectoire, Johan de Cômes avait raccompagné l'O'haï et Viperyne à leur cabine. Il s'était pudiquement écarté quand la jeune femme avait allongé Lune et avait relevé ses vêtements pour inspecter la blessure de son ventre. Elle avait une entaille longue de quelques centimètres au niveau des côtes flottantes. La blessure était peu profonde, mais suffisamment étendue pour être gênante un bon moment : sa cicatrisation prendrait certainement quelques jours et il faudrait veiller à ce que la plaie ne s'infecte pas. Viperyne avait nettoyé et pansé la vilaine coupure tant bien que mal. Pendant toute l'opération, Johan, visiblement en proie à une vive angoisse, faisait les cent pas devant la porte de la cabine. Drachniel, en plein dégrisement, miséreux, s'était assis face à la porte et contemplait ses bottes d'un air hagard. Enfin, Viperyne avait repassé la tête par la porte, annoncé que l'O'haï se portait bien et qu'elle n'était que peu grièvement blessée. Un profond soupir soulagea la poitrine de Johan de Cômes, qui cessa ses allées et venues et regagna sa propre cabine pour la nuit. Avant de refermer la porte, Viperyne lorgna du côté de Drachniel. Le Corélien s'était endormi à même le sol, bouche entrouverte, un filet de bave suintant sur sa joue. Elle haussa les épaules avec humeur et claqua la porte.

Elle avait retrouvé Drachniel à l'avant du bateau en fin de journée, le lendemain, comme la *Victoire* manœuvrait dans le port de Sk'l sous une pluie battante. Le jeune homme, le teint brouillé et les yeux rougis, s'abstint de tout commentaire, de même que Viperyne. Ils contemplèrent dans un silence pesant le travail des marins occupés à manier les énormes cordages qui devaient arrimer le navire au quai.

D'épais rideaux d'une pluie froide empêchaient de distinguer clairement les abords de la ville au-delà du débarcadère.

On sentait néanmoins d'emblée que Sk'l était une ville nettement plus importante que Ber, la capitale zi des Vastes Plaines qu'ils avaient laissée derrière eux depuis trois jours. Le royaume fodouk était entièrement tourné vers le lac Rouge et l'exploitation de ses eaux poissonneuses et riches en algues pourpres. Sk'l, située à l'est, était la capitale royale. Elle accueillait sur ses hauteurs le palais d'Iliaba et toutes les dépendances qu'elle consacrait aux arts. Mais le royaume fodouk abritait, plus à l'ouest, une cité lacustre non moins importante en taille quoique moins en vue : il s'agissait de la ville de N'rn, célèbre pour sa production importante de vin de mer et son ostréiculture intensive. Les huîtres d'eau douce de N'rn, autrement appelées Chair-de-Sang, faisaient en toute saison les délices des plus fortunés. Les mollusques, gavés d'un broyat d'algues pourpres pendant plusieurs mois, finissaient par arborer une chair d'un rouge écarlate et dont les arômes subtilement végétaux ravissaient les papilles des connaisseurs. La gastronomie fodouke était réputée à travers tout le Continent, même si certains mets plutôt... excentriques rebutaient les plus courageux. Un proverbe disait qu'il fallait être né fodouk pour supporter la cuisine fodouke. De fait, les pâtés de tripes de lapin ou les pâtisseries à base de graisse de poisson que l'on dégustait trempées dans du sang de poule ne faisaient pas l'unanimité chez les visiteurs.

Le royaume fodouk était de manière générale renommé pour la vivacité et la finesse de sa culture, qui passait couramment pour la plus raffinée du Continent, encore que la Corélie lui dispute régulièrement l'apanage de l'élégance. Les Coréliens avaient tendance à estimer qu'ils tenaient les rênes du bon goût quand les Fodouks se complaisaient dans une certaine décadence. Il faut dire que les mœurs fodoukes élevaient l'excès et l'extravagance au rang de sports nationaux. La reine Iliaba, succédant à une longue lignée de souverains éclairés, s'était faite la championne des arts de tous genres. En véritable mécène, elle consacrait une bonne part du budget de son petit, mais fructueux, royaume à l'achat d'œuvres et à l'entretien des nombreux artistes qu'elle invitait parfois à résider plusieurs années d'affilée à la Cour. Un aréopage de courtisans raffinés et érudits vrombissait en toutes circonstances dans le sillage de la souveraine et vivait au palais royal. Sk'l était la ville des galas, des spectacles, le lieu de convergence de tous les esprits brillants et des esthètes du Continent.

En contrebas de l'éminence rocheuse où le palais avait été construit se déployait jusqu'aux berges du lac Rouge un réseau de larges voies perpendiculaires les unes aux autres. Si Ber avait tout d'une bourgade pittoresque à l'organisation anarchique, Sk'l était célèbre pour l'impression d'ordre qui se dégageait de ses rues nettes, propres et élégamment pavées, comme dans l'agencement de son gigantesque port, le plus important du lac Rouge.

Lentement, la foule qui occupait la *Victoire* s'était vidée sur le quai. Plus rien de l'ambiance festive de la veille ne subsistait. Les Fodouks rentraient chez eux fatigués. Certains, encore mal remis des effets du vin de mer, marchaient d'un pas mal assuré, la mine sombre, le cœur au bord des lèvres.

Drachniel, tout à ses sombres pensées, ne pouvait s'empêcher d'admirer la capitale fodouke.

Seule ma belle Parminga pourrait rivaliser avec cette cité, se disait-il comme il remontait l'allée principale, qui menait du port au palais. Il était heureux de pouvoir chevaucher de nouveau Khalem, suivant de près la diligence qui était venue prendre ses compagnons en charge. Johan de Cômes avait réitéré son invitation : il se proposait d'introduire ses nouveaux amis au palais. Il était attendu à la Cour et comptait les faire bénéficier de ses entrées et de sa pratique du milieu courtisan. En outre, il avait appuyé sur le fait que leur protégée aurait besoin de plusieurs jours de repos pour se remettre de sa blessure. Ils pouvaient donc bien lui tenir compagnie avant de songer à prendre le chemin du retour. Drachniel avait en outre assuré à Viperyne que les Antharites n'étaient pas les bienvenus en terre fodouke. En effet, c'était à leur détriment que s'était signé le célèbre Décret des Duchés, une dizaine d'années auparavant. Pour mettre un terme à la Guerre Noire et à la rivalité meurtrière entre An-Thar, la Corélie et leurs alliés respectifs, avait été décidée la création des quatre états-tampons : le duché d'Opale, le duché de Nacre, le duché d'Ivoire et le duché d'Airain. Sk'l était l'unique cité politiquement neutre du Continent. Le père de la reine fodouke Iliaba, le roi Joré, avait accueilli les ambassadeurs des différents belligérants, leur garantissant sécurité et impartialité durant les tractations qui devaient ramener la paix sur le Continent. Li'An-Thar et l'ensemble des Antharites gardaient une haine rancunière à l'égard du royaume fodouk, et à dire vrai, à l'encontre de l'ensemble des peuples du Continent. Bien sûr, rien n'égalait la détestation totale qu'ils avaient de la Corélie, mais les Fodouks n'étaient pas non plus les bienvenus en terre antharite. Iliaba s'estimait protégée de l'amertume tenace de Li'An-Thar par la situation géographique de son royaume, très éloigné de celui d'An-Thar, mais encore, par sa relative indépendance vis-à-vis des autres puissances du Continent. Les Fodouks avaient offert un asile neutre à la fin de la Guerre Noire.

Chacun y était traité avec respect, mais aucune nation ne pouvait se prévaloir d'entretenir des relations privilégiées avec la patrie d'Iliaba. Les relations diplomatiques s'avéraient toujours réservées, presque froides, et le manque d'engagement des Fodouks concernant le sort du Continent ne laissait pas d'en agacer plus d'un.

La Corélie, historiquement liée par différents liens commerciaux, militaires et même conjugaux au royaume fodouk, n'était plus, au moment où l'O'haï posait le pied à Sk'l, qu'un lointain voisin que l'on respectait, mais sans lui donner plus d'importance qu'à un autre pays.

En vérité, une brouille plutôt récente dans les âges et restée irrésolue empêchait Fodouks et Coréliens d'afficher leur ancienne amitié. Cela tenait essentiellement à l'attitude qu'avait eue Magdalène de Sk'l, la mère d'Arestion, envers sa nation d'origine : les Fodouks n'avaient pas réellement apprécié que leur princesse se détourne d'eux et ne daigne plus jamais quitter la Corélie après ses épousailles avec Kron. Plus grave encore, les Fodouks ne pouvaient se pardonner à la fois la défection de Magdalène de Sk'l, jugée comme une redoutable traîtrise, et… le soulagement qu'apportait son éloignement à chacun en terre fodouke. Il fallait, pour comprendre cette ambivalence, remonter à la jeunesse d'Iliaba, dernière-née et seule rescapée des enfants du roi Joré et de la reine Vivantine de N'rn. Cette dernière était morte en couche à l'issue de sa cinquième grossesse. La même année, les trois aînés, la princesse Firma et les deux petits princes Rabrouen et Giror, avaient péri dans la grande épidémie de peste qui avait alors ravagé le royaume. Le roi Joré avait fini, après plusieurs années d'un douloureux deuil, par épouser la gouvernante de la petite Iliaba, une femme du peuple qui apportait chaleur et réconfort à ses dernières années de solitude. Mais Zita Bourreg, la gouvernante, n'était pas populaire à la cour de Sk'l, en raison de ses origines roturières, mais aussi d'une clairvoyance et d'un franc-parler qu'abhorraient les proches de Joré. Quand une ultime héritière, prénommée Magdalène, était née de cette union décriée, les Fodouks s'étaient détournés de la petite princesse, l'avaient boudée, estimant que son sang mi-noble mi-populaire ternissait une dynastie jusqu'alors irréprochable.

Pour résumer, on avait reproché à Magdalène sa naissance, on l'avait détestée pour sa seule existence, qui entachait le royaume, on avait applaudi Iliaba quand elle avait, à peine montée sur le trône, offert son encombrante demi-sœur en mariage à Kron de Corélie, mais on ne lui avait jamais pardonné, en retour, d'avoir rejeté ceux qui l'avaient pourtant si mal aimée. Les Fodouks étaient à la fois orgueilleux et pointilleux, fiers et rancuniers.

Iliaba n'avait jamais cherché à restaurer le contact avec la Corélie, de sorte qu'Arestion, qui se trouvait être son neveu, n'entretenait avec elle que des rapports de souverain à souverain, des rapports purement diplomatiques, par ambassadeurs interposés, et sans que jamais aucun aspect personnel ni familial ne vienne s'en mêler.

Comme tout un chacun, Drachniel, Viperyne et même Johan avaient entendu parler de ces affaires de rois et de famille qui les dépassaient un peu et sur lesquelles ils ne nourrissaient pas vraiment d'avis précis. Seul leur importait, pour l'heure, un fait : la neutralité sécurisante de ce petit royaume doté d'une armée vigilante qui surveillait ses frontières en permanence et traquait sans relâche les clandestins.

Viperyne fut fortement impressionnée par la garde du port et ses hommes à l'air sévère, vêtus d'armures d'un vert métallique sombre, qui scrutaient d'un œil torve le moindre passager débarquant de la *Victoire*. Elle crut un instant qu'ils allaient l'arrêter et la questionner quand elle franchit la passerelle qui menait du bateau au quai. L'O'haï avançait à sa suite, raide comme un piquet, sa cape noire frôlant de plus près qu'à l'accoutumée la manche de Viperyne. Un homme, inévitablement, interrogea la mystérieuse passagère sur son identité. Comme l'O'haï ne bronchait pas, Johan prit les devants et répondit à sa place. Il connaissait par cœur l'explication convenue et le mensonge qu'il proférait sans le savoir n'en parut que plus crédible. Les gardes s'écartèrent respectueusement devant la prétendue danseuse, s'excusèrent en affirmant qu'ils n'avaient pas été informés de son arrivée. L'un d'eux héla une des diligences qui attendaient les plus riches passagers pour les mener au palais.

Quelques instants plus tard, l'attelage léger filait à grande vitesse dans les rues de Sk'l. Confortablement retranchés derrière d'étroites fenêtres garnies d'épais rideaux de velours crème et or, ils n'aperçurent pas grand-chose de la capitale fodouke, battue par une pluie opiniâtre. Tout au plus sentirent-ils le pas des chevaux se faire plus lent et précautionneux quand ils attaquèrent la pente pavée qui devait les mener aux portes du palais.

Chapitre 21

Sougar

– Je n'en peux plus ! gémit Safinia. Voilà des jours que nous errons dans ces marécages. J'aime encore mieux être capturée par les soudards de Li'An-Thar que périr noyée dans ce bourbier !

Sougar poussa un long soupir. Depuis environ cinq jours, il s'efforçait de garder son calme, par égard pour les épreuves traumatisantes et inattendues que les deux servantes de l'Abbaye du Pré avaient traversées. Mais sa patience semblait s'être dissoute dans l'eau croupie des marais où ils évoluaient. Il jeta un regard entendu à l'autre jeune femme qui les accompagnait, Mérida. Celle-ci esquissa un léger sourire pour l'inciter à la retenue, mais comme Safinia maugréait de plus belle, Sougar s'arrêta net et fit volte-face. De sa main noueuse et étonnamment ferme, il enserra le menton de Safinia, la forçant à le regarder dans les yeux.

– Vas-tu te taire, pauvre sotte ! Nous sommes des fugitifs ! Qui sait si les soldats antharites ne sont pas toujours à nos trousses ? Et crois-tu qu'ils se contenteraient de nous faire prisonniers ? Non ! Nous ne valons rien pour eux. Pire encore, nous sommes des témoins dangereux. C'est une mort lente et atroce, sous des tortures innommables, qui nous attend si nous sommes pris.

– Allons Safinia, ajouta Mérida avec douceur, essaie de te raisonner un peu. Sougar ne veut que ton bien. Tu devrais plutôt le remercier que l'accabler. C'est grâce à lui que nous sommes encore en vie...

Les boucles noisette de Safinia se mirent à trembler. Les larmes lui montèrent aux yeux. Elle s'affala dans la vase stagnante, son jupon détrempé se gonflant comme une baudruche autour de sa taille. Au contact froid et visqueux du sol, elle se mit à sangloter pour de bon.

Sougar était exaspéré. Il se maudissait d'avoir pris sous son aile les deux seules rescapées des gens de l'Abbaye du Pré. Mérida, âgée d'une trentaine d'années, était une femme douce, compréhensive, patiente ; elle peinait elle aussi à se déplacer, étant peu rompue aux exercices physiques, mais jamais une plainte ne s'était échappée de sa poitrine. Elle était consciente d'être une miraculée. Elle avait vu ce que Li'Dhon'An-Thar et ses hommes avaient fait subir aux pensionnaires de l'Abbaye et même aux habitants de Bourg-Galante. Sougar leur avait raconté, rapidement et à sa manière brusque et avare de détails, l'agonie de la Révérende Mère. Mais elle savait lire entre les lignes. Elle devinait l'horreur absolue des tortures subies par Mère Brign-An-Paerven. En outre, elle savait que sa seule chance de survie était de se fier à ce vieil homme bougon qui leur avait permis de s'échapper. Mais Safinia était une tête de linotte aussi fragile et immature qu'un faon abandonné par sa mère. Elle était encore jeune, certes, puisqu'elle atteignait sa dix-huitième année, mais les circonstances exigeaient désormais qu'elle mette ses réactions infantiles de côté. Or elle gaspillait son souffle à se répandre en incriminations. À sa décharge, Sougar se montrait un guide rude, insensible à la fatigue et à la peur qui les tenaillaient toutes deux désormais. Après les avoir entraînées de force au plus loin des Antharites, il leur imposait une course effrénée à travers la zone marécageuse de la forêt Salavielle. Mérida elle-même commençait à trouver que quelques éclaircissements seraient les bienvenus. Où les emmenait-il ? Le vieil homme semblait suivre un itinéraire précis, mais lequel ? Il était clair qu'ils n'étaient plus suivis désormais, même si le danger pouvait surgir à chaque instant, alors pourquoi ne pouvaient-ils s'accorder un peu de répit ?

Mérida aida Safinia à se relever et à calmer les spasmes qui agitaient sa poitrine. D'un geste, elle invita sa compagne à reprendre la marche, mais elle se jura intérieurement d'éclaircir certains points avec Sougar dès la prochaine halte.

Quelques heures plus tard, alors que pour la première fois, Sougar leur avait accordé le droit d'allumer un feu, Mérida démêlait tranquillement ses longs cheveux blond cendré à l'aide d'une grosse tête de chardon ramassée en route. Elle attendit que la respiration de Safinia, vaincue par des heures de marche et rassérénée par la chaleur du foyer, devienne régulière. Puis elle commença à interroger Sougar. Qui était-il ? Où les emmenait-il ? Avait-il des amis dans les parages ? Comptait-il avertir quelqu'un de ce qui s'était passé à l'Abbaye du Pré ?

Sougar sentit qu'il ne pourrait repousser davantage l'instant des révélations. Il avait vécu longtemps dans le secret. Dans le fond, sa vieille âme aspirait à se confier. Il se lança dans un monologue à voix basse, le regard tourné vers les étoiles.

– Je suis né à Parminga, en Corélie. Ma mère était une des suivantes de Magdalène de Sk'l, l'épouse de notre roi, Kron de Corélie. Mon père, Gouléon de Miniden, était un Chevalier corélien, tout comme je l'ai été après lui. Kron m'a un jour demandé de quitter les éperons de Chevalier et de devenir son espion. Je fais partie de ceux qui ont connu les heures glorieuses et paisibles qui coulaient à Parminga, avant celles, terribles et sanglantes, de la Guerre Noire. Kron m'avait envoyé effectuer une mission secrète qui avait pris plusieurs années. À mon retour, alors que son héritier, Arestion, l'actuel souverain de Corélie, ne tenait pas encore sur ses jambes, Kron me confia une autre mission : je devais quitter la Corélie et partir à la rencontre d'une femme. Une nourrice, accompagnée du plus précieux fardeau qui soit : une petite princesse, encore un nourrisson. Je devais les retrouver en pleine mer, à quelques milles de la côte antharite, sur un îlot dont l'emplacement était tenu secret. Hélas, quand j'arrivai à l'endroit dit, la nourrice avait disparu. Il ne restait sur le rocher battu par les vagues qu'un petit groupe de soldats antharites, qui paraissaient aussi déconfits que moi. Je parvins à échapper à leur vigilance et orientai mon embarcation vers le sud. Si Eudérope, c'était le nom de la nourrice, ne m'avait pas attendu, c'est qu'elle avait décidé de se rendre toute seule là où je devais les emmener, elle et sa protégée. Elle se savait pourchassée et était aux abois. Je naviguai aussi vite que possible, gonflant les voiles à les faire éclater et ramant comme un forcené. Les Antharites ne devaient pas les trouver avant moi.

Eudérope avait pris beaucoup d'avance. La peur immense d'être rattrapée par les Antharites avait décuplé ses forces. Elle réussit à gagner l'Abbaye du Pré, épuisée, mais confiante : là, sa petite princesse, l'unique et dernière héritière d'un peuple étrange qui avait été massacré par nos ennemis, serait en sécurité. La Souveraine Ecclésiaste de l'Abbaye du Pré, Mère Brign-An-Paerven, était une amie de Kron. Elle s'était exilée au fin fond de la forêt Salavielle, aux confins sud du Continent, pour y mener une vie de prière et de méditation. Elle n'en avait pas moins gardé de secrets contacts avec la cour de Corélie. Ainsi elle avait été prévenue de l'arrivée d'Eudérope. Elle savait qui était l'enfant et quelle richesse, quel enjeu fabuleux elle représentait. Elle fit aménager une tour de son Abbaye et y éleva le bébé dans le plus grand secret. Conformément à la mission que mon roi m'avait assignée, je me mis au service de Mère Brign-An-Paerven, me faisant passer pour un simple valet de ferme pendant de longues années. Mère Brign-An-Paerven était la seule à connaître ma véritable identité.

Désormais, je dois rallier la Corélie au plus vite car, au vu de ce que les Antharites viennent de faire subir aux gens de l'Abbaye du Pré, j'ai bien peur qu'une nouvelle guerre ne se prépare. Actuellement, nous rejoignons la côte de l'océan Ganéide en direction du nord-ouest. Bientôt, nous quitterons la forêt Salavielle pour pénétrer dans le royaume d'An-Thar. Nous marcherons droit sur la ville de Port Ghil'Dour, la plus grosse bourgade du sud des terres antharites. Avec un peu de chance, nous y trouverons un bateau pour remonter jusqu'au nord, ou bien nous devrons continuer à pied.

– Mais… n'est-ce pas l'itinéraire le plus dangereux qui soit ? demanda Mérida.

– Eh bien… l'audace d'un tel choix nous sauvera peut-être… Li'An-Thar et ses brutes seront tellement occupés à scruter l'horizon qu'ils en oublieront de regarder qui passe sous leur nez. C'est du moins ce que j'espère… Les Antharites doivent, à l'heure qu'il est, sillonner la totalité du Continent à la recherche de l'héritière. Les routes sont certainement surveillées de partout. Nous avons une chance infime que les Antharites soient moins méfiants sur leurs propres terres, puisque ce sont eux qui veulent attaquer et ce avec discrétion, si possible.

Mérida garda le silence pendant quelques instants. Sougar venait de lui en révéler tant en si peu de temps qu'elle peinait à évaluer l'importance de ces informations. Des millions de questions s'agitaient dans sa tête, mais elle n'osa en final en poser qu'une à Sougar :

– Pourquoi n'avez-vous pas fait partie de l'escorte qui devait amener la princesse en Corélie ?

– À l'origine, ma mission s'arrêtait à la surveillance de l'Abbaye du Pré, mais il est vrai que j'avais toujours imaginé me joindre à l'escorte pour assurer son arrivée en Corélie. J'ai… j'ai tout simplement été pris de court. Je m'apprêtais à m'élancer à la suite de l'héritière et de son escorte, mais c'est là que les Antharites ont lancé leur attaque et j'ai pris une décision. Je ne pouvais pas laisser la Révérende Mère seule face à eux. J'ai également choisi de croire que ce jeune et inexpérimenté Drachniel, que nous avait envoyé Arestion, saurait se débrouiller, notamment, aux côtés de Viperyne. Elle, je l'ai pratiquement élevée. Je la connais mieux que quiconque et l'on peut dire que je plains par avance les adversaires qui oseront s'affronter à elle. Puissé-je ne jamais regretter mon choix… Vous savez ? Je… je crois réellement que le mirage de la paix, dans lequel nous avons vécu, depuis la fin de la Guerre Noire, se trouble à nouveau. Peut-être qu'en ce monde de vice et de barbarie, une poignée de jeunes innocents peut seule triompher du danger… Plus que jamais, l'avenir appartient à la jeunesse… Toujours est-il que je ne regrette pas d'être resté en arrière : j'ai pu abréger les souffrances de la Révérende Mère… et vous sauver, vous, Mérida, et la petite harpie qui ronfle, là-bas ! termina-t-il en désignant Safinia du menton.

À ces mots, cette dernière se retourna sur sa couverture et souffla d'une voix ensommeillée :

– Je ne ronfle pas… et je ne suis pas une harpie, vieux hibou ! Mais… je vous remercie de m'avoir sauvé la vie…

Chapitre 22

Le palais

La pluie tombait si dru qu'il fallut attendre aux passagers fraîchement débarqués à Sk'l d'être parvenus sous les grilles du palais pour en distinguer enfin les contours. Même terni par ce qui était désormais un véritable déluge, le spectacle qui s'offrait à eux à travers les carreaux troubles de la diligence avait de quoi stupéfier.

De nombreuses tourelles à l'architecture complexe entrecoupaient des murailles finement crénelées et percées de meurtrières et d'étroites fenêtres à la découpe tarabiscotée. On sentait que ces ouvertures étaient plus atours pour la muraille que structures réellement défensives. Des bas-reliefs somptueux ornaient jusqu'aux murs d'enceinte, laissant présager des merveilles au cœur du palais.

Après avoir franchi plusieurs portes faites des bois les plus solides et les plus précieux, l'attelage dans lequel se trouvaient les trois voyageurs, accompagnés de Johan, pénétra dans une immense cour pavée de blanc et encadrée de grilles dorées.

Les proportions en étaient parfaites. Des colonnades de marbre blanc et gris disposées très régulièrement dans la cour donnaient un effet de perspective particulièrement intéressant. L'œil du visiteur était naturellement attiré vers le fond de la cour où un vaste portique en palissandre incrusté de pièces de nacre semblait marquait l'arrivée en un lieu stratégique. Ils étaient arrivés jusqu'au cœur géographique du palais, mais Johan leur avait expliqué que cette entrée monumentale était un leurre. Les visiteurs pensaient pénétrer facilement à travers les séries de murailles qui enserraient le centre du palais ; en réalité, ils se fourvoyaient aussi sûrement qu'un poisson dans une nasse. Si les intrus se révélaient belliqueux, ils se trouvaient immédiatement encerclés, acculés dans la citadelle qui se refermait alors comme un piège. Le palais de Sk'l offrait un visage souriant, mais il était en réalité prompt à mordre en cas de besoin. On devinait d'ailleurs, par-delà l'imposante porte de palissandre et de nacre, une véritable cité dans la cité. Des myriades de toits aux briques laquées d'un vert tendre, mangées par endroits par des lichens blanchâtres qui leur donnaient un aspect moutonneux, cascadaient à perte de vue. Le palais de Sk'l était conçu pour accueillir tout un gouvernement, les membres de la cour ainsi que leur famille, mais également de très nombreux artistes, dont des troupes allant parfois jusqu'à une centaine de personnes. Pour servir cette foule nombreuse, des milliers de domestiques s'activaient de jour et de nuit. Le palais d'Iliaba était véritablement colossal.

Sur le flanc nord de la colline, le plus reculé par rapport à la ville de Sk'l qui s'étalait en contrebas, la reine avait poursuivi l'œuvre de ses ancêtres et fait élever un ensemble de bâtiments dédiés aux arts : des galeries, des théâtres, ainsi que des abris pour les centaines d'animaux rares et somptueux que des solliciteurs du monde entier lui offraient. On appelait officiellement cette partie du palais le « Quartier des Arts », mais tout le monde à Sk'l préférait la désigner en privé comme « la Ménagerie ». Ce terme péjoratif englobait animaux et artistes, comme si tous avaient partagé les box d'un gigantesque zoo.

Johan de Cômes avait laissé ses camarades dans la vaste cour blanche aux colonnades si spectaculaires, désirant s'entretenir seul avec le Chambellan de la reine, qu'il connaissait personnellement. Une heure plus tard, il revint, un large sourire aux lèvres.

– Le Chambellan accède à ma requête avec plaisir. Il vous offre à tous le gîte et le couvert, mais à une seule condition, qui, je pense, est à votre portée.

Drachniel tenta de rencontrer le regard de Viperyne, mais en vain. Elle détournait consciencieusement son regard. Elle boudait toujours.

– Si ce qu'on nous demande est en notre pouvoir, ce sera avec joie, déclara Drachniel, quelque peu inquiet, cependant.

– Le Chambellan désire seulement que votre danseuse se produise chaque soir devant la reine, quand elle se sera remise, bien sûr.

– Alors vous pourrez répondre à Sa Majesté que ce sera un honneur pour nous de lui montrer les prouesses de notre danseuse dès que possible ! Nous sommes d'ailleurs là pour agréer son bon plaisir.

– Dans ce cas, tout est entendu, conclut Johan. Iliaba a autorisé le Chambellan à vous installer dans une résidence particulière réservée aux invités de marque. Vous pourrez en profiter durant toute la durée de votre séjour.

Viperyne se demanda vaguement s'il serait facile de quitter l'enceinte du palais de Sk'l. L'hospitalité offerte par le Grand Chambellan était-elle synonyme de générosité ou bien un moyen de surveillance ? Ils n'avaient déjà perdu que trop de temps à Ber. Arestion les attendait de pied ferme à Parminga. D'un autre côté, Lune n'était plus en état de voyager : chevaucher des jours durant, dans des conditions d'hygiène minimales, risquait de s'avérer dangereux avec la longue estafilade qu'elle avait récoltée dans la bataille à bord de la *Victoire*. La plaie se rouvrirait, suinterait, serait douloureuse… Ils n'avaient donc pas le choix : ils devaient accepter quelques jours de repos forcé, même si rester trop longtemps à Sk'l donnait à leurs ennemis tout le loisir de suivre leur piste et de s'organiser pour les cueillir comme des fruits bien mûrs dès qu'ils auraient franchi la frontière fodouke.

Un laquais en livrée vert tilleul, la couleur principale des armoiries d'Iliaba, vint les chercher et les invita à le suivre jusqu'à leurs appartements. Un palefrenier souriant vint prendre Khalem par la bride et l'emmena vers les écuries royales. Johan, Viperyne, Drachniel et l'O'haï déambulèrent dans d'innombrables couloirs hauts de plafond, tous différents, mais somptueusement aménagés.

– Allons-nous voir Iliaba ? s'enquit Viperyne.

– La voir, oui, au moins de loin, répondit Johan. Elle paraît chaque soir à la cour, mais les invités sont si nombreux qu'elle n'a pas le temps de s'adresser à tous. Elle seule en décidera. Si votre danseuse lui plaît, vous serez peut-être invités à la Seconde.

– « La Seconde » ?

– C'est le nom que l'on donne ici à la deuxième partie de la soirée, plus intime, où elle aime prendre le temps de faire connaissance avec les nouveaux venus. Moi-même, je ne suis pas assuré de pouvoir lui transmettre les salutations de mon père de vive voix. La « Première », c'est-à-dire, le moment du repas officiel, est consacrée à l'apparition publique d'Iliaba. Elle se déroule en présence de toute la cour et on y assiste généralement à des prestations artistiques variées. L'accès à la Première est relativement aisé, pour peu que l'on soit noble ou scandaleusement riche…

– Ou que l'on connaisse les bonnes personnes, commenta Drachniel, ce qui arracha un sourire modeste à Johan.

– En effet… En revanche, c'est à la Seconde que se retrouvent tous ceux qui comptent pour le royaume. La reine y offre sa présence aux courtisans les plus en vue, aux plus éminents représentants de tous les arts, opinions, peuples susceptibles d'éveiller son intérêt. Iliaba-la-Grande règne conseillée par ses ministres, mais chacun sait ici que la Seconde est le lieu stratégique de tous les pouvoirs.

La conversation roula ainsi sur les usages de la cour de Sk'l pendant un bon moment. Puis la petite troupe, toujours précédée du laquais, parvint enfin aux appartements qui lui avaient été octroyés.

À cet instant, un petit homme rondouillard les rejoignit sur le pas de la porte. Il se présenta comme le Grand Intendant du Quartier des Arts et répondait au nom de Slolieth Olof. Viperyne se concentra pour retenir ce nom : les consonances des patronymes fodouks la laissaient perplexe.

– Je viens chercher votre danseuse, qui a une place réservée au Pavillon des Arts du Corps, expliquait Slolieth Olof en s'épongeant vigoureusement le front du revers de sa manche de brocard.

– C'est que… Non, nous ne… Enfin, elle… Car, euh…, commença Viperyne, embarrassée.

Drachniel vint à sa rescousse. Il agrippa le coude du Grand Intendant des Arts, qui n'était d'ailleurs pas si grand, et tenta de le détourner de l'O'haï.

– Mon cher ami, vous n'avez peut-être pas été informé que… Berta, notre danseuse, a été blessée. Elle ne devrait pas pouvoir se produire avant plusieurs jours. Aussi aimerions-nous profiter un peu de sa présence avant de lui faire nos adieux.

Slolieth Olof arqua un sourcil interloqué. La demande n'était pas courante. D'ordinaire, les danseuses salines n'entretenaient pas de relations très poussées avec leurs convoyeurs. En fait, elles étaient souvent traitées comme une marchandise, luxueuse, certes, mais un colis, tout de même, qu'il s'agissait seulement de livrer dans le meilleur état possible. Or c'était bien la première fois qu'il entendait un convoyeur nommer son colis, et plus encore, le réclamer à ses côtés. Hélas, Drachniel ne pouvait deviner que la curiosité était le plus grand passe-temps de son interlocuteur. Sans le vouloir, il avait aiguillonné au plus haut point l'intérêt du bedonnant Intendant.

– C'est entendu, elle ne dansera pas, répondit ce dernier. Pas tout de suite !

Puis il fondit sur l'O'haï, la saisit par le bras, et tenta de l'entraîner à sa suite dans les couloirs sans laisser le temps à Drachniel et Viperyne de protester. Estomaqués, ils hésitèrent une fraction de seconde à s'opposer au geste résolu de Slolieth Olof, conscients que cela ne pouvait que l'intriguer au plus haut point. Dans le même temps, il leur paraissait impossible de laisser l'O'haï, dont ils avaient pour mission d'assurer la protection, se promener seule dans les immensités du palais de Sk'l. Drachniel courut à la suite de Slolieth et dégaina son épée. Au son métallique du fil de la lame caressant le fourreau, le Grand Intendant suspendit son pas.

– J'insiste, déclara-t-il. Cette jeune personne restera avec nous, dans nos appartements.

L'homme le dévisagea, profondément choqué par l'outrecuidance de l'étranger à son encontre. Mais s'il était particulièrement friand d'intrigues de cour et de secrets en tous genres, le Grand Intendant des Arts ne se sentait pas l'âme d'un duelliste. Il devint subitement encore plus rouge qu'à son arrivée précipitée, grimaça et se mit à bredouiller des phrases inintelligibles.

C'est alors que surgit dans son dos la haute silhouette de Johan. Le jeune homme s'était laissé arrêter quelques instants par un petit groupe de courtisans de sa connaissance. Il avisa l'épée tirée de Drachniel, la mine scandalisée du Grand Intendant des Arts, le regard embarrassé de Viperyne.

– Aaah, mon cher Slolieth ! Vous avez donc rencontré mon ami Drachniel et son humour désopilant !

Johan, dont le regard contredisait en cet instant la légèreté de son ton, alla se placer d'un pas autoritaire entre l'O'haï et le petit homme qui suait disgracieusement dans ses riches atours.

– Cher duc, vous connaissez personnellement ces individus ? Je ne saurais tolérer…

– Ils sont de mes proches amis. Tous les trois. Et nous n'allons pas nous mentir, il me serait déplaisant d'avoir à me plaindre ce soir à Iliaba du mauvais accueil que vous leur auriez réservé. Me suis-je bien fait comprendre, Slolieth Olof ? Très déplaisant.

Face à Johan, l'homme se tassait un peu plus à chaque syllabe. Se mettre à dos le fils du duc de Nacre n'était franchement pas habile, aussi dut-il ravaler sa colère et son indignation. Viperyne et Drachniel étaient largement impressionnés par l'évident ascendant que leur camarade avait pris sur l'importun Intendant. Ce dernier, constatant qu'il avait perdu la partie, se rengorgea pour se donner un peu de contenance puis, sans argumenter davantage, s'éloigna au petit trot. De loin en loin, on pouvait percevoir quelques mots noyés dans un flot d'imprécations outrées :

– Pas comme ça… La reine ! L'avertir… Jamais on ne… Inouï !

Puis le son disparut complètement. Viperyne, l'O'haï et Drachniel, guidés par un Johan à qui ils devaient une nouvelle fois une fière chandelle, purent rejoindre le pavillon dans lequel le laquais les attendait toujours. Ils espéraient ne pas avoir créé un scandale trop remarqué à l'échelle du palais. Rapidement, la splendeur de leurs appartements sut détourner leur attention de cet incident.

En fait, il s'agissait d'une aile entière d'un bâtiment de plain-pied, aménagé comme une petite maison et donnant sur un jardin luxuriant. À l'intérieur comme à l'extérieur, des murs végétaux chargés de fleurs odorantes et de plantes grimpantes étaient arrosés par des rigoles d'eau claire savamment disposées. Le pavillon était sobrement décoré, d'apparence plus feutrée que le reste du palais. Des terres cuites d'un brun chaud brillaient au sol. De la pièce principale, tendue de tapisseries chatoyantes, partaient trois petites volées de marche menant chacune à une chambre immense.

– Eh bien, siffla Drachniel, Sa Majesté sait recevoir !

– La réputation du palais de Sk'l n'est pas sans fondement, s'amusa Johan. Iliaba accorde toujours un soin tout particulier à ses hôtes. Mon père en sait quelque chose : c'est lui qui s'occupe des stocks de pierres précieuses et de marbre que la reine commande chaque année pour l'ameublement de son palais et les cadeaux qu'elle offre généreusement. Elle fait également affaire avec le duché d'Airain dont la moitié de la production annuelle part en direction du royaume Fodouk. Bien... je vous laisse vous reposer. Nous sommes attendus dès ce soir à la cour. Vous trouverez, je pense, des habits appropriés dans vos chambres. Iliaba aime que ceux qui l'entourent soient toujours vêtus à la mode fodouke.

La splendeur du pavillon privé, le raffinement extrême avec lequel ils étaient reçus, la perspective enfin de paraître à la cour d'une des plus grandes reines du Continent finirent par avoir raison de la mauvaise humeur de Viperyne. Elle accepta de reparler à Drachniel, puisqu'ils devaient s'entendre sur la suite de leur périple. La pièce à vivre du pavillon était garnie de corbeilles de friandises et de divers objets précieux offerts en cadeau. Drachniel proposa, même si le procédé n'était pas des plus élégants, de descendre discrètement en ville afin de revendre ces présents. L'argent obtenu servirait à acheter deux chevaux, des provisions et même des armes pour la suite du voyage. Au nord de Sk'l, ils trouveraient rapidement la frontière entre le royaume Fodouk et les immenses Terres Catabatiques. Ils devaient impérativement s'équiper avant d'en entreprendre la traversée, car alors rares seraient les occasions de rencontrer âme qui vive.

Viperyne se prélassa toute la journée, heureuse de trouver derrière le pavillon un petit cabanon en bois abritant des vasques en granit remplies d'eaux bouillonnantes, chaudes à souhait et parfumées d'essence délicate. Comme elle sortait de plusieurs heures de bain qui lui laissaient la peau rouge et l'humeur rêveuse, Viperyne croisa dans la salle principale Drachniel, vêtu selon les usages de la cour fodouke d'une espèce de longue chasuble en soie assortie à un pantalon léger. Il portait aux pieds des chaussons brodés de fil d'or et de sequins brillants. Ainsi habillé, Drachniel paraissait plus svelte et plus grand que dans ses vêtements habituels. Sa jeunesse était également plus perceptible, d'autant qu'il s'était fait raser de près et couper les cheveux. Ses yeux presque noisette, ses cheveux châtains, sagement coiffés en arrière au lieu de tomber de manière anarchique sur son front et dans sa nuque, s'ombraient de reflets chauds à proximité de l'étoffe brun et safran de sa tenue. Viperyne remarqua qu'il se tenait très droit : il rayonnait de fierté. Elle lui adressa un large et sincère sourire.

– Eh bien, monsieur le Cavalier corélien ! Vous êtes très beau en courtisan fodouk !

– Merci. Ces vêtements sont un peu étranges, mais vraiment de très belle qualité. On les croirait faits sur mesure… et je jubile à l'idée de ce qui t'a été réservé : les femmes fodoukes sont réputées pour la… sensualité de leurs tenues.

Il lui coula un clin d'œil espiègle qui ne laissa pas d'inquiéter la jeune femme. Elle était tout sauf coutumière des fanfreluches que ses congénères semblaient parfois tant apprécier. La vie à l'Abbaye du Pré ne lui avait pas spécialement donné l'occasion de se familiariser avec le contenu d'une garde-robe. Bertine avait essayé à plusieurs reprises, durant sa convalescence, de lui enseigner quelques rudiments de féminité : maquillage, coiffure, bijoux. La femme du forgeron avait un placard rien qu'à elle dédié aux rubans, fards et breloques qu'elle allait régulièrement s'acheter dans les échoppes de la ville. Et encore se plaignait-elle souvent de ne pas avoir les moyens de s'offrir plus que des babioles. Elles avaient ri plus d'une fois en constatant l'air emprunté qu'affectait Viperyne quand elle se trouvait trop apprêtée. Pourtant, Bertine n'avait de cesse de s'extasier sur la blancheur laiteuse de sa peau, le vert profond de ses yeux en amande ou encore son incroyable chevelure rousse. Viperyne, quant à elle, se trouvait trop grande pour une femme et détestait ses traits pointus qu'elle jugeait sans grâce aucune.

De retour dans sa chambre, elle trouva dans une armoire les vêtements prêtés par Iliaba. Elle les observa avec attention, ravalant sa réticence naturelle pour ces colifichets. À peine osait-elle tâter d'une main timide les étoffes, les sequins, les voiles qui n'attendaient qu'un geste pour glisser sur sa peau et l'envelopper tout entière.

Non, elle ne pouvait pas ! Elle referma vivement les portes de l'armoire.

Chapitre 23

Premier soir à la Cour

Viperyne et Drachniel avaient encore une bonne heure à attendre avant d'être menés à la salle de réception. Trouvant le temps un peu long, ils s'occupèrent chacun à leur manière. La gêne créée par les différents épisodes qu'ils avaient vécus à bord de la *Victoire* subsistait encore entre eux, les rendait maladroits l'un envers l'autre. Viperyne n'aurait d'ailleurs pas su dire si elle se sentait plus intimidée par le baiser qu'ils avaient failli échanger ou déçue par la légèreté de son compagnon, qui n'avait pas su se montrer à la hauteur de sa tâche de protecteur de l'O'haï. Drachniel lui épargna la peine d'un tête-à-tête, annonçant qu'il allait voir Khalem et qu'il la rejoindrait plus tard, puisqu'il était déjà habillé pour la soirée. Soulagée, elle regagna sa chambre et se jeta sur le lit, les bras croisés derrière la tête, observant le plafond en bois sculpté du baldaquin. Mais elle ne tenait pas en place. Elle allait se lever quand un grattement léger se fit entendre à la porte.

L'O'haï apparut timidement.

– Entre, je t'en prie… Enfin entrez… Je ne sais pas comment je dois dire, excusez-moi.

La silhouette voilée s'avança d'un pas si léger qu'on l'entendait à peine glisser sur le sol. Viperyne se dit que l'O'haï, astreinte au mutisme depuis toujours, avait tellement intégré l'injonction du silence qu'elle l'avait appliqué à tout son corps. De là émanait son allure fantomatique. Elle se déplaçait toujours dans le plus parfait silence. Ses voiles confortaient l'impression qu'elle se mouvait comme en suspension.

L'O'haï avança jusqu'au niveau de Viperyne et poussa un petit soupir en désignant ses vêtements.

– Quoi… tu… veux que je me change ?

Viperyne redoutait cet instant depuis qu'elle avait mis un pied dans sa chambre : il allait falloir qu'elle se prépare pour la soirée. Elle savait bien que les armoires et les commodes étaient remplies de tenues de cour et d'ornements de toutes sortes, mais cette gracieuse mise à disposition lui donnait en réalité… des sueurs froides.

L'O'haï prit les devants, manifestement dévorée par la curiosité. Elle ouvrit les battants de la plus grosse armoire, un magnifique meuble en noyer sculpté. Elle en extirpa des ensembles plus somptueux les uns que les autres. Viperyne secouait la tête négativement à chaque proposition, effarée à l'idée de devoir s'affubler de ces mètres de tissus chatoyants, vaporeux ou scintillants. Que cela était éloigné de ses frusques ordinaires !

Pour finir, cédant à une supplique muette de l'O'haï, elle choisit un ensemble en satin vert émeraude. Au même instant, comme par enchantement, une servante frappa doucement à la porte. Elle proposa son aide à Viperyne, qui en fut particulièrement soulagée : elle n'était pas certaine de comprendre comment se portaient les multiples accessoires destinés à accompagner sa tenue. Plus que tout, elle craignait de commettre une faute de goût. La domestique, avec patience et sans jamais se moquer de ses questions, l'aida enfin à se parer. L'O'haï, légèrement en retrait, ne paraissait pas vouloir perdre une miette des conseils donnés.

Le costume des femmes fodoukes était, ainsi que l'avait sous-entendu Drachniel, très suggestif. Un bustier très ajusté lui dénudait les épaules, comprimant sa poitrine pour la faire pigeonner. Des bracelets de résine et de pierreries bariolées lui enserraient les avant-bras des poignets jusqu'aux coudes. Ses jambes étaient moulées dans un étroit fuseau assorti au bustier. Par-dessus, prenant appui sur sa taille, s'enroulait une très large ceinture de dentelle noire qui soulignait la finesse de sa taille. Les pans de cette ceinture lui retombaient de part et d'autre des hanches, tirés vers le sol par la lourdeur des franges garnies de perles colorées qui s'entrechoquaient à chaque pas. Enfin, tirant parti des conseils heureusement prodigués par Bertine, elle avait ramené ses cheveux en une haute queue-de-cheval très serrée et orné ses paupières supérieures d'un fin trait de khôl noir. Ainsi parée, elle s'était surprise à se contempler dans la psyché d'acajou de sa chambre sans se reconnaître. Sa propre coquetterie l'avait un peu désemparée. Puis elle avait lu une certaine admiration dans les yeux de la jeune servante, avant que cette dernière n'effectue une légère révérence et ne disparaisse par une porte dérobée. L'O'haï s'était avancée et avait tapoté son épaule d'un air satisfait avant de regagner sa chambre.

Il restait encore du temps à Viperyne avant de paraître devant Iliaba et toute la cour de Sk'l. Ne sachant que faire, n'osant même pas s'asseoir de peur de déranger l'agencement savant de sa tenue et de sa ceinture de dentelle et de perles, elle tendit finalement la main vers sa besace pour en extraire le carnet d'Eudérope. Songeuse, elle en feuilleta les pages qu'elle avait déjà lues. Elle nourrissait envers cette histoire de carnet un sentiment de culpabilité tenace. Certes, elle l'avait miraculeusement récupéré, mais si elle n'était pas capable de restituer cet important témoignage en bon état au roi Arestion, qu'allait-il bien pouvoir penser d'elle ? Si elle subissait des reproches, elle ne songerait pas à se justifier. Elle était parfaitement et indéniablement coupable de sa grande négligence.

Elle rangea précipitamment le carnet dans sa besace quand Drachniel, de retour des écuries, vint quelques instants après taper à sa porte. Il resta interdit devant l'apparence de la jeune femme, la surprise le disputant à l'admiration. Il lui tendit finalement le bras, ne trouvant rien à dire, n'osant peut-être risquer à nouveau le courroux de Viperyne par une parole maladroite. Il s'agissait de ne pas rompre la fragile trêve à laquelle ils étaient parvenus. Ils quittèrent donc en silence le somptueux pavillon. Comme convenu en présence de l'O'haï, et avec l'accord muet de cette dernière, ils l'avaient enfermée à double tour à l'intérieur de leurs appartements. Drachniel avait longuement inspecté la qualité de la serrure, mais aussi l'accessibilité des autres ouvertures. Comme les fenêtres étaient ornées d'élégantes grilles en fer forgé et qu'il n'y avait qu'une porte d'entrée, ils avaient estimé que l'O'haï serait probablement plus en sécurité là qu'au milieu des courtisans fodouks et de l'entourage de la reine.

Quelques instants plus tard, arrivés devant la lourde porte de la salle de réception, ils étaient annoncés en grande pompe par un héraut à la voix tonitruante. Drachniel, déjà habitué à la cour de Corélie, avança d'un pas assuré dans l'immense salle ronde. L'après-midi touchait à sa fin, baignant la pièce d'une lumière douce. Les gigantesques candélabres disposés en rond tout autour de la salle auraient donné à la salle un aspect plus intime si ses proportions n'avaient pas été de toute façon démesurées. Johan de Cômes s'avança vers eux. La tenue de velours bleu nuit qu'il portait faisait ressortir la noirceur de ses cheveux et de ses yeux. Ils allèrent s'installer à une table basse qu'encadraient déjà cinq autres convives. Johan fit les présentations. Il y avait là un couple de joailliers fodouks, Ilesmeth et Fraja Klolaf. Puis venait Genginor Le Gal, le neveu du bourgmestre de Ber. Celui-ci les salua du bout des lèvres, affichant un air hautain et blasé. Viperyne et Drachniel s'abstinrent d'échanger un regard, craignant trop d'éveiller les soupçons, mais la présence d'un des proches du bourgmestre de Ber les inquiétait grandement. Tout était à redouter, pour eux, de leur alliance manifeste avec les Antharites. Enfin, un homme d'un certain âge les accueillit avec courtoisie, s'excusant de ne pouvoir se lever pour cause d'arthrite sévère. Il s'appelait Glavidden Timur et avait servi pendant cinquante ans sous la bannière fodouke. Il ne put cependant résister à l'envie de faire un baisemain à Viperyne, déclarant qu'on ne pouvait que rendre hommage à une telle beauté. Rouge de confusion, l'intéressée tendit une main dont l'ancien militaire s'empara avec déférence.

Tous prirent place sur les gros coussins brochés qui entouraient la table. Immédiatement, un domestique s'approcha, muni d'un hanap d'argent incrusté de turquoises et servit à chacun un verre d'un vin paillé pétillant légèrement acide. La conversation s'engagea sur la danseuse saline qu'accompagnaient Viperyne et Drachniel. Ils n'eurent guère de mal à tenir leur rôle : ce n'était plus la première fois qu'ils le jouaient maintenant, et Drachniel avait un véritable don pour inventer force détails convaincants et piquants sur leur périple. Ilesmeth et sa femme Fraja posaient de nombreuses questions. Ils avaient déjà travaillé pour des artistes des îles Salines. Ilesmeth excellait à la confection de costumes de scène et de soirée richement ornés dont les artistes et les mondaines de Sk'l raffolaient. Pendant que Drachniel s'entretenait avec eux, Viperyne abandonna progressivement la conversation pour observer l'ensemble des autres convives. Ils devaient être au moins deux cents. Un orchestre fodouk agrémentait l'ambiance de sa musique suave et de plus en plus entraînante. Quelques couples de courtisans s'étaient levés en attendant qu'on serve le repas et, par groupe de six, entamèrent une danse traditionnelle aux pas complexes.

– C'est une Sparnia, l'une de nos trois danses folkloriques, l'informa Glavidden. La plus… consensuelle, disons.

– Qu'entendez-vous par là ?

– Vous voyez, expliqua le vieux militaire en désignant les danseurs, la Sparnia est une danse de salon, une activité de courtisans en représentation. Observez la complexité des figures : il faut avoir été initié tout jeune aux finesses chorégraphiques de la Sparnia pour les maîtriser complètement. Notre peuple aime les arts. *Tout jeune Fodouk apprend à danser avant de marcher et à chanter avant de parler*, dit un de nos dictons populaires.

– Je trouve cela fascinant ! répondit la jeune femme. J'ai beau être coutumière des ballets de nos danseuses, je ne suis qu'une modeste convoyeuse, comme l'étaient mes parents. Mais… cela m'a l'air bien compliqué !

– Ah ! Mais, l'orchestre change de tempo. Entendez-vous ce morceau ? Ce rythme à cinq temps ? C'est un Moldetto, assez enlevé, je dois dire.

Viperyne se concentra quelques instants sur la musique. Son oreille n'était décidément pas assez exercée pour identifier les cinq temps de la mélodie. Tout au plus pouvait-elle déterminer que le morceau lui paraissait plaisant et gai. Elle fronça les sourcils en haussant les épaules.

– C'est une question d'habitude, s'amusa Glavidden. Ah, mademoiselle, si j'avais encore les jambes de mes vingt ans, je vous apprendrais bien volontiers les rudiments du Moldetto fodouk, mais hélas, il vous faudra trouver un cavalier plus alerte !

– Peut-être mademoiselle voudrait-elle s'y essayer avec moi ? intervint brusquement Genginor.

Viperyne le regarda avec surprise. C'était la première fois depuis le début de la réception que le neveu du bourgmestre de Ber sortait de sa réserve ennuyée. Ses petits yeux enfoncés et rapprochés du nez dévisageaient la jeune femme avec une certaine arrogance. Il lui tendit la main, accompagnant le geste d'un regard plein de sous-entendus.

Il a quelque chose à me dire, songea la jeune femme. Elle se leva et il la saisit par le coude, l'emmenant au centre de la piste. Viperyne sentait de nouveau le rouge lui monter aux joues. Genginor s'avança et l'enlaça à la taille d'un bras dur. Il était légèrement plus petit que sa cavalière, ce qui parut l'agacer. Ses lèvres minces s'entrouvrirent :

– C'est très simple, déclara-t-il, aux trois premiers temps, vous faites un pas sur la gauche jusqu'à ce que je vous fasse pivoter. Ensuite, vous repartez vers la droite sur deux temps. C'est le pas de base du Moldetto.

Intérieurement persuadée qu'elle devait avoir la grâce d'une jument de trait montée sur des échasses, Viperyne s'exécuta non sans peine. Elle savait que ce cours de danse improvisé n'était qu'une façade. Du reste, Genginor connaissait les pas, mais son sens du rythme était nettement plus problématique. Après quelques minutes d'une danse peu gracieuse, il parut trouver l'instant adéquat et se pencha donc pour lui chuchoter à l'oreille :

– Vous êtes les fuyards recherchés par mon oncle, à Ber.

Elle voulut se dégager de son emprise, mais il la força à pivoter. Il continua :

– Vous vous croyez en sécurité ici... Vous n'avez peut-être pas tort. Mais dès que vous aurez mis un pied hors des terres fodoukes, les Antharites vous tomberont dessus, comme l'aigle sur l'agneau.

– J'ignore de quoi vous voulez parler, monsieur, tenta-t-elle, s'efforçant de paraître convaincante.

Genginor avait une main posée sur son épaule droite. Il y enfonça les doigts. Viperyne sentait la colère monter en elle, accompagnée d'une forte envie de riposter. Le neveu du bourgmestre ne paraissait pas bien costaud. Elle savait qu'en deux coups bien placés elle était capable de le mettre à terre. Elle lui casserait d'abord le nez d'un coup de tête puis lui couperait le souffle en envoyant son genou se promener contre ses côtes. Sougar appelait cet enchaînement « le double coupe-souffle », et elle l'avait répété jusqu'à en rêver la nuit. Mais alors que Genginor la faisait de nouveau tournoyer, elle croisa le regard interloqué de Drachniel. Son compagnon avait immédiatement saisi que Le Gal n'était pas animé des intentions les plus courtoises. Non. Elle devait se maîtriser. Toute la cour était présente et des gardes étaient en faction à chaque porte. Ce n'était pas le moment de provoquer un esclandre. Elle prit une grande inspiration et détendit ses muscles.

– Je ne comprends pas ce que vous avez à y gagner, dit-elle à voix basse.

Un sourire mauvais éclaira la face de son cavalier. Il s'accorda le luxe de danser quelques instants avec elle sans répondre. Comme ils tournoyaient vers leur table, il s'adressa à Glavidden :

– Mon cher, elle se débrouille très bien !

Et partant d'un grand éclat de rire, il emmena la jeune femme à l'écart, affectant d'y être entraîné par les hasards de la danse. À l'abri d'un épais rideau de velours vert sapin, il continua, soudainement grave :

– La famille Le Gal règne incontestée sur Ber et, partant, sur l'ensemble du peuple zi. Notre position centrale sur le Continent nous assure paix et prospérité. Néanmoins, mon oncle pense que le fragile équilibre qui existe depuis la fin de la Guerre Noire va bientôt être rompu.

– Vous paraissez bien informé. Laissez-moi deviner : Li'An-Thar prépare sa vengeance et vous espérez en tirer un quelconque profit ?

– Permettez-moi de m'étonner à mon tour : quelle politicienne vous feriez ! L'alliance récente entre les Antharites et mon oncle ne vous a donc pas échappé ?

Viperyne eut soudain la désagréable impression d'être une souris prise aux griffes d'un chat. Genginor se jouait d'elle avec nonchalance, ne cherchant pas même à masquer ses intentions : il agissait avec l'assurance délibérée du prédateur qui sait sa proie piégée d'avance. Peut-être le palais de Sk'l n'était-il qu'une sombre trappe qui s'était déjà refermée sur eux... D'autres conseils de Sougar lui revinrent en mémoire : « La meilleure des parades, quand on se trouve à découvert, est souvent l'attaque. »

– Vous parlez d'alliance sans voir que les Antharites se servent de vous, reprit-elle, priant pour ne pas trahir son inquiétude croissante. Vous êtes des pions dociles entre leurs mains. Ils agitent à vos yeux les hochets de la gloire et du pouvoir et vous gloussez avec votre oncle comme deux ignares. Ils n'hésiteront pas une seconde à vous écraser. En fait, vous ne savez pas où vous mettez les pieds. Si j'étais vous, je me méfierais, car ceux que vous appelez vos alliés auront tôt fait de vous planter un poignard dans le dos, quand vous vous y attendrez le moins.

– C'est vous qui devriez vous méfier, riposta Genginor. Vous avez échappé à mon oncle à Ber, mais croyez-moi, les Antharites ne vous laisseront aucun répit. Nous, les Le Gal, savons nous entourer judicieusement. Puisqu'il semble que Li'An'Thar doive être bientôt notre souverain à tous, nous préférons nous mettre du bon côté. Je n'hésiterais donc pas une seconde à vous livrer à eux, si vous n'étiez pas protégés par la neutralité qui règne à Sk'l. Bien entendu, nous avons quand même informé nos chers amis de votre présence en ces lieux. Ils ont des espions partout, y compris ici, et je me suis fait un plaisir de les tenir au courant de votre arrivée. Ainsi, votre répit n'est que de courte durée, à moins bien sûr que vous ne préfériez rester cloîtrée ici avec votre petit soldat corélien jusqu'à des jours meilleurs...

Viperyne, les joues en feu, serrait les poings. La colère que provoquaient les paroles de ce rat puant de Genginor atténuait la peur qu'auraient dû lui inspirer ses menaces. Elle inspira un grand coup avant de déclarer d'une voix atone, dans laquelle elle glissa le plus grand mépris possible :

– Adieu, monsieur. Je n'ai plus rien à vous dire.

Elle secoua le bras pour se défaire de sa poigne et s'éloigna en courant. Il allait la rattraper quand un chœur de trompette annonça l'arrivée de la reine. Tous les invités se levèrent. La jeune femme en profita pour regagner sa table, où le repas venait d'être servi. Fort heureusement, Genginor ne la suivit pas. Il allait certainement faire son rapport aux espions antharites dissimulés dans le palais. Elle haussa les épaules quand Drachniel lui demanda si ses talents de danseuse avaient découragé son cavalier. Le jeune homme comprit néanmoins à sa mine sombre que leur pas de deux avait été plus grave qu'il n'y paraissait.

À l'autre bout de la pièce, précédée d'un cortège de suivantes, la reine Iliaba faisait son entrée sous les applaudissements de l'assemblée. Viperyne et Drachniel découvrirent, non sans surprise, une souveraine déjà âgée dont les longs cheveux argentés couvraient tout le haut du corps. Iliaba paraissait être une grande femme, bien plus grande que toutes ses suivantes, mais également que la plupart de ses ministres, qui couraient à sa rencontre comme autant de petits chiens joyeux à la vue de leur maîtresse.

Fraja Klolaf émit un petit rire amusé, mais teinté d'une fierté certaine :

– Vous comprenez mieux, visiteurs, le surnom de notre reine : Iliaba-la-Grande l'est en premier lieu par… sa taille !

– Oh, je suis sûre qu'elle l'est surtout par sa noblesse dans l'exercice du pouvoir, rétorqua Drachniel. Mais il est vrai qu'une telle taille est peu commune chez une femme. Cela impose le respect, en effet. Encore que, ajouta-t-il en se tournant vers Viperyne, pour certaines personnes « haute taille » n'ait pas toujours été synonyme de sagesse.

La jeune femme faillit lui écraser les orteils de colère. Il est vrai qu'elle était un peu plus grande que la moyenne. Comme si cela ne suffisait pas à attirer l'attention, la nature l'avait affublée de cette chevelure rousse tellement identifiable. Bien souvent, Viperyne aurait voulu pouvoir passer inaperçue. Plus encore maintenant qu'elle se savait traquée par les sbires de Li'An-Thar à travers tout le Continent. Elle se demandait si ce n'était pas, dans le fond, le seul avantage que présentait pour elle le voile des novices, qu'elle portait encore quelques lunes auparavant : il lui permettait de masquer son exubérante chevelure.

Iliaba poursuivait sa progression sur les riches mosaïques que formaient les dalles de marbre de la salle de bal. Parvenue à l'estrade qui accueillait la table royale, à laquelle seule une poignée de proches et de privilégiés étaient invités, elle adressa une série de saluts de remerciements avant de regagner son trône. L'aisance avec laquelle elle tendait les mains et inclinait la tête traduisait toute la maîtrise de la souveraine sur elle-même et sur sa Cour. L'autorité d'Iliaba-la-Grande, reine du peuple fodouk, était incontestable.

Un héraut annonça alors que le spectacle donné par les danseuses du Quartier des Arts en l'honneur de Sa Majesté allait commencer. Tout le monde s'assit. Des domestiques mouchèrent d'un même geste la moitié des chandelles qui éclairaient la pièce.

– Avez-vous déjà assisté à un ballet fodouk, très chère ? demanda Glavidden à Viperyne.

– Non, je ne crois pas, mais j'en ai entendu le plus grand bien. Il paraît que vos ballets sont vraiment très beaux.

– « Beau » ne serait qu'un euphémisme, mademoiselle, pour qualifier une des plus grandes formes d'art de tous les temps. Vous verrez, vous verrez… Mais ne vous inquiétez pas, vous ne serez pas la seule à pleurer.

La jeune femme aurait voulu rétorquer qu'il n'était pas dans ses intentions ni dans ses habitudes de verser dans la sensiblerie, mais un air lent, assez proche d'un de ceux que les musiciens avaient joué à bord de la *Victoire*, s'éleva dans les airs. Les danseuses entrèrent d'un pas gracieux. Des murmures d'approbation et de surprise parcoururent l'assistance quand elle découvrit leurs costumes : elles portaient toutes la même courte toge translucide. Leur tête était cachée par d'imposants masques en forme de tête d'animaux. Il y avait là des ibis, des lions, des chats, des gazelles, des chiens-tigres et des aigles bicéphales de la forêt Dim-Dim, des loups… toute une ménagerie de chimères aux sourires menaçants, mais aux corps parfaits. Comme elles s'installaient, la musique se tut progressivement, ainsi que les spectateurs. Les danseuses, étranges animaux au corps de femme, s'immobilisèrent dans un enchevêtrement calculé de bras, de jambes, de griffes et de cornes. Dans la pénombre ambiante, elles composaient le tableau à la fois beau et sauvage d'un monstre à mille têtes né d'un rêve qui le disputait à la vision d'horreur.

Un hautbois lança un trille suave et lancinant. Les notes pures, vibrantes, coulèrent une à une du pavillon de l'instrument. Viperyne, surprise par cette entrée en matière, sentit les pores de sa peau se resserrer. Alors, phrase par phrase, la musique se mit à rouler dans la pièce. Le hautbois, bientôt rejoint par les pulsations graves d'une espèce de tambour à double peau, évoquait la pluie, la colère, la tristesse, le désespoir. Viperyne retenait son souffle, happée par la beauté étrange, presque discordante de la musique. Elle ne savait déjà plus si les battements qui l'assourdissaient étaient ceux du tambour ou ceux du sang à ses tempes. Quand tous les instruments se furent mis à jouer, rendant la mélodie presque douloureuse, les danseuses se mirent en mouvement. Ce furent d'abord une main, une aile, un pied qui s'animèrent. Enfin, la sculpture de femmes et d'animaux sembla s'ébrouer et entama une série de figures complexes et graves, toujours portées par la mélodie. Viperyne n'aurait su dire comment ni pourquoi, mais le ballet lui évoquait tour à tour sa mère, trop tôt disparue, la senteur d'herbe et de mousse des champs qui entouraient l'Abbaye du Pré, l'odeur capiteuse du parfum des pommes que l'on faisait sécher à la cave pendant les longs mois d'hiver. Elle se revit seule, trempée et abandonnée dans les rues de Ber, à la merci des tanneurs et des gardes de la ville. Elle sentit de nouveau la douleur des coups infligés par maître Eliott, et son malaise quand Drachniel avait failli l'embrasser. Inexplicablement, elle revit les yeux de ce petit malheureux qui l'avait serrée si fort au *Relais du Crin Doré*, comment s'appelait-il déjà ? Ah oui… Zar. Un triangle de peau sur chacun de ses seins se remit à brûler, là où le petit garçon avait posé ses mains. Les danseuses glissaient, les contours de la pièce s'étaient effacés.

Depuis combien de temps ce ballet durait-il ? Viperyne était envoûtée, bien plus qu'elle ne l'aurait jamais imaginé. Longtemps, elle perdit toute conscience d'elle-même et de l'endroit où elle se trouvait. Puis, comme venue du fin fond des âges, comme extirpée de l'ombre la plus profonde du tombeau le plus noir, une voix familière lui parvint :

– Vip… Vip ! Tu es avec nous ?

Drachniel, mi-inquiet mi-amusé, lui tapotait la main. Mortifiée, Viperyne recouvra totalement ses esprits. Le ballet était terminé. Les joueurs de l'orchestre rangeaient déjà leurs instruments. Le hautbois avait disparu. Drachniel tendit un mouchoir à sa compagne. Elle le saisit et s'essuya furtivement les joues et les yeux. Glavidden Timur, dont les rides formaient une série d'accents circonflexes sur le visage, paraissait ravi… Il poussa Viperyne du coude en l'invitant gentiment à regarder autour d'elle :

– Vous voyez : je vous l'avais dit. Vous n'êtes pas la seule.

En effet, dans l'assistance, nombreuses étaient les femmes occupées à se tamponner discrètement les yeux. À y regarder de plus près, presque tous les convives montraient également des signes de nervosité, ne sachant plus quelle contenance adopter. L'entrain et la mine amusée de Drachniel étaient eux-mêmes un peu forcés. Tous, en réalité, avaient été transportés par la sombre beauté du ballet. À l'autre bout de la salle, Iliaba-la-Grande, très droite sur son trône d'acajou, semblait la seule à ne pas avoir été affectée par le prodigieux spectacle que venaient d'offrir ses danseuses.

– N'avez-vous pas dit que vous accompagniez une danseuse saline ? demanda alors Ilesmeth Klolaf à Drachniel.

– Tout à fait ! Hélas, elle n'a pas très bien supporté le voyage : le mal de mer l'a terrassée pendant la traversée du lac Rouge. Le maître des ballets a décidé qu'elle devait se reposer quelques jours avant de se produire.

– Comme c'est dommage, intervint Fraja. Je suis sûre qu'elle danse divinement !

– Oui, elle danse à merveille…, murmura alors Johan, comme perdu dans ses pensées, avant de se reprendre. Je veux dire, elle doit danser à merveille.

Glavidden lança un petit rire amusé puis remarqua :

– Eh bien ! On dirait que cette danseuse vous a tapé dans l'œil, mon cher, et cela sans danser ! Quel exploit !

– Ah ah ! Mais… vous savez : *le cœur voit mieux que les yeux*, dit-on.

Cette remarque, lancée par Johan comme une boutade, fit sursauter Drachniel, qui commenta d'un ton soudainement acerbe :

– Vous citez un proverbe antharite, il me semble. Certains pourraient s'en offusquer.

L'ambiance s'était tout à coup sérieusement refroidie.

Johan soutint le regard de son interlocuteur avec attention. Néanmoins, il ne semblait pas y avoir de sous-entendu plus poussé de la part de Drachniel. L'arrivée de serviteurs portant sur d'immenses plateaux dorés d'énormes poules du lac Rouge farcies d'huîtres Chair-de-Sang et de fines herbes mit fin à l'échange.

La nuit était déjà bien avancée quand les convives quittèrent la salle pour rejoindre leurs appartements. Viperyne et Drachniel saluèrent Johan, Glavidden et le couple Klolaf. Quand ils regagnèrent leur pavillon, ils eurent la satisfaction de retrouver l'O'haï, toujours vêtue de sa cape et de son voile noirs. Elle les attendait visiblement de pied ferme, et se tenait à moins d'un mètre de la porte d'entrée qu'ils avaient déverrouillée.

Elle leur adressa immédiatement un geste d'invite de la tête. Viperyne et Drachniel comprirent sa silencieuse question : elle s'enquérait de leur soirée.

– Ah ! C'était... somptueux ! Je n'ai jamais rien vu d'aussi beau, d'aussi envoûtant, même à Parminga ! déclara Drachniel avec enthousiasme.

Ils restèrent quelques instants à lui raconter la soirée. L'O'haï réagissait à leur récit en opinant du chef. Elle fut captivée par la description du ballet. Enfin Viperyne lui raconta aussi ce qu'avait dit Johan sur ses talents de danseuse. Drachniel aurait pu jurer, en dépit des voiles qui la cachaient, que cet épisode la réjouissait.

Chacun regagna finalement sa chambre pour un repos mérité. Ils devaient encore rester un jour et une nuit au palais de Sk'l. Le séjour, il fallait bien en convenir, y était très agréable. Tous trois s'endormirent immédiatement après avoir rejoint leur lit respectif, bercés par le doux clapotement des fontaines d'ornement.

Chapitre 24

Deuxième soir à la Cour

Drachniel, comme prévu, avait passé la journée suivante en ville afin d'y revendre les cadeaux disposés à leur intention dans le pavillon. Il n'était pas peu fier d'en avoir tiré un butin suffisant pour acheter deux nouveaux chevaux, de l'équipement et des vivres. En fin d'après-midi, aux abords du port de Sk'l, alors qu'un nouveau bateau en provenance de Ber venait d'accoster, il avait surpris la conversation de deux membres de l'équipage. Ceux-ci s'interrogeaient sur la présence à bord de deux hommes aveugles aussi discrets qu'autoritaires. Ils avaient notamment exigé d'être servis directement en cabine avec deux ou trois de leurs hommes. Si les passagers en question étaient habillés en civils, il ne faisait aucun doute pour les deux hommes qu'il s'agissait certainement d'espions antharites, et d'hommes importants et riches, de surcroît. Drachniel avait alors senti ses mains devenir moites. Johan leur avait rappelé que les Antharites n'étaient pas admis dans la capitale fodouke. Que deux d'entre eux, peut-être même plus, se permettent de mettre pied à Sk'l sans prendre plus de soin pour se cacher était inquiétant. Et si Iliaba elle-même s'était alliée à Li'An-Thar ? C'était pourtant impossible ! Il paraissait peu probable qu'elle ait cédé à un quelconque pot-de-vin, comme l'avait fait Jévan Le Gal. Elle pouvait encore moins songer à remettre en cause la loyauté séculaire de son peuple envers... la paix elle-même. La reine des Fodouks avait elle-même réaffirmé les termes de l'Édit de Neutralité rédigé par son propre père à l'issue de la Guerre Noire. Par ce texte, qu'elle avait repris et commenté avec feu lors de son intronisation, Iliaba s'était engagée à interdire l'accès de son petit royaume aux Antharites, par mesure de précaution. Elle ne pouvait tout de même pas se déjuger au point de comploter avec les anciens ennemis du peuple fodouk... Non, il valait mieux espérer qu'elle ne soit au courant de rien, ce qui était d'ailleurs la solution la plus probable... Dans le cas contraire, le palais de Sk'l deviendrait vite un véritable piège pour eux.

Drachniel rejoignit Viperyne alors que le soleil commençait à décliner à l'horizon, moirant la surface du lac Rouge d'ombres mauves et pourpres.

Ils échangèrent les informations glanées dans la journée : la présence probable de leurs poursuivants ne laissa pas d'inquiéter Viperyne.

Les deux membres de l'escorte de l'O'haï éprouvaient le sentiment que l'étau se resserrait autour d'eux. Le palais de Sk'l devenait dangereux. À tout prendre, les bêtes sauvages des Terres Catabatiques étaient préférables aux ombres meurtrières qui risquaient de les attendre à chaque coin de couloir si les sbires de Li'An-Thar pénétraient le palais.

Une deuxième soirée à la Cour de Sk'l les attendait pour l'heure. Fausser compagnie à la reine et à son entourage aurait pu sembler louche. Drachniel et Viperyne devraient endosser une dernière fois leur rôle de paisibles commerçants des îles Salines. Une heure environ avant le début de la soirée, un laquais était venu prévenir Viperyne et Drachniel qu'Iliaba désirait les avoir à sa table après le spectacle. Ils étaient invités à la fameuse « Seconde » ! Cela était à la fois flatteur et angoissant : un tel honneur ne manquerait pas d'attirer sur eux de nombreux regards. En outre, ils redoutaient que la reine n'ait découvert leur supercherie.

Vêtue d'un bustier en soie brochée abricot qui faisait pigeonner sa poitrine, les jambes enlacées dans une curieuse jupe étroite, drapée sur ses hanches et garnie de chaînettes qui cliquetaient à chaque pas, Viperyne déambulait avec raideur dans le pavillon. Ses épaules et son ventre dénudés la faisaient frissonner. Drachniel apparut devant elle élégamment vêtu d'un pantalon bouffant, d'une chemise et d'une longue veste à crevées.

– Pff… Toi au moins tu es habillé décemment ! maugréa Viperyne. Moi j'ai l'air d'une des esclaves de ces sauvages de l'est, qu'on irait vendre au marché !

– Tu es magnifique, je t'assure, lui répondit son comparse d'une voix un peu rauque, soudain très sérieux à la vue de son décolleté généreux.

La première partie de la soirée se déroula à peu de chose près comme celle de la veille. Partout, la même munificence, le même raffinement, les mêmes convives richement parés. Seul Genginor Le Gal manquait à l'appel, ce qui fut à la fois un réel soulagement et une sérieuse source d'inquiétude pour Viperyne. On ne pouvait qu'imaginer les raisons de sa défection : il avait dû rentrer ventre à terre à Ber faire son rapport à son oncle Jévan, ou, pire encore, rendre compte directement aux Antharites débarqués à Sk'l le matin même.

Ce soir-là, les danseuses présentèrent un étrange ballet sans musique, uniquement rythmé par les tambourins qu'elles agitaient. Johan posa quelques questions inquiètes sur la santé de leur protégée. Il désirait notamment savoir s'il lui serait possible de la revoir. Viperyne et Drachniel restèrent évasifs. Johan perçut leur gêne et, l'espace d'un instant, Viperyne crut voir son visage se fendre en une grimace. Était-ce dépit ou colère ? Jamais elle n'aurait cru Johan, le chevaleresque Johan, si discret et si bon compagnon, capable de se laisser aller à une expression si pleine de rage. Voyant que Viperyne l'observait, il se recomposa immédiatement un visage indéchiffrable, puis reprit une conversation enjouée avec Drachniel.

Un peu plus tard, Viperyne et Drachniel furent invités à rejoindre la reine dans sa salle de réception privée. Les deux comparses ne savaient pas vraiment à quoi s'attendre. Néanmoins, Johan les accompagnait. Tous trois furent introduits, après avoir traversé de nombreuses pièces toutes plus richement décorées et aménagées les unes que les autres, sur une immense terrasse qui se prolongeait en jardin. Au centre, une table ovale pouvant accueillir une cinquantaine de convives était garnie de plats en argent débordant de mets alléchants. Iliaba avait abandonné sa lourde tenue d'apparat pour une robe de soie vert tilleul brodée de savantes arabesques d'un vert plus soutenu qui la rendait soudain… plus humaine. Elle s'avança vers les nouveaux arrivants, une flûte en cristal à la main. Tous trois s'inclinèrent respectueusement.

– Tiens, mais c'est notre cher Johan de Cômes ! Comment se porte votre père ? demanda-t-elle d'une voix légèrement éraillée qui trahissait un âge plus avancé que les visiteurs ne l'auraient cru.

– Bien, Majesté, répondit le jeune homme en se relevant. Il m'a chargé de vous transmettre ses respectueuses salutations. Je vous prie de bien vouloir accepter les miennes également.

– Comment se portent les duchés ? Sont-ils toujours aussi prospères ?

– Oui, Majesté, sans aucun doute. Les mines d'extraction du nord sont plus prolifiques que jamais.

– Fort bien. J'aurai bientôt à commander plusieurs chargements de pierres précieuses. Vous connaissez Klolaf, mon joaillier personnel, je crois ? Je lui ai demandé d'imaginer une nouvelle manière de travailler les gemmes, je crois qu'il aura besoin de votre aide prochainement.

– Ce sera un honneur et un plaisir, Majesté.

– Présentez-moi vos amis, voulez-vous ?

Johan présenta cérémonieusement Viperyne et Drachniel. Iliaba leur souhaita la bienvenue, leur posa quelques questions par politesse. Ils eurent beau scruter le visage de la reine, nulle trace de défiance ou d'interrogation ne s'y lisait. Elle s'arrêta de parler au beau milieu d'une phrase, une de ses suivantes lui ayant signalé l'arrivée de nouveaux invités. Elle les salua pendant qu'ils s'inclinaient de nouveau puis s'éloigna accaparée par ses devoirs de souveraine.

– Au moins, la reine n'a pas l'air de soupçonner quoi que ce soit, chuchota peu après Drachniel à Viperyne.

– Je n'en ai pas l'impression, déclara-t-elle gravement. Le danger ne viendra pas de son côté, en tout cas. Si tout va bien, nous pourrons partir tôt demain matin, comme prévu.

– J'ai observé ce matin les allées et venues au palais : les gardes filtrent les entrées, mais n'ont pas l'air de s'occuper de ceux qui partent.

– C'est une bonne chose. Quand crois-tu que nous pourrons nous éclipser de cette réception ? Nous aurions bien besoin de nous reposer avant de reprendre la route...

– Je ne sais pas. Je ne pense pas qu'Iliaba ait eu d'autre motif que la politesse pour nous inviter ici. Peut-être serait-il plus prudent de faire acte de présence encore un bon moment. Je vais aller demander à Johan ce qu'il en pense.

Une ride anxieuse creusa le front de Viperyne.

– Es-tu certain que nous pouvons avoir confiance en lui ? Je le trouve très intéressé par... notre protégée. Et si jamais c'était un espion ?

– Un espion envoyé par qui ? demanda Drachniel, baissant encore davantage la voix. Les Antharites ? Ils ne s'associent jamais avec des étrangers. Il ne peut pas être antharite lui-même. Premièrement, sa vue serait exceptionnellement bonne. Deuxièmement, ce ne serait pas vraiment dans leurs habitudes de faire dans la dentelle et de nous envoyer un espion pour nous filer si longtemps. Enfin, la reine le connaît personnellement comme le fils du duc de Nacre. Elle l'a salué en parlant de son amitié pour son père. Je resterai discret, ne t'inquiète pas. Essaie de t'insérer dans une conversation pendant que je vais lui parler, tu auras l'air moins louche que si tu restes toute seule, suggéra-t-il enfin.

Chapitre 25

Rencontre nocturne

Viperyne, quand Drachniel se fut éloigné, demeura quelques instants à observer à la dérobée les autres invités. Presque tous étaient absorbés dans des conversations animées ou au contraire volontairement discrètes. Nul ne semblait avoir porté intérêt à leurs messes basses. À la Cour, et notamment dans le cercle privilégié où ils se trouvaient désormais, les commérages allaient bon train. Viperyne, éclairée la veille par Glavidden, le vieux militaire, avait pu constater que de véritables clans scindaient la salle, chacun animé par ses propres intérêts. Dans ce panier de crabes, les courtisans se disputaient le moindre témoignage d'intérêt de la reine et échafaudaient des plans redoutables pour parvenir à leurs fins. Ne se sentant guère d'humeur sociable, Viperyne ne s'imaginait pas débarquer à l'improviste dans un groupe pour faire la conversation à des gens dont elle ne connaissait rien et qui manifestement ne s'intéressaient pas plus à elle qu'elle à eux. Bien sûr, quelques hommes se retournaient sur son passage. Viperyne ne passait pas inaperçue dans sa tenue fodouke en satin orangé, avec sa masse flamboyante de cheveux qui retombait en épaisse cascade sur ses épaules. Mais après lui avoir jeté des coups d'œil appréciateurs, les courtisans retournaient à leurs intrigues.

Elle se leva et se dirigea vers le bord de la terrasse qui s'ouvrait sur le jardin, affectant de flâner pour en observer la luxuriante végétation. Après un petit escalier, un réseau de sentiers s'évadait dans la nuit à travers les fougères hautes comme deux hommes et les bosquets savamment fleuris. Elle s'engagea sur l'un d'eux et fut immédiatement coupée des rumeurs de la réception par les épais murs végétaux qui l'entouraient. Elle déambula de massif en massif, sans cesse surprise par les charmants aménagements du jardin, qui regorgeait de recoins sombres, de tortueux détours et de nombreuses pièces d'eau. Elle s'était d'abord crue seule, mais de temps à autre, des soupirs et des murmures lui parvenaient du fond d'un taillis ou de derrière une haie impénétrable. L'endroit, évidemment, se prêtait bien à qui voulait converser sans être vu ni entendu ou bien se livrer à un tout autre genre d'activité en bonne compagnie. Combien d'amants secrets et de vils comploteurs ces sombres alcôves, seulement troublées par les clapotis des fontaines et les arômes mêlés des fleurs, avaient-elles abrités ?

Envoûtée par le calme et la fraîcheur des lieux, Viperyne arriva à une croisée de chemin déserte occupée par une fontaine monumentale. Elle s'assit sur un banc en pierre et contempla longtemps les jeux de l'eau qui retombait en une pluie fine dans une cascade de bassins. Les yeux dans le vague, elle se laissa bercer par les clapotements réguliers. Elle s'était finalement allongée sur le banc, contemplant les étoiles qui transparaissaient parfois derrière de gros nuages violacés.

Soudain, une voix inconnue, aux accents légèrement exotiques, la fit sursauter :

– Puis-je me permettre de troubler votre repos ?

Se redressant brusquement, elle mit quelques secondes à apercevoir celui qui avait prononcé ces paroles. Elle finit par l'entrevoir à travers les jets d'eau, de l'autre côté de la fontaine. Un homme très grand, plutôt mince, lui adressait un sourire avenant. Il suivit la margelle grise pour se rapprocher d'elle. Quelque chose dans sa démarche, à moins que ce ne soit dans sa voix grave, lui paraissait étrangement familier. Perplexe, elle ne répondit pas. L'inconnu, parvenu à quelques mètres d'elle, reprit :

– Bonsoir. Pardonnez-moi si je vous ai surprise : vous aviez l'air si paisible que j'ai hésité un bon moment avant de vous déranger.

Il s'approcha. À la maigre lueur du flambeau qui éclairait les lieux, Viperyne put contempler son visage. Une expression de stupeur se peignit sur ses traits. Il lui semblait reconnaître… Elle plissa un peu les yeux, l'observant avec attention, puis secoua la tête en geste de dénégation.

– Nous… ne nous connaissons… pas, n'est-ce pas ? fit-elle d'une voix mal assurée.

– Vous me permettrez de ne pas répondre à cette question tout de suite, répondit mystérieusement l'inconnu. J'ai d'abord un message à vous remettre. Un message de la plus haute importance.

Soudain intriguée, Viperyne resta muette. Elle dévisageait l'homme, qui loin de paraître mal à l'aise, semblait s'en amuser. Ces joues légèrement creusées, ce regard sombre, cette masse de cheveux bruns et indisciplinés qui retombait en mèches sauvages sur son front..., mais non, elle devenait folle. Il était haut de taille, élancé, s'exprimait avec courtoisie et élégance... Il ne pouvait être celui qu'elle avait cherché sans relâche sur la *Victoire*. Et pourtant, tout en lui lui rappelait... Jaquemot, le jeune voleur qui les avait dépouillés avant leur arrivée à Ber. Cependant, celui qui se trouvait devant elle à cet instant n'était pas un adolescent : il s'agissait d'un homme mûr, pas vraiment âgé, mais dont le maintien et le regard recelaient une gravité et un mystère que seule confère une certaine expérience de la vie. De longues secondes durant, elle fut incapable de briser le cours de ses pensées. Il attendit patiemment qu'elle lui réponde, semblant s'amuser des doutes de la jeune femme. Enfin elle parut saisir le sens de ses paroles. Il avait dit être porteur d'un message.

– Vous devez vous tromper, monsieur, dit-elle d'une voix plus vive qu'elle ne l'aurait voulu.

– Vous êtes bien Viperyne Glansen, de l'Abbaye du Pré ?

Sous le coup de l'étonnement, elle bondit sur ses pieds, prête à prendre la fuite. Sa main alla furtivement tâter la garde du petit poignard qu'elle cachait dans la ceinture de soie qui entourait sa taille. Mais l'homme ne semblait pas hostile. Le vent de méfiance qui venait de l'envahir alors dut se lire dans ses yeux verts : l'inconnu esquissa un geste lent et calme de la main, un geste qui signifiait « N'ayez pas peur, je ne vous veux pas de mal ».

Indécise, Viperyne se raidit. Était-ce un piège ? Qui pouvait connaître sa véritable identité à Sk'l ? Cet homme était-il un envoyé des Antharites ? Un Antharite lui-même ?

Elle avait l'intuition que telle n'était pas la raison de sa présence ici.

– Je comprends votre méfiance, mais je dois m'assurer que vous êtes bien celle que je dois contacter. Vous êtes accompagné d'un jeune homme… Pourriez-vous me dire de qui il s'agit ?

– Nous… nous venons des îles Salines pour…

– … accompagner une danseuse à la Cour, oui, oui… Mais vous et moi savons que ce n'est pas exactement là que s'arrête votre mission. Vous n'êtes ici que de passage et poursuivez un but tout autre, n'est-ce pas ?

Intérieurement, la jeune femme se maudit de s'être éloignée de Drachniel, dont l'esprit d'à-propos lui faisait à cette heure cruellement défaut. Le sang lui battait aux tempes. Le goût métallique de la peur lui piquait la gorge. Elle devait réfléchir, surmonter la panique. Se fier à son instinct. Sougar l'avait souvent entretenue du pouvoir néfaste de la peur. Elle ferma les yeux, se concentrant sur les bruits apaisants du jardin. Une chouette hululait. Des insectes ou des petits rongeurs se déplaçaient furtivement, masqués par l'épaisseur de la nuit et des bosquets. À quelques pas d'elle, l'homme respirait calmement, attendant patiemment, respectant son introspection. Viperyne rouvrit les yeux. L'espace d'une fraction de seconde, elle entrevit sur le visage de l'inconnu une expression qu'elle ne sut déchiffrer : un mélange de douceur et d'empathie. Deux sentiments fugaces qui s'éteignirent à l'instant même où elle les lisait sur son visage, pour ne laisser danser dans ses prunelles qu'une lueur vaguement narquoise. En dépit de toutes ses préventions, Viperyne ne pouvait s'empêcher de se sentir en sécurité avec cet homme. Quelque chose en lui appelait la confiance. S'il avait été un émissaire des Antharites à la recherche de l'O'haï, il ne serait certainement pas venu lui poser des questions pour s'assurer de son identité. Sans savoir pourquoi, redoutant dès l'instant où les mots s'échappèrent de ses lèvres d'avoir commis une bévue irréparable, Viperyne finit par répondre. Elle se sentait comme aimantée par le regard mi-serein mi-rieur que lui adressait ce mystérieux personnage. Elle baissa la garde et s'approcha d'un pas en disant :

– Je suis bien celle que vous cherchez.

– Qui est votre compagnon ?

– Je pense que si vous connaissez sa véritable identité, ce serait plutôt à vous de me la donner.

L'homme la contempla avec une joie espiègle. Il prenait manifestement beaucoup de plaisir à cet échange marqué du sceau du secret et du péril.

– Eh bien, je suppose que vous avez cheminé jusqu'ici aux côtés de cette tête brûlée de Drachniel de Varn, Cavalier de Corélie.

La jeune femme rousse confirma d'un coup de menton hésitant. Un léger sourire retroussa la lèvre supérieure de l'inconnu.

– Parfait. Alors écoutez-moi bien. Je suis envoyé par le roi Arestion de Corélie. Il a appris vos difficultés à Ber et les tentatives des Antharites pour vous intercepter. Les obstacles que vous avez rencontrés à Ber n'étaient qu'un avertissement, une mise en jambes. Vous courez au-delà de problèmes bien plus graves. Sitôt que vous aurez franchi la frontière septentrionale des terres fodoukes, c'est une troupe entière d'ennemis que vous aurez à vos trousses.

– Si je comprends bien, nous avons les mêmes ennemis, murmura Viperyne, plus pour elle-même que pour l'inconnu.

L'énigmatique émissaire se contenta de sourire avant de s'approcher d'un pas de la jeune femme. Viperyne était grande, mais il la dépassait de presque deux têtes. Le grand manteau de laine qui lui couvrait les épaules dégageait une odeur de sous-bois et d'herbe fraîche. L'homme scruta l'obscurité environnante, s'assurant que personne ne les écoutait. Il reprit d'une voix basse et grave :

– Arestion tient à vous dire qu'il vous attend et qu'il essaiera de vous apporter à distance toute l'aide possible. Il doit néanmoins demeurer extrêmement discret. Il désire en outre vous remettre ceci.

L'homme sortit de sa besace un rouleau de papier épais et expliqua :

– C'est un sauf-conduit portant l'écusson du roi. Il vous sera utile dès que vous aurez posé un pied en Corélie, à la lisière nord de la forêt Dim-Dim, juste après le passage des gorges. N'en parlez à quiconque, car nombreux sont les ennemis à votre recherche. J'ai ordre de vous accompagner et de vous prêter main-forte durant votre trajet jusqu'à Parminga. La route est encore longue et les obstacles n'ont pas fini de vous ralentir, bien au contraire.

– Mais alors... à quoi me sert ce sauf-conduit si vous nous accompagnez ?

– Je ne suis pas corélien de naissance, comme vous avez dû le comprendre à mon accent. De plus, la route risque d'être semée d'embûches : nous pourrions être séparés. Or Arestion sait que les Antharites sont agités ; il a donc placé les frontières coréliennes sous bonne garde.

– Mais comment Arestion sait-il tout cela ? Mon nom et... nos mésaventures... ? Je ne comprends pas ! Vous ne m'avez même pas dit qui vous êtes. Et quelle preuve puis-je avoir de vos paroles ?

Après avoir relâché sa garde quelques instants, Viperyne était à nouveau assaillie de doutes. Elle sentait qu'elle prenait un risque inconsidéré, à croire ce parfait inconnu sur parole. Elle tenta de lire le sauf-conduit, mais l'obscurité était trop grande. L'homme avait bien perçu les tensions qui agitaient la jeune femme. Il était d'ailleurs rassuré de la savoir sur ses gardes. Il lui répondit avec calme :

– Drachniel me connaît au moins de vue car je suis un des conseillers du roi. J'ai également une lettre cachetée pour votre compagnon expliquant mon rôle et portant le sceau royal. Je vous la remets également : ainsi, vous aurez toutes les preuves de ma bonne foi.

– Soit, répondit alors Viperyne, saisissant le rouleau qu'il lui tendait.

– Je ne vous sens pas très… convaincue par tout cela, fit l'homme, s'approchant un peu plus. Quand avez-vous prévu de quitter le palais ?

Elle leva les yeux sur lui et contempla quelques instants son visage. La ressemblance était vraiment troublante… Il avait les mêmes yeux bruns, le même sourire sardonique que Jaquemot. Un frisson lui parcourut le dos.

– Nous devons partir demain matin, avant le lever du soleil, par la porte nord, murmura-t-elle, craignant une fois de plus d'en avoir trop révélé.

– Alors je serai là. Vous verrez, Drachniel me reconnaîtra.

Brusquement, l'homme tourna les talons et commença à s'éloigner, laissant dans son sillage flotter un relent d'humus et de sous-bois. L'odeur était plutôt agréable.

– Attendez ! cria Viperyne, reprenant ses esprits. Vous ne m'avez pas dit votre nom !

L'homme s'arrêta immédiatement. Son visage se fendit d'un sourire carnassier que Viperyne ne put apercevoir. Sans se retourner, il lâcha enfin :

– Je m'appelle Zar.

Et il disparut dans la nuit.

Chapitre 26

Filature

Quand l'énigmatique Zar se fut éloigné de quelques pas, Viperyne se maudit intérieurement. Elle n'aurait su dire par quel étrange tour de passe-passe il avait su réduire si vite toute forme de réticence ou de prudence en elle, mais elle devait se rendre à l'évidence : il y avait au moins autant de chances qu'elle se soit laissé berner par un ennemi que d'envisager qu'elle ait pu tomber sur un allié. Elle avait pris un risque énorme en confirmant son identité et celle de Drachniel, elle le percevait avec une douloureuse acuité maintenant qu'il n'était plus là. Ainsi elle lui avait peut-être servi l'O'haï sur un plateau.

Toutes ces remarques traversèrent son esprit comme une fulgurance. Ses membres la portèrent bien avant qu'elle n'ait compris ce qu'elle s'apprêtait à faire. Elle allait prendre ce fameux Zar en filature. Elle savait se rendre inaudible et invisible, s'il le fallait. Dans les immensités giboyeuses de la forêt Salavielle, elle n'avait pas son pareil pour pister daims, renards ou martres. Même Sougar devait bien reconnaître qu'elle était une grande chasseresse. Ces aptitudes, patiemment développées en pleine nature, allaient finalement lui servir ici, en plein palais de Sk'l. Au bout de trois pas, elle comprit que la tenue fodouke qu'elle portait, et notamment les colifichets et chaînettes cliquetants de sa ceinture la trahiraient à coup sûr. D'un coup sec, elle tira sur la parure de breloques et de verroteries bigarrées qui ceignait sa taille. Elle jeta l'ensemble dans un fourré et s'enfonça dans l'allée qui s'ouvrait devant elle.

En quelques enjambées, elle réussit à replacer l'envoyé putatif d'Arestion dans son champ de vision. Légère et féline, elle le suivit à distance dans les interminables couloirs et allées extérieures du palais. Heureusement, la nuit était nuageuse. En dehors des ombres portées par les flambeaux qui éclairaient le palais, nulle autre source lumineuse ne venait troubler la quiétude presque sépulcrale de l'endroit. À cette heure avancée, le premier cercle d'Iliaba, qui avait assisté à la grande présentation de la soirée dans l'immense salle de bal, était couché depuis longtemps. Quant aux convives de la « Seconde », nul doute qu'ils gravitaient encore dans l'entourage restreint de la reine comme une nuée de papillons de nuit attirée par la puissance du grand astre qui illuminait les lieux. Le palais paraissait donc désert.

Enfin, la haute silhouette de Zar s'arrêta devant une porte assez similaire à celle qui marquait l'entrée du pavillon où se trouvait actuellement l'O'haï. Viperyne crut deviner qu'elle se trouvait désormais dans le quartier du palais réservé aux diplomates et aux politiciens. Il lui semblait même avoir entendu Ilesmeth, le joaillier, désigner la veille cette aile comme « un panier de groulesh à pointes ». Le groulesh était une espèce de crabe géant particulièrement agressive envers ses congénères, qui nichait dans la zone des Grands Rocs de l'extrémité est du lac Rouge.

Elle s'interrogeait : si Zar, et c'était probable, avait regagné son pavillon pour y passer la nuit, fallait-il attendre qu'il s'assoupisse pour tenter une effraction nocturne ? Cependant, elle risquait de perdre de longues heures avant d'oser s'y aventurer. Elle pesait les dangers réels que représentait cet homme. Il lui avait donné un rendez-vous pour le lendemain, assurant que Drachniel l'identifierait à coup sûr comme un membre de l'entourage d'Arestion. De fait, s'il avait été un comploteur à la solde des Antharites, aurait-il regagné paisiblement son lit ? N'aurait-il pas cherché à prévenir ses comparses, à l'intérieur ou à l'extérieur du palais ? Le comportement de Zar arguait en sa faveur. Peut-être était-il bien celui qu'il prétendait être.

Viperyne tergiversait encore quand elle vit la porte du pavillon s'ouvrir à nouveau. Zar en sortit prudemment, non sans avoir jeté un coup d'œil alentour pour voir s'il n'était pas espionné. La jeune femme, le cœur battant, avait eu la présence d'esprit de se retirer dans un coin d'ombre. Quand elle se fut assurée que Zar était hors de vue, elle se glissa jusqu'à la porte.

Elle avait appris dans ses jeunes années à crocheter toutes sortes de serrures. Elle sourit intérieurement en se faisant la remarque que pour une fois, Sougar n'était pas en cause dans son acquisition de ce type de compétences. Il se trouvait qu'une fois par mois, à l'Abbaye du Pré, les Sœurs confectionnaient des fournées entières de petites brioches à l'anis de forme octogonale que l'on surnommait les « pogaves », d'un ancien mot désignant les graines utilisées pour parfumer la pâte. Le polygone moelleux ainsi obtenu était destiné à agrémenter les repas de la communauté du Pré, tout autant qu'à illustrer des notions plus philosophiques comme l'impermanence des choses et la nécessité d'accepter l'inéluctabilité du temps qui passait. En effet, les pogaves, délicieuses à la sortie du four, étaient distribuées en petites quantités. On les rationnait de manière à ce que chaque Sœur en obtienne une par semaine. La première était généralement consommée encore tiède et constituait une friandise appréciée. La deuxième pogave, plus sèche, était encore savoureuse. La troisième semaine, on devait tremper le gâteau dans de l'eau ou du thé pour le rendre consommable. La quatrième et dernière semaine, il fallait s'armer de patience pour ingurgiter et mastiquer le petit tas dur et friable qu'était devenue la dernière pogave. Un cycle était alors accompli, et on pouvait retourner en cuisine confectionner une fournée de brioches fraîches et odorantes. Ce rituel structurait le temps et invitait les Sœurs à la patience. Or Viperyne n'était pas particulièrement douée à ce jeu-là. Elle devait avoir moins de dix ans quand elle avait appris à venir à bout de la serrure du cellier où l'on conservait les fameuses pogaves. Elle avait par la suite poursuivi ses expériences sur différentes sortes de portes et de mécanismes, avec un talent certain qui lui avait assuré bien des petits agréments interdits pour adoucir quelque peu les règles austères de la vie monacale.

Elle parvint après quelques minutes à pénétrer dans les appartements de Zar. Quand ses yeux se furent accoutumés à la pénombre, elle se mit en devoir de fouiller le pavillon qui, heureusement, ne contenait que deux pièces : un petit salon, dans lequel on entrait directement après la porte, et une chambre attenante. L'espace était assez désordonné. Zar semblait avoir autre chose à faire que d'accorder du temps à son intérieur. Rien de bien concluant ne s'offrait à la visiteuse illicite. Elle s'apprêtait à quitter les lieux quand, ayant glissé par acquit de conscience la main sous le matelas de Zar, elle sentit sous ses doigts une liasse de papiers.

Ce qu'elle en retira la laissa pantoise : elle tenait entre ses doigts les feuilles manquantes du carnet d'Eudérope !

Elle s'approcha d'une croisée pour tenter de capter un mince rai de lumière. Oui, c'était bien cela ! Elle reconnaissait le papier jauni, l'écriture tremblante de la nourrice de l'O'haï… Comme un aveugle qui recouvre la vue, elle se jeta avec frénésie dans la lecture d'une page qui contenait ces mots :

« Voici quelques-unes des lois du Codex de l'O'haï. Je les retransmets de mémoire et n'en connais que les premières :

1. Nul ne peut la voir, nul ne doit lui parler.
2. Avant sa vingtième année, l'O'haï aux alliés de Corélie sera amenée.
3. L'O'haï saura tout et rien.
4. Elle sera instruite, préservée, encouragée dans ses talents.
5. Elle ignorera qui elle est et d'où elle vient.
6. L'O'haï sera tout et rien : reine et étrangère en son pays, orpheline et souveraine en Corélie. »

Sous le choc de sa découverte, la jeune femme ne savait plus que penser. Elle enfouit les pages arrachées dans la ceinture de sa tenue fodouke, au prix d'un immense effort pour s'arracher à cette lecture captivante, depuis si longtemps différée et qu'elle avait cru ne jamais pouvoir poursuivre.

Elle regagna sa chambre, obsédée par une interrogation à laquelle elle ne concevait aucune réponse logique : quel lien pouvait-il exister entre le soi-disant émissaire corélien et le petit garçon qui lui avait rendu le carnet amputé de la moitié de son contenu, à Ber ? Car… tous deux portaient le même prénom. Zar… et cela ne pouvait pas être une coïncidence.

Chapitre 27

Échauffourée au palais

Quand elle regagna leur pavillon, Viperyne fut alarmée de découvrir la porte d'entrée enfoncée. Il se passait quelque chose de grave. Prudemment, elle se faufila dans l'entrebâillement suffisamment malmené pour permettre à son corps de s'y glisser sans actionner la porte elle-même. Ce détail annonçait une attaque qui n'avait pas fait dans la dentelle. À l'intérieur, les coussins qui garnissaient les banquettes étaient sens dessus dessous. Un indescriptible désordre régnait dans la pièce, attestant qu'on s'y était battu. Sentant la panique monter, elle se rua dans la chambre de l'O'haï.

– Lune ?! appela Viperyne, au comble de l'angoisse.

– Lune ? Si c'est bien de votre protégée que vous voulez parler, sachez qu'elle est ici, avec moi, répondit une voix aigre qu'elle reconnut immédiatement.

Elle fit volte-face. Derrière elle, caché par la porte, Genginor Le Gal retenait l'O'haï, une dague appuyée contre sa poitrine.

– Eh oui ! Surprenant, n'est-ce pas ? dit-il, visiblement ravi de la situation. Alors maintenant, vous allez me laisser partir avec votre petite protégée, bien gentiment.

– Jamais !

– Ne soyez pas têtue. Vous êtes seule à l'heure qu'il est. Votre ami, le Corélien, est déjà maintenu par mes hommes. Nous n'attendions plus que vous. Maintenant que vous voilà, je vais lui faire quitter la pièce ainsi qu'à votre mystérieuse compagne. Vous, en revanche, vous resterez un peu plus longtemps.

– Mais… pourquoi ?

Genginor partit d'un petit rire mesquin.

– Franchement, vous manquez d'imagination ! Ne pensez-vous pas que mes hommes aimeraient se détendre un peu avant de retourner voir nos amis antharites ? Je leur ai promis qu'ils pourraient s'amuser avec vous à condition de ne pas trop vous abîmer. Ensuite, je vous livrerai tous les trois à Sirvàn An-Merr, qui vous attend avec impatience aux portes du palais, dans une taverne des bas quartiers de Sk'l.

– Je ne connais pas cette personne.

– Sirvàn An-Merr ? C'est un être charmant. J'ai entendu dire qu'il était bourreau, par passion personnelle, puisqu'il est de noble naissance. Le roi Li'An-Thar l'a envoyé terminer la mission que son fils Li'Dhon n'avait pas pu terminer à Ber : vous attraper et vous mettre hors d'état de nuire, ma beauté !

Tout en prononçant ces paroles, Genginor laissait ses doigts courir sous le voile qui enserrait le cou de l'O'haï. Quand il toucha sa peau, elle sursauta et tenta de se débattre. Genginor tira la langue de côté et jeta un regard lubrique à Viperyne.

– Mais qu'espérez-vous, pauvre fou ?! s'écria cette dernière, soulevée de dégoût et de colère. Vous n'avez toujours pas compris qu'ils vont vous tuer après ? Cette affaire vous dépasse ! Les Antharites ne laisseront pas un témoin embarrassant se promener dans la nature et crier partout qu'il a fait affaire à Sk'l avec eux !

– Je vois les choses d'un autre œil, répondit-il avec suffisance. Voilà ce qui va se passer selon moi : non seulement le prince va me donner une bonne récompense pour vous trois, surtout la fille, mais en plus, je rentrerai à Ber avec une bonne nouvelle pour mon oncle Jévan. Il ne sera plus connu comme le bourgmestre de Ber, non, il deviendra pour l'histoire le premier visionnaire à avoir su s'allier avec le clan des vainqueurs. Car la guerre va reprendre, c'est une certitude, et quand cela arrivera, nous rirons aux premières loges avec nos amis antharites.

Discuter avec un tel idiot ne servait à rien. Genginor était un misérable, un petit homme veule et cupide. Jamais il ne voudrait entendre raison, ébloui qu'il était par ses rêves de gloire et de reconnaissance pour lui et son oncle. Il s'agissait de gagner du temps. Peut-être avec un peu de chance Drachniel parviendrait-il à se libérer de ses agresseurs. Viperyne regarda la porte avec appréhension.

– J'ai demandé à mes hommes d'assommer votre Corélien, par précaution, au cas où vous attendriez son aide.

– C'est fait, patron, déclara un homme au crâne rasé en passant le pas de la porte. Je croyais les Coréliens plus coriaces !

Genginor pouffa bêtement. Puis il indiqua à son homme qu'il pouvait faire ce que bon lui semblait de Viperyne. C'est alors que l'O'haï lança à Genginor un coup de coude entre les côtes, cherchant à se dégager par un effet de surprise. Le Gal n'était pas très grand, mais il était considérablement plus puissant que Lune. Il lui tordit le bras dans le dos, la contraignant à s'agenouiller. Viperyne crut qu'il allait lui casser le bras, à en juger par le cri de douleur qui fusa de sous le voile.

– Allons, finissons-en : Sirvàn n'aime pas attendre, lança-t-il à son homme de main.

Ce dernier s'avança lentement en direction de la jeune femme. Il prenait son temps, la déshabillant du regard. En effet, Viperyne était toujours vêtue des habits d'apparat fodouks. Son buste était outrageusement comprimé par une bande de tissu orange, alors qu'à ses hanches balançaient les pans étroits de sa jupe. L'ensemble paraissait ravir l'homme. Viperyne songea qu'elle risquait de ne pas être très libre de ses mouvements. D'un coup sec, elle déchira le tissu qui gainait le haut de ses jambes. Sa cuisse droite apparut, blanche et nue derrière l'étoffe.

– Je vois que tu es prête ! saliva l'homme, l'œil empli de concupiscence.

– Ne rêve pas trop mon gros, répondit-elle, avant de bondir sur le lit à baldaquin.

Sur la table de chevet, elle venait de voir briller la lame de la dague de Lune. L'homme se projeta vers le lit, poignard en avant. Viperyne esquiva plusieurs coups puis se suspendit de toutes ses forces à un des rideaux du baldaquin. L'armature en bois céda et des masses d'étoffes s'effondrèrent sur son agresseur. Profitant de ce répit, elle comptait tenter de désarmer Genginor, mais la chambre était déjà vide. Genginor avait pris la fuite. La jeune femme s'élança dans la pièce principale. Dans un coin, trois hommes étaient occupés à jouer aux osselets. Ils avaient manifestement pour tâche de surveiller Drachniel, qui gisait inanimé à leurs pieds. Viperyne se faufila aussi silencieusement que possible le long des murs, mais hélas, un de ses pieds heurta un guéridon. Les chaînettes qui enserraient sa taille tintèrent doucement. Cela suffit à attirer l'attention des trois hommes. L'un d'eux poussa un cri et lança en sa direction un gros coutelas au manche couvert de cuir. Viperyne, leste comme un chat, fit une roulade au sol et se retrouva à couvert d'un sofa, au seuil de sa propre chambre. Elle y entra accroupie et put attraper son arc et ses flèches qui l'attendaient, appuyés contre un mur.

Enfin.

À nouveau armée, elle se sentit invincible. Abritée par la porte, elle décocha immédiatement une flèche qui vint se ficher dans la main d'un des hommes. Les deux autres allaient se ruer sur elle quand, sans crier gare, ils tombèrent lourdement au sol. Drachniel venait de se relever d'un bond énergique, assommant un des hommes d'un coup de poing et maîtrisant l'autre d'un coup de genou au milieu du torse.

– Eh bien ! Moi qui te croyais inconscient, fit Viperyne, impressionnée.

– Il en faudrait plus pour venir à bout d'un Cavalier corélien, ma chère ! répondit Drachniel en lui adressant une révérence princière.

– Allons-y, il a emmené Lune.

Tous deux sortirent en courant du pavillon. Genginor en avait trop dit. Viperyne savait quelle direction il avait prise : les bas quartiers de Sk'l se trouvaient à l'est du palais. Ils avaient encore une chance de le rattraper et de sauver Lune, mais si Genginor Le Gal franchissait la porte avant eux, les Antharites leur prêteraient certainement main-forte.

Ils coururent à en perdre haleine. Par chance, on était au milieu de la nuit et les couloirs du palais étaient désormais déserts. Les riches tapis qui ornaient les sols étouffaient le bruit de leur course. Enfin, ils débouchèrent dans une paisible cour carrée, à demi-couverte, une espèce de vestibule bordée d'un épais rempart, qui formait l'ultime mur qui les séparait de l'extérieur du palais. Une lourde porte en bois renforcée de pièces de fonte barrait la route à Genginor. Il tenait toujours l'O'haï avec fermeté, et son bras devait même l'étrangler, vu les efforts qu'elle faisait pour se libérer de l'emprise de son ravisseur. Ce dernier regardait avec anxiété les deux tours qui encadraient la porte. Il houspilla à voix basse les deux hommes qui étaient censés activer le mécanisme d'ouverture. N'ayant pas entendu arriver Genginor et sa prisonnière, ils n'avaient pas pu anticiper l'ouverture des lourds battants. Il fallait profiter de l'aubaine.

– Je prends celui de gauche, chuchota Drachniel avant de se couler silencieusement jusqu'au rempart.

Viperyne le vit alors escalader la tour sans effort, sauter derrière le chemin de ronde et saisir par surprise l'homme qui s'échinait à tourner une grosse roue dentelée. Drachniel avait mis moins d'une minute pour grimper à cinq ou six mètres du sol et réduire l'homme au silence. Il adressa un signe à Viperyne. Celle-ci mit un genou à terre, tendit la corde de son arc, bloqua sa respiration et abattit d'un trait meurtrier l'homme qui se tenait dans la tour de droite. La porte n'avait pas encore été ouverte. Genginor était désormais seul et fait comme un rat.

– C’est fini, tes hommes sont morts. Tu ne peux plus t’échapper, déclara Drachniel en se montrant à Genginor. Lâche-la !

– Que je la lâche ? Alors que les Antharites sont là, derrière la porte, à m’attendre avec une récompense fabuleuse ? Jamais !

Viperyne s’avança à travers la cour, arc en main, prête à tirer une autre flèche.

– T-t-t-t. Ne fais pas un pas de plus, toi, la rousse, où je la saigne comme un goret ! siffla Le Gal.

Il essayait de gagner du temps. Viperyne s’arrêta. Genginor était acculé. Il devait avoir compris qu’il était désormais seul. Plus personne ne pouvait ouvrir la porte. Il échouait, si près du but que c’en était risible. Soudain, comme il reculait, son dos heurta les pierres du rempart. Il se mit à ricaner :

– Vous ne l’aurez pas vivante !

Il crispa tout son bras, ajusta ses doigts sur le manche de sa dague se préparant à l’enfoncer dans le cœur de Lune. Genginor avait été malin : il n’avait pas levé la main pour frapper sa prisonnière, et il rentrait la tête dans les épaules. L’atteindre serait difficile car il se servait du corps de l’O’haï comme d’un bouclier. De là où elle était, Viperyne ne pouvait pas tirer sans blesser Lune. Elle jeta un regard désespéré à Drachniel, mais comme Genginor avait reculé, il s’était partiellement retranché de son champ de vision. Le neveu du bourgmestre de Ber banda les muscles de son bras, rassemblant toutes ses forces pour porter le coup fatal à Lune. Dans une fraction de seconde, la lame pénétrerait sa poitrine, sectionnerait ses veines, lui ôterait la vie.

Soudain, Genginor se raidit. Son corps fut agité d’un spasme. Viperyne cria. Elle s’attendait à voir Lune s’écrouler, mais c’est le corps de Genginor qui s’affaissa avec lenteur, comme surpris de ce qui lui arrivait. Derrière lui apparut alors, dans l’encadrement d’une petite porte de service que personne n’avait remarquée, la silhouette d’un homme au visage recouvert d’une capuche. Viperyne, médusée par la violence et la brusquerie de l’attaque, le vit s’assurer que Genginor était bien mort, jeter un court poignard couvert de sang dans son dos, puis prendre Lune par la main tout en lui demandant si elle allait bien. L’O’haï hocha la tête. Alors l’homme rabattit sa capuche en arrière.

C’était Johan de Cômes.

Chapitre 28

Aube

– Mais… comment avez-vous…, commença Drachniel, hébété.

– Je rentrai de la soirée privée avec la reine, il y a quelques heures, quand j'ai surpris une conversation, au détour d'un couloir. Une porte était mal accrochée, le palais était silencieux et désert. J'ai immédiatement reconnu la voix de Genginor Le Gal. Je me suis souvenu comme vous aviez l'air préoccupée après avoir dansé avec lui la veille, Viperyne. Je ne comptais pas m'arrêter ni l'espionner, mais c'est alors que je l'ai entendu décrire à ses hommes l'apparence d'une personne qu'il voulait leur faire capturer : une jeune femme vêtue de noir des pieds à la tête, dont il n'était pas possible de discerner le visage. J'ai immédiatement pensé à votre danseuse saline. Genginor l'appelait « l'O'haï », je crois, et il disait que Li'An-Thar était à ses trousses… Comment est-ce possible ? Comment une petite danseuse peut-elle à ce point intéresser les Antharites, les poussant à pénétrer secrètement dans le royaume fodouk ?

Si leur présence était découverte à Sk'l, cela équivaudrait à une déclaration de guerre !

– Euh... eh bien... il se trouve que..., s'empêtra Viperyne, désespérant de trouver une explication logique.

– Peut-être pourriez-vous me dire la vérité, tout simplement, suggéra Johan en fronçant les sourcils. Il y a longtemps que j'ai compris que vous ne veniez pas des îles Salines, ni vous, ni votre protégée. Je ne suis ni aveugle, ni idiot.

Le ton soudainement sombre et autoritaire de la voix de leur sauveur acheva de décontenancer Viperyne.

– Avant toute chose, nous devrions vous remercier, intervint Drachniel. Voilà deux fois déjà que vous nous venez en aide alors que nous nous connaissons à peine. Pour ce qui est de notre identité et de notre but véritables, nous vous révélerions tout avec plaisir, mais nous sommes tenus au secret par des raisons si capitales et par des allégeances si puissantes qu'il ne nous appartient pas de vous révéler quoi que ce soit.

Pour la seconde fois, ils lurent de la colère sur le visage de Johan. Un instant ses yeux noirs n'exprimèrent qu'une immense rage péniblement contenue. Ce fut comme un éclair d'une violence peu commune, mais tellement fugace, que Viperyne se demanda finalement si elle ne l'avait pas imaginé. Elle baissa les yeux et se rendit compte que Johan tenait toujours la main de Lune dans la sienne. Cette dernière ne faisait d'ailleurs rien pour l'en déloger.

– Je peux entendre, reprit enfin Johan, que vous ne puissiez pas tout me dire. Je sais, pour avoir baigné dans les intrigues de cour et les luttes politiques depuis ma plus tendre enfance, que l'on n'est parfois pas libre de divulguer certaines informations.

– Encore merci, soupira Drachniel. Vous vous êtes toujours montré très serviable envers nous ; c'est tout à votre honneur.

– Je dois encore vous dire que j'ai entendu Genginor expliquer que les Antharites comptaient vous poursuivre à travers tout le Continent si vous parveniez à vous échapper des murs de Sk'l.

– Nous nous en doutions, mais votre confirmation nous est précieuse. Nous comptons partir dans quelques heures. Avant le lever du jour, en fait.

– Eh bien, dans ce cas… j'aurais une requête, dit alors Johan, un sourire énigmatique aux lèvres.

– Ce que vous voudrez, si cela est en notre pouvoir, répondit Drachniel. Nous vous sommes déjà tellement redevables…

– Quelle que soit votre destination, je désire partir avec vous ! Je voudrais devenir un membre de l'escorte de… de…

C'est à ce moment précis que Lune accomplit alors un acte qui parut à la fois indécent et éminemment prometteur :

–… L'O'haï, souffla-t-elle d'une voix rauque, afin de combler la lacune du jeune duc de Nacre.

Cette seule réponse sonna aux oreilles de la petite troupe comme la plus claire et la plus solennelle des approbations. Offrant ainsi son propre nom à Johan, l'O'haï exprimait pour la première fois une opinion personnelle.

L'évidente avancée que représentait un tel fait laissa Viperyne et Drachniel pantois.

*

Viperyne savait qu'elle devait dormir. Une étape à peu près aussi longue que celle qui avait suivi leur départ de l'Abbaye du Pré les attendait, mais ô combien plus périlleuse. Dès que leurs chevaux auraient posé un sabot hors des terres fodoukes, le danger pourrait surgir à n'importe quel moment, derrière chaque arbre, chaque rocher. En dépit de l'approbation de Lune, elle persistait à considérer qu'enrichir son escorte de la présence inattendue de Johan était une mauvaise idée. Leur mission était déjà assez dangereuse comme ça ; ils n'avaient pas besoin de s'encombrer d'un petit nobliau en mal d'aventure. Quelque chose en lui la glaçait, sans qu'elle parvienne à déterminer le sentiment de méfiance qu'il lui inspirait. Drachniel trouvait quant à lui qu'il avait fait la preuve de son sens moral et les avait déjà sortis du pétrin à de nombreuses reprises. Il était donc prêt à lui accorder sa confiance. Il avait en outre argué que Johan en savait déjà beaucoup trop à leur sujet, il avait désormais compris que leur protégée était la cible des Antharites. Une cible alléchante au point de faire entrer clandestinement des hommes de Li'An-Thar en terre neutre, au point de pousser des hordes d'hommes armés jusqu'aux dents à les attendre à chaque coin de route, au détour de chaque carrefour. Johan avait également dû déduire de l'attitude de Genginor que l'O'haï avait une grande valeur. Il suffisait qu'il se montre un peu cupide à son tour et il irait revendre ces informations au premier Antharite venu. Peut-être, en fin de compte, valait-il mieux garder Johan de Cômes à portée de vue, au point où ils en étaient. Soit il était un ennemi, et ils le surveilleraient de près ; soit il était de leur côté, et dans ce cas, il n'avait déjà que trop prouvé sa valeur.

Une heure plus tard, Viperyne était parfaitement incapable de trouver le sommeil. Elle finit par se relever pour se glisser dans la chambre de l'O'haï. La nuit était tiède, annonçant les beaux jours du printemps. Lune dormait à poings fermés, renversée sur le dos, les bras relevés au-dessus de la tête comme un enfant insouciant.

Viperyne écouta le souffle régulier de son sommeil. Le voile de crêpe noir qui recouvrait son visage avait glissé, laissant apercevoir un menton fin et des lèvres entrouvertes. Elle s'assit sur le bord du lit et ne put s'empêcher d'effleurer de la main la chevelure brune de Lune qui, dans les lueurs de la nuit, prenait des reflets bleutés. Elle caressa les mèches souples tout comme Lune l'avait fait pour elle quand elle était en convalescence chez Frug et Bertine. Pour la première fois de sa vie, Viperyne avait l'impression de comprendre ce que le mot « amitié » signifiait. Elle entrevoyait aussi ce que pouvait être l'envie de protéger un autre que soi, de se sacrifier pour lui. Elle s'étendit à son côté, heureuse de voler ces quelques instants de chaleur humaine, puis le sommeil l'emporta enfin.

Elle avait le sentiment d'avoir à peine fermé les yeux que Drachniel, la voix inquiète, l'appelait à voix basse dans le pavillon. L'aurore n'avait pas encore pointé, mais la nuit s'éclaircissait déjà. Viperyne secoua Lune et fila revêtir ses vêtements de voyage. Elle s'était endormie dans la tenue d'apparat fodouke, et s'empressa d'aller revêtir une tenue plus adaptée au voyage. Elle croisa Drachniel mal rasé, les cheveux en bataille et l'haleine lourde. Il était néanmoins prêt à partir, après une bien courte nuit. Il avait d'ailleurs employé les dernières heures avant l'aube à cacher les corps des deux hommes de Genginor qu'ils avaient abattus au-dessus de la porte.

Pour sortir du palais, ils empruntèrent la porte par laquelle Genginor avait projeté de faire sortir l'O'haï, quelques heures plus tôt, car il n'y avait plus de gardes pour la surveiller. Ils trouvèrent Zar à l'endroit convenu, juste après les remparts. Drachniel l'avait immédiatement reconnu et les deux hommes avaient échangé une poignée de main amicale. Zar avait alors dévisagé Viperyne pour guetter sa réaction. Elle avait ostensiblement détourné la tête. Trop de questions se bousculaient en elle. Si Drachniel lui accordait sa confiance aveuglément, elle n'était pas prête de faire des risettes à cet inconnu arrogant et imbu de lui-même, ce voleur, qui s'était inexplicablement retrouvé en possession des pages manquantes du carnet d'Eudérope. Il était plus que temps de quitter Sk'l, mais elle se promit d'éclaircir ce point au plus vite et de rester plus que jamais sur ses gardes.

– Es-tu vraiment certain que nous pouvons avoir confiance en lui ? demanda-t-elle une dernière fois à son comparse corélien.

Drachniel se campa devant Viperyne :

– Oui, j'ai confiance en Zar… à moins que tu ne parles à nouveau de Johan…, mais ce n'est pas ça qui compte : nous n'avons de toute façon plus le choix.

La détermination du jeune Cavalier balaya ses derniers doutes. Il ne put résister à l'envie de lui envoyer une petite bourrade de l'épaule.

– Allez Vip, fais-moi un petit sourire, lui chuchota-t-il à l'oreille.

Elle le repoussa des deux mains :

– Certainement pas, Drachniel de Varn : tu sens vraiment trop mauvais ! Tu aurais dû prendre un bon bain avant de partir !

Puis elle lui adressa un large sourire.

S'éloigner du palais fut chose aisée. Un léger brouillard les enveloppait comme une couverture, étouffant même les sons. Ils aperçurent bien çà et là quelques gardes engourdis par la fraîcheur nocturne, mais aucun ne remarqua ou ne voulut remarquer leur passage.

Maintenant que la troupe était réunie, Drachniel avait dû s'éclipser quelques longues minutes pour passer aux écuries. Il était revenu en tenant Khalem et leurs deux autres chevaux à la bride. Leurs sabots claquaient fièrement sur le pavé comme il repassait pour la dernière fois sous les remparts du palais. Viperyne sentit l'impatience l'envahir, lui picoter la peau du sommet du crâne jusqu'aux orteils. L'aube pointait désormais à l'est, nimbant les plaines environnant Sk'l d'une lumière pleine de promesse.

– Mes amis, dit Drachniel, en route !

Il talonna doucement Khalem. Le cheval à la robe claire effectua quelques pas. Le Cavalier corélien se retourna, embrassant d'un même regard ses quatre comparses. Aucun ne bougeait.

– Viperyne ? interrogea-t-il.

Celle-ci ne répondit pas. Soudain, poussant un véritable rugissement, elle battit les flancs de sa monture et s'élança en avant dans un nuage de poussière.

Les quatre autres cavaliers s'élancèrent en trombe à sa suite, vestes claquant au vent comme des oriflammes. Ivres de vitesse, les lueurs de l'aube dansant à leur droite, ils laissaient dans leur dos les murs rutilants de la belle ville de Sk'l. Un rayon de soleil perça alors derrière les nuages roses du matin.

Un cri d'enthousiasme s'éleva dans les airs, clair et sonore, se détachant nettement sur le bruit de fond des sabots. C'était un cri de femme, plein de fougue et de vie. Drachniel tourna la tête à gauche en direction de Viperyne. Il ne croisa que son regard médusé. La cavalière, toute de noire vêtue, qui se tenait à côté de la jeune femme rousse lança un grand éclat de rire. L'O'haï talonna son cheval de plus belle et s'élança au-devant de son escorte. Sous l'action du vent, sa capuche se rabattit, libérant ses longs cheveux noirs dans l'air limpide de l'aube.

Chapitre 29

Nuit à l'auberge

La nuit était claire. Dans le lointain, auréolées de leur couronne de neiges éternelles, des cimes élevées luisaient sous les rayons d'une lune presque pleine. Les Monts Pelléas formaient une chaîne de très hautes montagnes qui s'étirait d'est en ouest, barrant en son milieu la plus vaste région de plaines du Continent. Au sud des montagnes se déployaient les immenses étendues herbeuses et accueillantes des Vastes Plaines, formant une région que l'on surnommait parfois « le Désert Vert », tant la population y était rare. Quelques hameaux peuplés de paysans peu amènes occupaient, çà et là, l'horizon infini, puis, à perte de vue, venaient des à-plats verdoyants, seulement troublés par les troupeaux de bovidés semi-domestiques qui y paissaient. Mais cette partie du Continent appartenait encore au peuple zi, ce qui en faisait une zone plus ou moins civilisée.

Au nord des Monts, en revanche, c'était le néant. Au nord des Monts commençait la véritable aventure : une zone désertique austère, glaciale, balayée par d'incessants vents tourbillonnants. Ces terres n'appartenaient à personne, car peu de monde s'y aventurait. Personne ne les revendiquait. Elles étaient isolées par deux obstacles naturels, les Monts Pelléas en leur sud et l'épaisse forêt Dim-Dim, qui, au nord, les jalonnait. Cette région du Continent était dangereuse, éloignée de tout et ne recelait aucune richesse. Seules quelques sporadiques tribus nomades, considérées au pire comme sauvages, au mieux comme arriérées, hantaient ce paysage de landes âpre et désolé.

Pour y parvenir, il fallait d'abord franchir les Monts Pelléas, et pour cela, il existait trois itinéraires.

Le plus sûr consistait à suivre la côte de l'océan Ganéide, à l'extrême ouest du Continent. Un chemin plein de détours, mais plutôt large et praticable, permettait à de gros convois, ainsi qu'à ceux qui n'étaient pas pressés, de contourner les pics enneigés.

La deuxième route possible évitait les Monts Pelléas par l'est, mais les habitants du Continent hésitaient à utiliser cet itinéraire méconnu qui longeait des contrées encore inexplorées et réputées infestées de hordes sauvages et de peuplades primitives.

Enfin, la troisième solution était de franchir les montagnes en leur milieu, en empruntant la route la plus courte, mais également la plus épuisante : droit à travers les pentes raides, un sentier de pierre montait sans lacet jusqu'à un col élevé, qui formait néanmoins le passage le plus accessible à travers les montagnes. Ce col était surnommé la « Passe Eloïn ». Les paysans du cru affirmaient qu'un de leurs lointains ancêtres, Eloïn-le-Fier, avait le premier découvert ce col et accompli la jonction entre le versant nord et le versant sud des Monts Pelléas.

La Passe Eloïn avait été durant la Guerre Noire le théâtre d'affrontements sanglants entre les armées antharites et les alliés des Coréliens. La sporadique population locale vivait en exploitant l'emplacement stratégique de la passe pour les commerçants de tout poil. Les souvenirs de la Guerre Noire étaient encore douloureux pour ce peuple de montagnards pris entre les deux feux d'un combat absurde, une lutte cruelle dont ils n'avaient été que des pions. Ils en gardaient une méfiance tenace vis-à-vis des étrangers de passage.

Une des auberges de bord de route destinées à accueillir les voyageurs était située à l'entrée de la passe, dans une vallée sombre et étroite, aux pentes couvertes de pierriers. C'est dans ce décor lunaire qu'évoluait un groupe de cinq cavaliers dont les épaules voûtées indiquaient une grande lassitude. Les étoiles brillaient depuis longtemps déjà et des paillettes de givre blanchissaient leurs manteaux. La route semblait avoir été longue.

Parvenus aux abords de l'auberge, qui tenait du refuge de montagne, voire de la bergerie, à en juger par les grosses pierres moussues qui saillaient des murs, les voyageurs mirent pied à terre. Le plus grand d'entre eux rabattit la capuche poussiéreuse qui couvrait sa tête. Une chevelure courte, sombre et hirsute apparut.

– Ne bougez pas, dit-il. Je vais voir s'ils ont de la place.

Et l'homme s'engouffra dans l'auberge, veillant à ne pas se cogner à la poutre noueuse du chambranle. Il en ressortit quelques instants plus tard et annonça :

– C'est bon. Il leur reste deux chambres. L'aubergiste peut également nous offrir à manger.

À ces mots, les quatre autres voyageurs se laissèrent glisser de leurs chevaux, manifestement soulagés.

– Tu entends ça, Vip ? Nous allons devoir dormir ensemble, puisqu'il n'y a que deux chambres, fit l'un d'eux, visiblement ravi.

– Tu peux toujours rêver Drachniel de Varn, lui répondit l'intéressée, dégageant d'un mouvement de tête son épaisse chevelure rousse du foulard qui la couvrait. Pour tout l'or du monde je ne passerais une nuit avec toi ! Et puis je crois que j'ai avalé tellement de poussière ces derniers jours que je risquerais d'ensabler le lit. Un royaume pour un bon bain !

Drachniel émit un soupir amusé.

Les cinq comparses pénétrèrent dans l'auberge. Ils se retrouvèrent dans une salle quasi obscure, garnie de trois longues tables et de bancs rustiques. Au fond, une cheminée basse émettait des volutes d'une fumée âcre qui noyait la pièce dans une atmosphère opaque et malsaine. Quelques clients finissaient leur repas, sirotant bruyamment des pintes de bière amère, une spécialité plus ou moins appréciable de la région. Ils levèrent à peine les yeux à leur entrée. L'aubergiste s'avança et les invita avec une politesse forcée à monter prendre possession de leurs chambres. Ils empruntèrent un escalier de planches disjointes. Les chambres en question étaient crasseuses, borgnes et malodorantes.

Viperyne fit une moue dégoûtée en découvrant les oreillers jaunis que l'aubergiste lui avait tendus avant de refermer la porte. Elle se tourna vers la courte silhouette emmitouflée des pieds à la tête dans sa longue cape de fine laine noire. Celle-ci haussa les épaules en signe d'impuissance. Elle dégrafa sa pelisse et l'étendit sur le matelas éculé du double lit. Viperyne soupira à la vue du voile noir et des gants que portait, encore et toujours, l'O'haï.

C'était ainsi.

Les deux femmes s'assirent côte à côte sur le lit. L'O'haï ne parlait jamais. Viperyne savait désormais que ce mutisme était le résultat d'une éducation très spécifique et des contraintes de l'anonymat.

– Je vais voir s'il est possible de se décrasser un peu, dit Viperyne. Je reviens tout de suite.

En sortant de la chambre, elle tomba nez à nez avec Johan de Cômes. Celui-ci paraissait guetter l'instant où la porte de la chambre des filles s'ouvrirait. S'il ignorait tout de la réelle identité de l'O'haï, il semblait s'être pris d'une grande affection pour elle. Il se montrait toujours soucieux de savoir si tout était à sa convenance, la couvant d'un regard par instants protecteur et doux, à d'autres moments perçant et comme empli d'impatience et de colère. Viperyne se sentait déroutée par l'attitude ambivalente de Johan envers l'O'haï. Elle s'en était ouverte à Drachniel qui l'avait rassurée. Lui ne voyait absolument rien de problématique dans les faits et gestes de leur compagnon, qu'il avait apprécié depuis les premiers instants de leur rencontre.

– Notre… protégée descendra-t-elle manger avec nous ? demanda Johan d'une voix préoccupée quand Viperyne sortit de la chambre. Je ne voudrais pas que se reproduise l'expérience de la *Victoire*…

Instantanément revint à la mémoire de Viperyne l'accident qui était survenu à bord du bateau sur lequel ils avaient traversé les eaux écarlates du lac Rouge : l'O'haï, prise comme cible par les passagers avinés de la *Victoire*, avait dû danser, dénudée et presque dévoilée, pour les brutes ivres de la *Victoire*. Si Johan n'avait fait irruption à cet instant-là, qui savait comment l'affaire se serait terminée… Viperyne réprima un frisson de dégoût au souvenir de l'attitude libidineuse de leurs agresseurs.

– Je ne sais pas trop, finit-elle par répondre à voix basse. Je lui demanderai ce qu'elle en pense quand j'aurai trouvé où nous pouvons nous laver.

– Et... euh... elle te... répondra ?

– À sa manière, elle répond toujours, ne t'inquiète pas, elle sait se faire comprendre. Et vous, que faites-vous ? demanda-t-elle en jetant un coup d'œil dans la chambre vide de ses compagnons.

– Drachniel est allé bouchonner Khalem et les autres chevaux. Tu sais qu'il accorde presque plus d'importance à son cheval qu'à ses compagnons de route ! Et pour Zar, je ne sais pas où il est. Peut-être en train de retenir une table et de commander le repas...

– Bon, je vais chercher l'aubergiste. Retrouvons-nous dans la grande salle d'ici une demi-heure.

Viperyne, l'O'haï sur ses talons, pénétra quelques instants plus tard dans une annexe de l'auberge. C'était plus, à proprement parler, une cabane disposée à l'arrière du bâtiment principal. L'aubergiste avait indiqué qu'à côté des latrines se trouvait un réduit contenant une bassine d'eau et un gros pain de savon à l'usage des voyageurs les plus délicats. L'odeur qui planait dans le réduit était infecte. Elles seraient obligées de faire vite et de respirer l'air par petites goulées si elles voulaient résister à la puanteur qui émanait de la fosse d'aisances, à peine séparée du réduit par quelques planches vermoulues.

Sans perdre de temps, les deux jeunes femmes dégrafèrent leurs vêtements, à l'exception de l'O'haï, qui conserva son voile. Viperyne aperçut dans la pénombre le teint laiteux de Lune qui semblait miroiter.

« Elle porte vraiment bien son nom », se dit-elle.

Lune se débarbouilla succinctement à l'aide d'un coin de torchon trempé dans le baquet puis se rhabilla à la hâte, visiblement incommodée par la pestilence du lieu. Elle quitta le réduit, se postant devant la porte pour attendre Viperyne. Cette dernière ôta son corsage et, nue jusqu'à la taille, s'aspergea d'eau glacée et se frotta énergiquement le corps et le visage. Elle renonça cependant à se laver les cheveux : ce serait trop long de les faire sécher et le savon ressemblait plus à un bloc de cendre agglomérée, tout juste bon à laver torchons et serpillières.

Soudain, des pas se firent entendre. Quelqu'un traversait la cour dans leur direction. Viperyne pensa que c'était un client désireux de se soulager dans la cabane, auquel cas il lui faudrait fuir le réduit le plus vite possible. Mais elle cessa tout mouvement quand elle entendit l'homme s'approcher de l'O'haï et lui dire dans une langue qu'elle ne comprenait pas :

– An ar emret la Shanouar sigil ?

L'O'haï hoqueta de stupeur et répondit en un murmure quasi inaudible :

– Emret.

Aussitôt, l'homme ouvrit la porte. Viperyne eut tout juste le temps de se couvrir le torse de sa chemise. Elle était encore ruisselante.

– Mais… Zar, c'est vous ? Vous auriez pu me prévenir !

Après la surprise, c'était la colère qui l'emportait. Elle se vêtit à la hâte, quitta la pièce obscure et se campa devant lui, les poings sur les hanches. Depuis le début, l'émissaire du souverain corélien lui inspirait une curieuse impression de déjà-vu. Elle était toujours mal à l'aise en sa présence. Zar n'était pas bavard mais semblait en savoir plus long qu'il ne l'avouait.

– Qu'y a-t-il ? demanda-t-elle, remerciant l'obscurité qui devait masquer le feu qui lui montait aux joues.

– Je vous prie de m'excuser, répondit Zar.

Comme souvent quand il s'adressait à elle, son regard acéré, teinté d'ironie, luisant derrière une frange de cheveux bruns et drus, démentait ses propos. Il semblait goûter en amateur le spectacle que lui offrait son interlocutrice, ne songeant pas à se presser pour lui révéler la raison de sa présence. Tentant de garder sa dignité et de se rhabiller sans trop se dévoiler, Viperyne darda sur lui des yeux courroucés qui finirent par lui arracher un sourire, mais aussi à le décider à parler.

– J'ai pu discuter avec notre hôte, et il s'avère que la Passe Eloïn est encore bloquée par les neiges, même si la fonte est déjà bien entamée. J'ai pensé que, vu l'urgence qui nous anime, vous voudriez quand même l'emprunter le plus tôt possible. Alors je venais voir ce que vous en pensiez et si l'O'haï et vous étiez bien équipées pour une marche dans la neige.

– Nous ne passerons pas à cheval ?

– Nous pourrons les emmener, mais sans les monter, car la route est escarpée. Leurs sabots glisseront sur la neige. Ils risqueraient de nous entraîner s'ils tombaient. Nous les mènerons à la longe et gravirons la passe à pied. Qu'en dites-vous ? L'aubergiste dit que c'est dangereux, mais faisable, si nous sommes vigilants.

– Je crois que nous n'avons pas vraiment le choix. Nous avons ce qu'il faut, en termes d'équipement. Drachniel avait acheté à Sk'l des bottes et des vêtements en cuir fourré en prévision de cette étape. Il a aussi un stock de cordes et même des crochets de fer pour aider les sabots des chevaux à accrocher sur la glace.

– Très bien, dans ce cas, nous partirons demain dès l'aube. Nous devrions rentrer et nous restaurer un peu en vue de l'étape qui nous attend.

Zar tourna les talons, laissant Viperyne et l'O'haï seules dans la fraîcheur de la nuit. Comme toujours, les entrevues avec Zar étaient déconcertantes.

Chapitre 30

La Passe Eloïn

Ils progressaient depuis bientôt quatre heures, perdus dans un océan de lumière vive qui les forçait à plisser les yeux. Un soleil impitoyable transformait les névés en une surface aveuglante, d'un éclat étourdissant. Ils ne parlaient plus depuis longtemps, absorbés par l'effort que le franchissement de la Passe Eloïn leur demandait.

En tête venait Zar. Il était plus grand que la moyenne des hommes du groupe et sa haute stature l'avantageait : ses enjambées étaient plus larges et la neige ne lui parvenait qu'aux genoux. Viperyne suivait, devançant l'O'haï d'une courte tête. En dépit du froid mordant de l'air, elles étaient en nage. Chacune avait relevé son manteau en en coinçant les pans dans sa ceinture, afin d'éviter de traîner de lourds paquets de neige. Elles brassaient la poudreuse jusqu'à mi-cuisse, ce qui était éreintant. Drachniel et Johan cheminaient presque de front, à la queue du convoi, tirant et encourageant les chevaux qui ne semblaient guère apprécier l'exercice.

Si l'ascension n'avait pas été aussi rude, ils auraient pu s'extasier sur la beauté à couper le souffle du paysage. Mais pour l'heure, les charmes des champs immaculés, du ciel d'azur et des à-pics vertigineux qui les cernaient de toute part étaient bien le cadet de leurs soucis.

Viperyne néanmoins, à force d'observer la foulée lente et régulière de son prédécesseur, ne pouvait s'empêcher de réfléchir. Ce Zar, envoyé d'Arestion, qui était-il vraiment ? Drachniel l'avait reconnu pour l'avoir vu à la cour de Parminga, mais que savait-on de lui ? C'était un homme étrange, courtois, mais tour à tour agacé ou amusé par les discussions banales que les voyageurs échangeaient inévitablement. Une certaine impatience se dégageait de tout son être. Il semblait continuellement réprimer une forme de distance envers ses compagnons, comme s'il s'était senti autre. Parfois, il avait semblé à Viperyne qu'il parlait avec une pointe d'accent. Il avait tendance à rouler les « r » et sa prononciation des fins de mots était souvent un peu traînante. Ce n'était pas un accent corélien ni même fodouk. Elle n'avait jamais entendu cela. Et ce prénom, Zar, avait quelque chose d'exotique.

En outre, c'était le même prénom que portait ce petit garçon d'écurie croisé au début de leur périple, au *Relais du Crin Doré*. Celui qui, inexplicablement, lui avait également rendu le carnet d'Eudérope à Ber. Était-ce un hasard ? Venaient-ils du même endroit ? Et dans ce cas-là, lequel ? Il y avait de plus cette langue mystérieuse que Zar avait employée la veille : des mots inconnus de Viperyne, mais pas de l'O'haï… Et comment s'était-il procuré les pages arrachées du carnet d'Eudérope ? Décidément, cet homme n'avait pas livré tous ses secrets… Viperyne sentait qu'il lui faudrait interroger directement l'émissaire corélien afin de tâcher d'en savoir un peu plus.

Au milieu de la journée, ils firent une halte pour restaurer leurs forces. Johan et Drachniel tassèrent la neige à grands coups de botte et quelques larges fragments d'ardoise naturelle découverts sous le manteau neigeux leur servirent de siège de fortune. Les cinq compagnons mangèrent en silence leur pitance. L'altitude suppléant à l'effort physique, Drachniel, Viperyne et Johan peinaient à retrouver leur souffle. Zar et l'O'haï, en revanche, ne semblaient pas affectés. Après une demi-heure de pause, ils reprirent leur route, toujours plus haut, se frayant un chemin dans une couche de neige toujours plus épaisse.

À la nuit tombée, ils durent s'arrêter de nouveau. Comme l'aubergiste le leur avait expliqué, il n'existait aucun refuge avant d'avoir atteint le sommet du col. Ils tassèrent la neige afin de se former un mur de protection contre la bise qui les transperçait impitoyablement. L'air qu'ils expiraient gelait instantanément, maculant leurs écharpes et capuches d'une fine résille blanche. Les chevaux se serraient les uns contre les autres, cherchant un peu de chaleur animale pour lutter contre le froid cinglant. Le groupe décida de se tasser contre l'abri de neige pour les imiter. Ils s'endormirent pour quelques courtes et inconfortables heures sous la clarté des étoiles, transis, mais recrus de fatigue.

Alors que le jour se levait à peine, ils furent réveillés par la neige qui commençait à tomber à gros flocons. Le ciel s'était chargé pendant la nuit. Les cimes des Monts Pelléas n'étaient plus visibles, ce qui n'augurait rien de bon. De gros nuages anthracite masquaient le reste du chemin. Ils risquaient fort d'être pris dans le blizzard avant le milieu de la journée. Hommes et bêtes s'ébrouèrent, fissurant la légère gangue de givre qui les recouvrait et se remirent en route sans entrain.

Vers midi, comme ils l'avaient redouté, ils furent cueillis par une véritable tempête de neige qui rendit leur progression encore plus lente et fastidieuse. Ils avançaient le dos courbé, le menton plaqué contre le torse dans l'espoir de se soustraire aux violentes bourrasques de neige, mais en vain. Les flocons secs et presque coupants s'insinuaient partout : dans leur nez, dans leurs yeux, dans leur bouche. Ils avaient beau détourner la tête, ils se trouvaient fouettés par des lames glaciales qui les aveuglaient et craquelaient leurs lèvres, même à travers les écharpes qu'ils avaient nouées autour de leur tête. Viperyne s'appliquait à suivre les larges foulées de Zar, mais elle perdait du terrain. Lune l'avait rattrapée et se débrouillait même mieux qu'elle. La pente était de plus en plus raide, la neige tombait de plus en plus dru. Elle se demandait comment Zar parvenait à garder le cap dans une telle tourmente. Il paraissait douter de la solidité du terrain et n'avançait désormais qu'en sondant prudemment la neige avec son bâton de marche. Le manteau s'épaississait sous leurs pieds de minute en minute, et cela rendait la détection de tout danger impossible.

Soudain, les cinq marcheurs s'immobilisèrent, interdits. Un craquement sinistre venait de retentir sous leurs pieds. Le temps sembla s'arrêter pendant qu'ils échangeaient des regards apeurés, n'osant bouger pendant de longues secondes. Ils demeurèrent figés dans l'attente. Une minute s'écoula, puis Drachniel reprit finalement sa progression et tenta de détendre l'atmosphère en plaisantant :

– Ce n'est pas aujourd'hui qu'un Corélien mourra sous une avalanche !

Et, tout en riant, il avança au niveau de Viperyne. Il ouvrait la bouche pour proférer une plaisanterie sur la frayeur apparente de la jeune femme… quand le sol s'ouvrit sous leurs pieds en mugissant, dévoilant des parois lisses d'un bleu profond qui se perdaient dans des abysses d'obscurité. Viperyne et Drachniel se sentirent happés par le trou béant qui se formait, aspirés par la montagne. La soudaineté de l'effondrement ne leur laissa même pas le temps de hurler. Ils tombèrent comme des pierres, avalés par la crevasse. Ils commencèrent à glisser le long d'une des parois de glace qui formait un plan doucement incliné. En une poignée de secondes, ils s'enfoncèrent à toute vitesse à plusieurs dizaines de mètres sous terre. Rien ne semblait pouvoir arrêter leur chute, malgré les efforts désespérés qu'ils fournissaient l'un et l'autre, glissant côte à côte, pour trouver la moindre prise, le moindre rebord.

– En bas, attention ! hurla Drachniel.

Le vent sifflant autour d'eux, la glace craquant sinistrement à leur passage, la peur enfin accaparant ses sens, Viperyne mit quelques instants à comprendre. Elle parvint à décoller sa tête de la paroi de glace et regarda vers le bas. Plus loin, très loin en contrebas, un bourrelet de glace formait apparemment une corniche. Ce replat inespéré pouvait leur permettre d'enrayer leur inexorable chute. Mais au-delà de cette limite, le mur plongeait à la verticale. La corniche serait leur dernière chance de s'accrocher… ou leur tremplin dans le vide. Le temps de parvenir à cette conclusion, Viperyne voyait déjà l'abîme se rapprocher. Elle battit vainement des bras, incapable de s'arrêter. Enfin, la main gauche de Drachniel rencontra une aspérité : ils avaient atteint le bourrelet de glace au-delà duquel une mort certaine les attendait. Il s'y accrocha désespérément, craignant de ne pas avoir assez de prise. Dans le même temps, Viperyne, qui se trouvait légèrement au-dessus de lui, continuait sa chute. Drachniel eut la présence d'esprit d'étendre sa main droite en se collant au mur de glace, puis banda ses muscles pour anticiper le choc. Une fraction de seconde de plus et elle sombrait dans le gouffre. Viperyne continua à glisser puis le bras de son compagnon se tendit comme une corde. Dans une brusque secousse qui faillit lui démettre l'épaule, le corps de la jeune femme bascula sous la corniche, effectua un mouvement de pendule au bout du bras de Drachniel, repartit dans l'autre sens en arc de cercle, glissant contre la paroi de la crevasse, puis se stabilisa. Ses jambes pendaient dans le vide au-dessus du surplomb. En dessous, tout était noir. Elle releva la tête.

– Je te tiens ! lui cria Drachniel en croisant son regard fou d'épouvante. Ils venaient d'échapper à une chute mortelle, mais pour combien de temps encore ? Combien de temps pourrait-il supporter leurs poids à tous deux, suspendu par une seule main ? La surface devait être bien loin, et l'inclinaison de la paroi empêchait le Corélien de l'apercevoir. Ils avaient glissé en diagonale sous la terre, de sorte qu'on ne pouvait plus les voir. Il ne leur restait plus qu'à espérer qu'on leur porte vite secours. Drachniel sentait déjà qu'il ne tiendrait pas longtemps.

Au-dessus, très rapidement, les secours s'organisèrent. Zar savait que Drachniel avait acheté plusieurs cordes en prévision de leur périple dans les Monts Pelléas. Il loua intérieurement la prudence du jeune Corélien.

– Il faut descendre et voir où ils sont, cria-t-il à Johan en s'enroulant une corde autour de la taille. Johan l'aida à la nouer solidement puis alla en attacher l'autre bout au harnais de Khalem.

Quelques instants plus tard, Zar se laissait glisser à plat ventre dans l'entrée de la crevasse, qui plongeait à l'oblique devant lui. De longues minutes s'écoulèrent. La corde filait, filait entre les mains de Johan pendant que l'O'haï, éperdue d'angoisse, pétrissait son épaule sans ménagement.

– Il va revenir, tenta de la réconforter le jeune homme, le front déjà couvert de sueur. Oh ! J'aurais dû y aller moi-même. Zar est bien trop lourd pour moi !

Trois secondes s'écoulèrent puis une voix remonta de la caverne de glace.

– Je t'entends, mon garçon, et non, je ne suis pas gros. Juste grand !

Johan et l'O'haï pouffèrent en même temps : la voix de Zar courait le long de la paroi et leur parvenait avec une incroyable clarté, en dépit des profondeurs qu'il devait déjà avoir atteintes.

En contrebas, si l'envoyé d'Arestion avait gardé le ton de la plaisanterie, il n'en menait pas large, en réalité. Il n'était pas sujet au vertige, mais devait reconnaître que sa progression dans les entrailles bleutées et mortelles des Monts Pelléas lui laisserait probablement un souvenir cauchemardesque pendant de longues années. Jamais il n'aurait pu imaginer qu'un glacier puisse s'enfoncer si loin sous terre. Là, tout était mort, froid, figé. Sa vie était suspendue à une simple corde dont la finesse lui apparaissait désormais, provoquant une peur panique en lui. Il tentait de lutter contre les vagues d'angoisse qui menaçaient de l'emporter encore plus sûrement que le gouffre noir qui s'étendait sous ses pieds.

Au terme d'une descente éprouvante et de plus dépourvue de tout espoir de réussite, il entendit finalement un bruit incongru à quelques mètres en contrebas. Le son lui parvenait monstrueusement amplifié et déformé. Il ricochait sur les falaises gelées. Quel être abominable pouvait pousser ce cri plaintif et dissonant ? Quel animal fantastique souffrait dans ces profondeurs glacées ? Quel démon hantait de son chant intolérable aux oreilles humaines ce caveau froid et sombre ?

Zar voyait déjà les formes les plus immondes ramper jusqu'à lui. Le cœur battant à tout rompre, il était à deux doigts de déclarer forfait et, comme l'effroyable mugissement désaccordé amplifiait à mesure de sa terreur, il s'apprêtait à tirer les trois coups secs convenus avec Johan comme signal de retour.

C'est alors que la paroi se fit plus raide, dégageant soudainement en contrebas une mince corniche, dernier rempart avant le vide insondable. Accroché d'une main à ce promontoire de fortune, Drachniel, rouge et congestionné par un effort intense, chantait à tue-tête une ballade corélienne pour se donner du courage. Zar, interdit, contemplait l'étrange spectacle quand une mèche rousse apparut en dessous de la corniche. Viperyne se balançait, essayant de prendre appui sur la paroi qui se dérobait constamment à ses pieds pour remonter le long du bras de Drachniel. Zar se précipita vers eux, plus soulagé que jamais. Le Corélien ne put s'empêcher de lui lancer en le voyant glisser dans sa direction :

– Vous en avez mis du temps ! On commençait à s'ennuyer !

En vérité, Drachniel masquait mal sa douleur, écartelé qu'il était entre sa prise et le poids de Viperyne. Il était à bout de forces et se demandait s'il ne s'était pas déboîté une articulation dans la chute. Zar descendit jusqu'au niveau de Viperyne. Elle gémit en l'apercevant. Elle tenta vaillamment de sourire, mais des larmes longtemps contenues perlèrent à ses paupières quand Zar, solidement ancré sur deux piolets qu'il venait de planter dans la paroi, l'attrapa et l'arracha enfin à la menace du gouffre. Zar portait toujours deux étranges coutelas à lame courbe à la ceinture. Il planta les deux dans la glace, s'en servant de prises improvisées et put aider Viperyne à regagner la corniche. Il rejoignit les deux miraculés, défit la corde qui l'avait fait descendre puis l'attacha à la taille de la jeune femme. Il tira dessus par trois coups secs et, lentement, Viperyne fut hissée vers le haut. Quelques instants plus tard, la corde redescendait, lestée d'une grosse pierre. Drachniel put à son tour remonter, puis la renvoyer à Zar. Quand il émergea de la crevasse, Johan et l'O'haï l'aidèrent à se redresser. Il aperçut immédiatement Viperyne, pauvre petite silhouette tremblant de frayeur, mais saine et sauve. Cette dernière s'avança vers lui et lui adressa un faible sourire de remerciement. Il lui tendit une main qu'elle serra convulsivement. Les cinq comparses décidèrent alors de s'octroyer une pause pour se remettre de leurs émotions. Chacun gardait le silence sur ce qu'il avait vécu, mais tous savaient que ce souvenir hanterait leurs nuits pendant longtemps.

– *Que les entrailles de la terre me happent à jamais si je tremble...*, murmura Johan, en guise de conclusion.

Drachniel fronça les sourcils. Pour la deuxième fois, Johan de Cômes citait un proverbe antharite.

Ils finirent par reprendre leur marche, deux heures plus tard. Drachniel avançait péniblement car le bras par lequel il avait soutenu Viperyne pendant plusieurs dizaines de minutes le faisait souffrir atrocement. Il faudrait attendre le soir pour évaluer les dégâts. Mis à part ça, aucune blessure n'était à déplorer, ce qui tenait du miracle. Alors que le soleil déclinait sur leur gauche, la tempête cessa brusquement et ils finirent par apercevoir le point le plus élevé du col. Deux journées de marche les attendraient pour redescendre de l'autre côté. Si la perspective de la descente paraissait de prime abord plus enviable, ils savaient tous qu'une rude partie les attendait. L'aubergiste les avait prévenus que le versant nord était encore plus escarpé. À la nuit tombante, fourbus et plus silencieux que des tombes, ils atteignirent enfin le sommet de la Passe Eloïn. Une cabane laissée à l'abandon leur apparut comme un palais quand ils purent enfin y déposer leurs sacs de voyage et leurs pelisses alourdies par la neige. Un tas de paille plutôt fraîche en tapissait le sol. Cela prouvait que bien peu de voyageurs avaient dû transiter par là au cours des mois d'hiver. Il n'y avait ni poêle ni âtre à l'intérieur, mais la cabane était assez grande pour accueillir les cinq voyageurs et leurs montures. La chaleur animale de ces dernières serait la bienvenue. Après avoir grignoté un peu de pain et bu quelques lampées de lait de chèvre acheté à l'auberge, ils s'affalèrent dans un coin, serrés les uns contre les autres.

Alors que Drachniel ronflait comme un sonneur, Viperyne peinait à s'endormir. Le froid et la fatigue l'engourdissaient, mais sans parvenir à lui faire oublier l'effroi qu'elle avait éprouvé dans la journée. De loin en loin, les craquements répétés que provoquait la chute de séracs ou de blocs de pierre lui faisaient revivre sa chute dans la crevasse. La jeune femme sombrait à tout instant dans un sommeil poisseux, pour se réveiller en sursaut à la minute suivante. Elle finit par se lever discrètement et sortit de la cabane dans l'espoir que l'air vif lui remettrait les idées en place. Dehors, le panorama était sauvage et féerique à la fois. La pleine lune dardait ses rayons bleutés sur le tapis de neige vierge qui se déroulait à ses pieds, se perdant dans l'infini jusqu'à rejoindre le noir de la nuit. Le ciel était désormais totalement dégagé. Il faisait presque aussi clair qu'en plein jour. Elle fit le tour de la cabane puis, transie, se décida à regagner le lit de paille où ses compagnons se remettaient de leur éprouvante journée.

Comme elle contournait les chevaux à pas de loup, évitant de faire craquer la paille, elle ne put soudain retenir un « oh » de stupeur. Là, devant elle, contre le mur, un rayon de lune venait de lui faire entrevoir le visage de Jaquemot, l'adolescent voleur auquel elle avait eu affaire avant de parvenir à Ber. N'en croyant pas ses yeux, elle secoua la tête, se passa une main sur le visage, puis se décida à jeter un nouveau regard vers l'intrus. Elle n'aperçut que Zar, relevé sur un coude, qui la regardait les yeux plissés par le sommeil.

– Tout va bien ? chuchota-t-il.

– Oui... non... euh, oui, oui ça va. Je... non, rien, bredouilla-t-elle. J'avais besoin de prendre l'air.

Elle se coucha sans demander son reste. Décidément, la fatigue la faisait divaguer. Elle renonça à trouver un sens à son hallucination, honteuse du mauvais tour que lui avaient joué ses sens, honteuse surtout à l'idée que Zar avait dû surprendre son expression incrédule, elle ferma les yeux et s'endormit quelques secondes plus tard.

Chapitre 31

Le delta

Miraculeusement, la descente périlleuse du versant nord des Monts Pelléas s'était déroulée sans anicroche. Ils avaient cheminé plus vite que prévu, mus par le désir tacite d'en finir au plus vite avec les immensités couvertes de poudreuse et les aveuglantes réverbérations du soleil. Ils avaient laissé derrière eux la cabane située en haut de la Passe Eloïn, s'enfonçant d'un pas résolu entre les murailles de pierre qui marquaient le sommet du col. Depuis qu'ils avaient entamé la descente, un panorama encore plus grandiose que le précédent s'était offert à leurs yeux blessés par l'éclat cuisant du soleil : à perte de vue, un champ de neige parfaitement lisse plongeait à leurs pieds. Le beau jour froid faisait scintiller les cristaux comme autant de diamants. La pente était très raide, mais la tempête de la veille avait formé une croûte de glace assez fine pour qu'ils puissent y planter leurs bottes, ce qui retenait assez efficacement leurs pas, rendant la descente plutôt confortable. L'épaule de Drachniel le faisait encore souffrir, mais rien ne paraissait cassé. Bref, après l'ascension laborieuse des deux jours précédents, ils se trouvaient dans les meilleures conditions possible pour redescendre du col.

Très loin en contrebas, l'O'haï et son escorte voyaient ondoyer des dizaines de filaments argentés. Les méandres miroitants convergeaient tous vers une épaisse ligne presque droite qui tirait plein nord et se perdait derrière un horizon brumeux.

– Ce sont les affluents du fleuve Dim-Dim qui s'assemblent en se déversant des montagnes, avait expliqué Zar. Nous appelons cet endroit le « delta », même si l'emploi de ce terme est impropre à désigner ce phénomène naturel. Plus loin, nous voyons le fleuve Dim-Dim qui s'écoule sur des milliers de milles.

– L'immense plaine que traverse le Dim-Dim est généralement désignée par l'expression « Terres Catabatiques », poursuivit Johan. Au nord, le fleuve se sépare en deux bras : tandis que l'un continue sa route à travers le royaume de Corélie pour aller se jeter dans la Mer Grise, l'autre bifurque vers l'ouest, rase la frontière sud du duché d'Airain puis s'enfonce sur les terres antharites jusqu'à son embouchure dans l'océan Ganéide, non loin de Liodorsc. Si tout va bien, nous festoierons d'ici quinze jours chez mon père, le duc de Nacre, ajouta-t-il d'un ton rêveur.

Drachniel, ne voulant tout de même pas dévoiler à Johan l'entièreté de leurs plans, feignit d'accepter la proposition, même s'il savait pertinemment que jamais ils ne suivraient leur compagnon de route jusqu'au duché de Nacre. Il faudrait tôt ou tard soit le lui annoncer, soit lui fausser compagnie.

– Mouais, fit le Corélien, en attendant, il faudra échapper aux hordes de sauvages qui peuplent les abords du fleuve, éviter de mourir noyé ou fracassé sur des rochers, ne pas se faire dévorer par je ne sais quel monstre... Peu de gens empruntent le fleuve sans y laisser des plumes, et certains n'en reviennent jamais !

– Allons, mon ami, vous n'allez pas me dire que ces perspectives vous effraient ? se moqua Johan.

– Eh bien non, je dirais même que je les attends avec impatience. J'ai des fourmis dans les doigts et la vie de montagnard ne me convient pas : je veux casser de la bête sauvage, du farouche autochtone... Tenez, ce peuple aux pouvoirs surnaturels, là, dont vous m'aviez parlé au bord de la *Victoire*...

– Le peuple Guem-Guem ?

– Oui, c'est ça, je les attends de pied ferme, ces gaillards ! Drachniel de Varn ne recule devant aucun danger.

– Le peuple Guem-Guem n'existe pas, Drachniel, déclara alors Zar. C'est une légende imaginée pour faire peur aux enfants de Corélie.

– Si vous le dites...

Deux jours après avoir franchi la passe, les cinq compagnons virent enfin le manteau neigeux s'affiner. Bientôt, des plaques d'herbe jaunie par le froid apparurent. Partout, l'eau ruisselait sur les pentes chauffées par le soleil du printemps, gonflant le moindre ru, détrempant la terre. Ils trouvèrent un sentier qui serpentait en lacets étroits en direction du delta, enjambant les torrents formés par la fonte des neiges, des cascades d'eau glaciale qui dévalaient à perte de vue des derniers contreforts montagneux. Un mélange de boue et de neige les trempait jusqu'aux os, en dépit des précautions qu'ils prenaient pour se déplacer. Khalem et les autres chevaux étaient crottés jusqu'au sommet de la crinière. Sous l'effet du vent et du soleil, la boue séchait et finissait par se solidifier sur leur pelage. Régulièrement, hommes et bêtes glissaient sans se faire de mal. Ils se relevaient dégoulinant d'une épaisse mixture noirâtre qui collait à la peau et les glaçait jusqu'aux os.

Enfin, ils parvinrent au pied des Monts Pelléas. Hormis l'épisode de la crevasse, ils avaient franchi la barre montagneuse sans trop d'encombre. Évidemment, vu la difficulté du terrain, il était compréhensible que les marchands ne s'y aventurent guère durant l'hiver, car s'ils avaient réussi à passer le col à pied, en n'ayant à porter que leurs bagages, cela devait s'avérer impossible avec un chargement de marchandises. Ils contemplèrent une dernière fois la redoutable majesté des montagnes avant de leur tourner définitivement le dos. Remontant à cheval, ils s'engagèrent sur les terres meubles du delta.

Quelques heures plus tard, comme le jour déclinait, ils décidèrent d'installer leur bivouac. Johan et Drachniel entreprirent la construction d'un radeau à l'aide des ajoncs qui bordaient le moindre cours d'eau. Zar alluma un feu à une vitesse prodigieuse, ce qui eut le mérite de témoigner à ses compagnons qu'il était rompu à ce genre d'exercice. Cherchant à glaner à son sujet la moindre bribe d'information, Viperyne ne manqua pas d'en conclure que cet homme n'était manifestement pas qu'un courtisan ou un ambassadeur mondain. Son expérience de la vie en plein air était trop criante et elle se trouvait à même de jauger de ses compétences en un tel domaine. Pendant que l'O'haï dépiautait deux lièvres qu'elle avait abattus de deux coups de fronde, la nuit tomba tout à fait. Comme Viperyne avait réussi à trouver des racines qui paraissaient comestibles, ils savourèrent leur repas chaud, le premier depuis quatre jours. Enfin, ils se couchèrent autour du feu.

La nuit, aux abords du delta, était tout sauf calme. De toute part ce n'était que bruissements d'ailes, coassements sonores et clapotis des bêtes qui descendaient de la montagne pour s'abreuver. De loin en loin, un hurlement sinistre se faisait entendre. Les Monts Pelléas devaient abriter des hordes de loups et de lynx, même s'il n'en avait aperçu aucun durant leur périple. Le grondement de fond des eaux printanières roulait tout autour d'eux. Le lendemain, il faudrait plonger dans le monde semi-aquatique des marais.

Au matin, les cinq compagnons eurent la désagréable surprise d'être réveillés par une pluie fine et pénétrante. Ils se levèrent trempés jusqu'aux os. Le feu s'était éteint depuis longtemps, et des traces de pattes indiquaient que des bêtes avaient dû s'approcher, sans doute attirées par l'odeur des reliefs de leur dîner. Zar avait expliqué la veille que les eaux du delta seraient de plus en plus profondes et les langues de terre émergées de plus en plus rares. Mais ils disposaient d'un radeau solide dont le maniement serait facilité par les deux grandes perches qu'ils avaient taillées à cet effet. Ils embarquèrent donc, transis et maussades.

Ils avançaient régulièrement depuis de longues heures. Les perches, hautes comme deux hommes, étaient maintenant immergées aux trois quarts. Khalem et les quatre autres chevaux avaient eu pied pendant longtemps. Désormais, ils suivaient l'embarcation à la nage, s'écartant de temps à autre pour reprendre appui sur une langue de terre un peu surélevée. Des algues d'un vert profond remuaient à chaque coup de perche, provoquant de légers remous à la surface glauque de l'eau. Viperyne était sur ses gardes. À en juger par les hululements en tous genres qu'ils avaient entendus la veille, le delta devait être infesté d'animaux divers. D'après Zar, ils atteindraient le village de Sitrine, situé à la pointe du delta, avant le milieu de la nuit. C'était à souhaiter, car passer une nuit sur le radeau, perdu dans cette jungle liquide, ne lui disait rien de bon.

En milieu d'après-midi, la perche que tenait Drachniel s'enlisa et lui échappa des mains. Sans hésiter, il ôta sa veste en cuir et sa chemise et plongea dans les eaux verdâtres. En quelques brasses, il avait atteint sa perche, pendant que Johan s'efforçait de stabiliser le radeau.

C'est alors que Drachniel reçut sur le crâne une grosse pierre qui semblait surgir de nulle part. Immédiatement, un filet de sang se mit à couler entre ses deux yeux. Viperyne allait lui demander s'il allait bien quand, soudain, un déluge de cailloux gros comme le poing s'abattit sur eux. Ils s'accroupirent immédiatement, se protégeant la tête de leurs bras et de leurs sacs. Johan reçut une pierre aux arêtes pointues en plein sur le front. Un juron lui échappa alors que son arcade sourcilière, entaillée sur toute sa longueur, ruisselait d'un sang que la pluie tombante délayait à peine. D'un bond, l'O'haï sauta près de lui, relevant un coin de son manteau pour lui éponger le front. La grêle de pierre finit par se calmer et Viperyne put enfin regarder vers le ciel : une nuée d'énormes oiseaux au plumage brun tournoyait juste au-dessus d'eux.

– Des vautours des marais, cria Zar. Ils assomment leurs proies avant de fondre sur elles. Préparez-vous à la charge !

Pendant de longues minutes, ce ne fut plus que chaos. Les volatiles, dont l'envergure dépassait les deux mètres, se mirent à piquer vers les occupants du radeau, leur bec crochu béant. Viperyne saisit son arc et décocha plusieurs flèches. Quatre vautours s'écrasèrent dans l'eau, suivis des trois que l'O'haï avait abattus avec sa fronde. Zar, sans céder à la panique, dégaina un de ses poignards finement ciselés. Immobile, il attendit d'être pris comme cible par un des vautours puis, esquivant à la dernière seconde le bec effroyable qui pointant vers lui, il se dégagea et trancha d'un geste net le cou de l'oiseau. Johan était quant à lui muni d'une épée et il la faisait tournoyer au-dessus de sa tête, tranchant à l'aveugle, mais avec efficacité, ailes, pattes ou têtes. Les vautours des marais poussaient de sinistres croassements, agitaient l'air de leurs ailes démesurées, frôlant la tête de leurs proies du bout de leurs rémiges. Les nombreux cadavres des oiseaux jonchaient le radeau, menaçant de le faire couler. Tout à coup, aussi brusquement qu'ils avaient surgi, les volatiles cessèrent leur attaque. Découragés par l'hécatombe que les humains avaient provoquée, ils abandonnèrent la partie et s'éloignèrent à grands coups d'ailes. Pendant que Viperyne et l'O'haï poussaient dans l'eau les corps ensanglantés des vautours, Johan et Zar aidèrent Drachniel à se hisser sur l'embarcation. Il était temps, car à l'odeur du sang et des cadavres des oiseaux, les eaux des marais s'étaient mises à frémir. D'autres prédateurs étaient attirés par ce festin inopiné. En apercevant au détour d'un remous de grosses écailles verdâtres, les passagers décidèrent de reprendre leur progression sans tarder. Ils panseraient leurs blessures plus tard. Par chance, les chevaux avaient échappé à l'attaque. Leur longe s'était rompue, mais ils avaient trouvé refuge sous un des rares arbres qu'abritaient les marécages. Les vautours, les jugeant sans doute trop imposants, ne s'étaient pas intéressés à eux. Drachniel siffla Khalem, qui lui répondit d'un hennissement, ce qui leur permit de les retrouver à travers les hautes herbes et les roseaux.

Au milieu de la nuit, ils aperçurent enfin les premières maisons en bois du village de Sitrine. Ils dormiraient à l'abri ce soir-là. Johan, dont le côté droit du front n'était plus qu'une croûte de sang brunâtre, ne put s'empêcher de s'esclaffer :

– Alors, Drachniel… satisfait de notre petite aventure ?

– Et comment ! répondit celui-ci. J'ai hâte de voir la suite !

En prononçant ces mots, il se prit les pieds dans une lanière et s'affala de tout son long entre les sacs et les selles des chevaux.

Chapitre 32

Sitrine

Situé au confluent des centaines de torrents qui se regroupaient pour former le fleuve Dim-Dim, le village de Sitrine vivait les pieds dans l'eau. Les maisons étaient toutes construites sur pilotis. Ses habitants se déplaçaient soit en barque, soit en empruntant des digues en bambou construites à la va-vite. Il se dégageait de l'entrelacs des innombrables pontons une impression de chaos. Johan et Drachniel, qui pour gagner le Sud avaient emprunté à l'aller la route ouest, longeant l'océan Ganéide, n'avaient jamais mis les pieds à Sitrine. Viperyne ni encore moins l'O'haï n'étaient jamais remontées aussi loin au nord, de sorte que seul Zar savait à quoi s'attendre. Vu l'heure avancée de la nuit, ils décidèrent de traverser le village à l'aide de leur radeau, puis de l'abandonner aux abords du port. Ils passèrent les quelques heures qui restaient avant l'aube sur ce qui devait être une place du village située non loin de l'embarcadère. Ils espéraient trouver le lendemain un bateau pour remonter le fleuve Dim-Dim.

À leur soulagement, dès les premières lueurs d'un jour pâle, le port se remplit d'une agitation fébrile. Les bateliers de Sitrine émergeaient des cabines de leur bateau, s'étirant et bâillant grassement. Comme en cette saison aucun commerçant n'avait besoin de leurs services, ils en profitaient pour réparer et nettoyer leurs embarcations. À la fin du printemps, les marchands réapparaîtraient et auraient besoin d'être menés en Corélie ou dans les Duchés Autonomes par voie fluviale.

– Je n'ai jamais vraiment compris, remarqua Viperyne, pourquoi les quatre duchés s'appellent duché de Nacre, d'Ivoire, d'Opale et d'Airain. Est-ce en rapport avec l'exploitation de mines locales ? Je veux bien pour l'opale, mais la nacre ne se trouve pas sous terre, ni l'ivoire, d'ailleurs. Quant à l'airain, c'est un alliage et non un métal pur…

– En fait, les duchés vivent de l'exploitation de gigantesques mines de marbre à ciel ouvert, répondit Johan. Les quatre duchés travaillent la même veine, mais en fonction de l'endroit où l'on creuse, le marbre prend une couleur vaguement rosée dans le duché de Nacre, plus laiteuse dans le duché d'Ivoire, cuivrée dans le duché d'Airain et il revêt des couleurs différentes et magnifiques dans le duché d'Opale. Nous avons aussi des mines de pierres précieuses : diamant, rubis, topaze, émeraude. Les duchés sont florissants et leur production intéresse tout le Continent. Mon père pourrait vous en parler pendant des heures !

Johan et Viperyne continuèrent à deviser de la sorte pendant que Zar et Drachniel partaient chercher un bateau disponible et surtout un batelier qui accepterait de les emmener.

Ils revinrent environ une heure plus tard, annonçant qu'un marin désœuvré comptait rentrer chez lui, en Corélie, pour attendre le début de la saison commerciale en aval. Il avait toute la place nécessaire à bord pour accueillir les voyageurs et leurs chevaux, moyennant finance bien sûr. Sous les yeux émerveillés de Drachniel, Zar avait sorti de sous sa chemise une poignée de pièces d'or frappées de la tulipe corélienne. L'accord avait été conclu sans peine. Le batelier comptait quitter Sitrine d'ici la fin de la matinée.

Viperyne soupira de contentement à l'idée que les choses se déroulent si facilement quand Drachniel murmura les dents serrées :

– Regardez discrètement : des Antharites, là-bas…

Un groupe de soldats en armes venait d'apparaître à l'autre bout du port. Heureusement, les cinq compagnons pouvaient s'abriter de leurs regards derrière une pile de caisses en bois.

– Je vais essayer de voir combien ils sont et qui est leur chef, dit Zar, avant de rabattre sa capuche sur sa tête.

– Je viens avec vous, souffla Viperyne, lui emboîtant le pas.

Furtifs comme des renards aux abords d'un poulailler, ils se coulèrent dans la foule, prenant soin de ne pas éveiller les soupçons. Arrivé à quelques mètres des Antharites, Zar se laissa glisser en bas du ponton, trouvant sous ses pieds une barque amarrée à un pilotis. Il était si grand que, s'il ne s'était tenu courbé, sa tête aurait dépassé du quai. Il tendit les deux mains à Viperyne, mais celle-ci le rejoignit d'un bond souple.

Zar la regarda faire avec une certaine admiration.

– Vous êtes aussi agile qu'un chat, chuchota-t-il.

– Hélas, je n'en ai pas l'ouïe : impossible d'entendre ce qu'ils se disent. Vous avez vu ? Ils semblent avoir deux capitaines.

– Oui, j'ai vu. Ce sont des jumeaux. J'ai bien peur qu'il ne s'agisse de Li'Bat et Li'Sdat, deux des cinq fils de

Li'An-Thar. Ceux-ci sont connus pour être particulièrement cruels.

Alors qu'il murmurait ces mots, Li'Bat et Li'Sdat, comme un seul homme, levèrent la tête et la tournèrent dans leur direction. Leur prodigieuse ouïe leur avait permis d'entendre les messes basses des deux espions.

– Soldats…, hurla Li'Bat.

– À vos armes ! cria Li'Sdat.

Et ils se ruèrent en direction de la barque.

Zar et Viperyne n'avaient pas attendu de voir la suite. Ils s'étaient faufilés sous le ponton, tentant de progresser le plus vite possible entre les poutres et les pilotis. Dans leur dos, des soldats les avaient pris en chasse. D'autres avaient anticipé le déplacement des fuyards et attendaient de les cueillir à l'autre bout du quai en bois.

– On se sépare ! dit Viperyne, constatant qu'à deux de front, ils formaient une proie trop facile.

Chacun bifurqua d'un côté. Viperyne évalua les échappatoires possibles et se décida en une fraction de seconde. Elle agrippa le rebord du ponton et se hissa d'une traction. Comme elle l'avait prévu, tous les soldats avaient plongé sous la surface du port pour les attraper et le quai se trouvait libre pour elle. Par chance, les honnêtes habitants de Sitrine commençaient à s'amasser pour voir ce qui causait tant d'émoi chez les Antharites. La jeune femme remonta le ponton à toutes jambes et plongea dans la foule. Il était temps car elle entendait déjà les cris des soldats dans son dos. Jouant des coudes et des épaules pour se frayer un chemin, Viperyne traversa la foule de plus en plus compacte. Elle parvint devant une grande maison en pierre et décida de tenter sa chance. Elle tourna la poignée qui n'était pas verrouillée, puis se glissa dans l'entrée. Plaquée de l'autre côté de la porte, le cœur battant la chamade, Viperyne entendit le martèlement des bottes des soldats s'approcher puis décroître. Elle était tranquille pour un petit moment. Sougar lui avait souvent répété que la meilleure des cachettes est parfois la plus improbable. Une fois de plus, il avait eu raison en poussant l'audace jusqu'à pénétrer dans une habitation privée.

Ne pouvant ressortir sur-le-champ, elle se faufila dans la maison qui paraissait déserte. Les habitants devaient encore dormir, car il était tôt. Seul un valet était affairé à nettoyer les terres cuites du hall d'entrée. Il était tellement absorbé qu'il ne la vit pas monter l'escalier. Elle pénétra dans une chambre coquettement meublée et s'accroupit sous les rideaux épais qui garnissaient une fenêtre à croisillons. Les volets étaient à moitié tirés, ce qui lui offrait la possibilité de voir sans être vue. Elle risqua un coup d'œil à l'extérieur. Dans un premier temps, elle ne vit que les groupes de marchands et de bateliers qui s'étaient rassemblés pour discuter de ce qui venait de se passer. Les habitants de Sitrine ne semblaient pas apprécier la présence des Antharites, à en juger par les regards en coin qu'ils leur jetaient. Soudain, du fin fond du ponton, un soldat héla ses camarades :

– Eh, regardez-moi ça ! J'ai trouvé une écrevisse !

L'homme soulevait par le dos de sa chemise un petit garçon aux cheveux noirs et ébouriffés qui se débattait comme un diable. Li'Bat et Li'Sdat, d'un même mouvement, humèrent l'air et firent signe au soldat d'approcher. Les deux princes antharites firent tomber le garçonnet à terre.

« Mais… c'est le petit Zar ! » réalisa Viperyne, estomaquée.

Non ! Cela ne pouvait plus être une coïncidence ! Qu'est-ce que ce gamin qu'elle avait rencontré au *Relais du*

Crin Doré, à la sortie de la forêt Salavielle, puis à Ber, au sud des territoires Zi, fichait encore dans les parages ? Les suivait-il depuis le début ? Au comble de la perplexité, la jeune femme observa avec une attention redoublée la suite des événements. Les jumeaux tournaient autour du garçon, lui posant des questions que Viperyne ne pouvait entendre. L'enfant secouait à chaque fois la tête en signe de dénégation. Soudain, Li'Sdat lui asséna une gifle magistrale qui le renversa. Le petit Zar se redressa, se tenant la joue droite, qui devait lui chauffer. L'Antharite paraissait fulminer. Il faisait les cent pas sur le ponton, masquant mal sa colère. Un frémissement agita la foule des curieux qui s'étaient approchés pour observer la scène. Manifestement, les gens de Sitrine désapprouvaient les méthodes brutales des Antharites. Qu'on pourchasse des étrangers, passe encore, mais s'attaquer à des enfants, c'était trop !

Li'Bat et Li'Sdat perçurent la rumeur mauvaise de la foule à leur encontre. Ils lâchèrent le petit. De toute façon, que pouvaient-ils bien faire d'un petit garçon quand ils cherchaient un homme et une femme adulte ? Et dans le même temps, leur appareil olfactif renvoyait aux deux princes antharites des signaux qui contredisaient ceux de leur ouïe : ils entendaient un enfant, mais détectaient la même piste odorante que celle de l'homme qu'ils avaient pris en chasse. Ne sachant qu'en conclure dans l'immédiat, ils rappelèrent d'un sifflement leurs soldats. Quelques minutes plus tard, ils sautèrent tous dans un bateau qui semblait les attendre. Le marin détacha les cordes et l'embarcation commença à s'éloigner. Viperyne vit encore le petit Zar prendre la fuite à toutes jambes. Elle sortit de la chambre, dévala les escaliers et quitta la maison à la hâte, bien décidée à retrouver le garçonnet. Elle tourna pendant plusieurs minutes sur l'esplanade. Aucune trace du petit Zar. Du grand non plus, d'ailleurs. Elle décida de rejoindre ses compagnons, qui l'accueillirent avec effusion. Ils avaient observé de loin l'agitation des Antharites et des badauds de Sitrine, mais sans comprendre exactement ce qui se passait. L'O'haï posa sa main gantée sur l'épaule de Viperyne d'un geste affectueux. Quelques instants plus tard, la haute silhouette de Zar apparut à contre-jour. Tous furent également ravis de le retrouver sain et sauf. Viperyne lui demanda comment il s'était échappé, mais il ne répondit que par des phrases évasives.

Une heure plus tard, les cinq voyageurs prenaient pied à bord d'une barge massive, destinée la plupart du temps au convoyage de bestiaux entre Parminga et les Duchés Autonomes. Le batelier, un vieil homme ridé par une vie fatigante consacrée à descendre et remonter inlassablement le Dim-Dim, ne posa aucune question. Ses deux aides, en revanche, deux gaillards répondant aux noms de Sven et Bolof, parurent plus intrigués. L'O'haï, notamment, provoquait leur curiosité. Drachniel leur servit le boniment habituel de la danseuse des îles Salines conduite à la cour de Parminga, mais un certain scepticisme accueillit ses explications.

Alors que la barge prenait de la vitesse sur les eaux tumultueuses du fleuve, Viperyne rejoignit Zar qui scrutait l'horizon avec inquiétude. Il devina la présence de la jeune femme et lui dit, sans se retourner :

– Je crains un mauvais coup des Antharites. Ils se sont esquivés un peu trop facilement à mon goût…

– Ils ont dû sentir qu'ils n'avaient pas à Sitrine les coudées aussi franches qu'à Ber, répondit-elle, s'accoudant à ses côtés. Et puis..., ajouta-t-elle en lui jetant un rapide coup d'œil pour guetter sa réaction, il y avait ce petit garçon auquel ils se sont attaqués sans raison apparente. Quel drôle de comportement de leur part... On aurait dit qu'ils avaient... « senti » en lui une menace, c'est étrange, non ?

Zar se tourna complètement vers elle. Il la regarda avec attention, le coin d'un sourcil relevé. Il savait qu'elle n'avait pas fini de parler et affichait l'air de celui qui sait où va rouler la conversation. Viperyne ne se laissa pas démonter.

– Ce qui est encore plus étrange, c'est que je le connais, ce petit garçon, continua-t-elle.

– Cela me paraît bien improbable : vous n'avez jamais mis les pieds ici, répondit Zar d'une voix étonnamment atone.

– Oui, peut-être avez-vous raison..., mais peut-être pas. Je n'ai jamais cru aux coïncidences. Je... je pense que vous... savez de quoi je parle, Zar. Je ne comprends pas exactement de quoi il s'agit, mais je pense que vous, oui.

Voilà. C'était dit. Soit elle avait touché juste, soit il la prenait pour une folle. Zar ne se départit pas de son habituel flegme. Il s'accorda cependant quelques secondes de réflexion avant de conclure :

– Je pense que vous êtes fatiguée et que vous devriez aller vous reposer.

– Vous avez raison, je suis exténuée. Mais je n'en démords pas. Vous nous cachez quelque chose. Or je ne peux me permettre de nourrir le moindre doute.

– Vous pouvez avoir confiance en moi, je suis de votre côté. Je suis vraiment avec vous, Viperyne.

Prononçant ces derniers mots, il lui saisit les mains. Viperyne pensa d'abord à une manœuvre pour essayer de donner plus de poids à ses mots, mais il y avait autre chose dans les prunelles d'ébène qui la scrutaient. Quelque chose comme… de la tendresse. Elle reconnut le parfum de sous-bois qui l'avait tant marquée lors de leur première rencontre dans les jardins du palais de Sk'l. Elle se dégagea doucement et fit mine de partir. Fermant les yeux, elle se remémora l'enfant, sur la place, projeté à terre par la gifle de Li'Sdat. Elle tourna alors la tête de côté et dit encore :

– Je veux bien vous croire, Zar. En revanche, il faudra que vous m'expliquiez d'où vient ce bleu qui noircit votre joue et votre œil droits. Et je ne vous parle pas non plus des feuilles du carnet qu'un certain petit garçon m'a rendu à Ber. Pour cela aussi, je dois vous faire confiance aveuglément, n'est-ce pas ? conclut-elle non sans amertume.

Chapitre 33

La complainte d'Eràn

Le dos courbé, le vieil homme et les deux femmes avançaient aussi précautionneusement que possible. Ils étaient des fugitifs. Ils en savaient trop, en avaient trop vu.

Seule une course effrénée, une course de bêtes traquées leur avait garanti la survie. Durant les premières heures, Sougar, l'homme à tout faire de l'Abbaye du Pré, avait été grisé par l'enthousiasme : il avait d'abord cru qu'échapper aux Antharites avait tenu à son expérience et à son intelligence. Mais désormais, après plusieurs jours et nuits à vivre tapi dans les sous-bois, à trembler de peur au moindre craquement, le vieil homme avait muselé son orgueil et devait bien reconnaître la précarité de leur situation.

★

Les ruines calcinées de l'Abbaye du Pré se trouvaient loin dans leur dos. Les immensités sombres de la forêt Salavielle n'avaient pu entraver leur fuite. Sougar avait craint dès le départ d'être trop rapidement repéré s'il s'aventurait sur la route empruntée par l'O'haï et son escorte à peine deux jours avant eux. Les Vastes Plaines des terres Zi et leurs routes commerciales seraient à éviter : leurs routes, de vastes et paisibles boulevards coupant en droite ligne de la forêt Salavielle à Ber devaient désormais être infestées d'Antharites lancés à leurs trousses.

Sougar n'avait tout d'abord pas fait part à ses deux innocentes compagnes de voyage des détails de son plan. Dans le fond, il était le premier à convenir du caractère audacieux, ou suicidaire…, du trajet qu'il avait en tête. Mais l'idée était trop séduisante pour un vieux briscard de sa trempe. Elle s'était insinuée dans son esprit, s'y était ancrée avec la vigueur d'une mauvaise herbe et y avait cru jusqu'à l'envahir tout entier : oui, il leur fallait passer au nez et à la barbe de l'ennemi, là où il ne les attendrait jamais. Pour éviter la traque assurée à travers les Vastes Plaines, ils obliqueraient vers l'ouest tant que les arbres les protégeaient et émergeraient des Terres Salavielles en pleine terre antharite, au sud de Port Ghil'Dour. Le plan était si osé que Sougar en tressaillait de peur et d'excitation mêlées.

Évidemment, quand Mérida et Safinia avaient compris dans quelle direction leur sauveur les entraînait, elles s'étaient récriées. Mais Sougar s'était montré aussi autoritaire et convaincant qu'un général d'armée. Peu à peu, les jeunes femmes, vaincues, avaient cédé à ses arguments. Elles n'étaient de toute façon pas en mesure de proposer une alternative.

Ils avaient attendu que la nuit tombe sur Port Ghil'Dour avant de laisser définitivement derrière eux la lisière de la forêt Salavielle. Ce répit leur avait enfin permis d'essayer de faire sécher leurs vêtements et leurs chaussures. Le soleil avait été doux, mais insuffisant. Ils étaient tous trois perclus d'humidité. En outre, les deux servantes de l'Abbaye avaient supplié Sougar d'attendre la nuit pour repartir. Il avait bien tenté de faire comprendre à ses deux compagnes que même la nuit la plus noire ne pourrait les préserver de l'acuité auditive et olfactive des hommes de Li'An-Thar, mais Safinia et Mérida avaient insisté, arguant fatigue et prudence. Ils avaient donc attendu que les sifflements graves des trahissoirs, qu'ils percevaient au loin, s'éteignent tout à fait, puis s'étaient élancés. Leur plan était simple : contourner le bourg en passant par l'intérieur des terres, puis longer la route principale qui remontait vers le nord jusqu'aux contreforts des Monts Pelléas. Là, il leur faudrait inévitablement emprunter la route côtière de l'ouest s'ils ne voulaient pas avoir à escalader les montagnes.

Tout se déroulait bien pour l'instant. Les Antharites, comptant sur le relatif secret qui entourait leur présence à Port Ghil'Dour, ne s'étaient pas montrés trop prudents. Seuls quelques soldats à moitié endormis montaient la garde aux portes nord et sud du village. La campagne environnante, dont la terre avait été foulée par des milliers de soldats durant la journée, était désormais déserte. Les hommes de l'ost dormaient dans de grandes tentes en tissu noir dressées tout contre le village, de sorte qu'il fut facile aux trois fugitifs de les éviter et de s'en éloigner en passant à travers champs.

Sougar, Mérida et Safinia avaient finalement dépassé Port Ghil'Dour sans encombre. Ils cheminaient maintenant plus vite et à couvert, masqués par les haies touffues qui délimitaient les terres arables.

Soudain, comme ils parvenaient à la hauteur d'un hameau aux allures paisibles, ils eurent la désagréable surprise de tomber nez à nez avec un soldat en armure. Celui-ci était seul et courait à toutes jambes en direction de Port Ghil'Dour. L'Antharite plissa ses yeux myopes pour mieux distinguer à qui il avait affaire. N'y parvenant pas, il cria :

– Halte là ! Déclinez votre identité !

– Pitié Seigneur, nous sommes d'humbles paysans, répondit Sougar d'une voix chevrotante.

– Que faites-vous dehors à une heure pareille ?

– Nous sommes allés relever nos pièges à l'orée de la forêt, nous rentrons chez nous.

– Il est interdit de circuler après le crépuscule, continua le soldat. Un couvre-feu très strict a été ordonné par le roi. Quiconque circule aux alentours de Port Ghil'Dour doit immédiatement être saisi et amené au chef de la sécurité pour un interrogatoire.

– Nous l'ignorions, patient Seigneur, gémit Sougar comme un vieillard apeuré.

– C'est impossible. Nos hérauts ont crié le message dans chaque chaumière, sur chaque place de village depuis trois jours. Vous ne pouvez être passés à côté de l'information, à moins que… vous ne soyez pas d'ici…

Sougar sentait que l'interrogatoire tournait mal. Il tomba aux pieds du soldat, pleurnichant de plus belle. Derrière lui, Mérida et Safinia tremblaient de tous leurs membres. Sans crier gare, Sougar se redressa d'un bond, vif comme l'éclair. Une lueur bleutée fendit l'air au niveau du cou de l'Antharite. D'un mouvement du bras, Sougar fit pivoter le soldat, crochetant sa nuque pour le réduire à l'impuissance. Sougar appuyait la lame de son long poignard contre la jugulaire de l'Antharite.

– Inversons les rôles, si vous le voulez bien, dit-il en se redressant. D'où veniez-vous ?

– Je… je suis entraîné à résister à la douleur, bredouilla le soldat d'une voix mal assurée qui contredisait ses dires.

– Qui vous parle de torture ? lui souffla Sougar à l'oreille. Moi je vous parle de vie ou de mort.

Il resserra son étreinte. Le fil affûté de sa lame fit sauter la peau du soldat. Un trait sombre coula depuis la base du menton. L'homme agita ses jambes pour tenter de se dégager. Cela ne servit qu'à raffermir la prise du vieil homme. Médusées, Mérida et Safinia songèrent qu'elles n'auraient jamais cru Sougar capable de maîtriser un homme jeune, soldat de métier, le dépassant de surcroît d'une bonne tête.

– Je reprends : d'où veniez-vous ? Y a-t-il une autre garnison dans les parages ?

Le soldat ouvrit grands ses yeux aux pupilles troubles. Dans le dilemme intérieur qui le déchirait, il venait de choisir de sauver son honneur plutôt que sa vie. Il arrondit les lèvres, s'apprêtant à pousser un sifflement codé à des collègues restés en arrière, un appel de détresse, certainement. Sougar ne lui en laissa pas le temps. Devinant son intention, il fit silencieusement glisser sa lame d'un bout à l'autre du cou de son prisonnier. Un flot de sang noir inonda la gorge de l'Antharite, puis sa tête s'affaissa sur l'épaule du vieil homme.

– Venez attraper ses pieds, les filles, chuchota-t-il.

Safinia et Mérida, comme des automates, s'exécutèrent. Ils portèrent le corps au bout d'un champ, le cachant dans une haie de houx et de troène plus fournie que les autres.

Les deux servantes de l'Abbaye du Pré avaient vu leur compte d'horreur ces derniers temps. Elles ne discutèrent pas, n'hésitèrent pas, et ne parurent même pas affectées par l'acte de Sougar. Elles savaient qu'il n'avait pas eu le choix. Il l'avait dit lui-même : il n'était question que de vie ou de mort, ce qui ne laissait plus guère de place aux sentiments.

Prudemment, ils reprirent leur progression. La lune était haute et nimbait les champs d'une douce lueur, marbrée par le défilement lent de quelques gros nuages. Ils passèrent à l'arrière du hameau, espérant qu'ils ne feraient pas de nouvelles rencontres. Cependant, Sougar ne se faisait pas d'illusions : l'attitude du soldat, son silence même prouvaient qu'il n'était pas le seul dans les parages. Le hameau devait regorger d'hommes armés jusqu'aux dents. Comme ils rasaient le mur d'une ferme, une voix s'échappa d'une haute fenêtre. Quelqu'un chantait, ne se doutant pas de leur présence. C'était une belle voix de femme aux accents graves, qui s'exprimait dans une langue que Mérida et Safinia ne connaissaient pas. Sougar leur fit signe de s'arrêter. Tapis sous la fenêtre, ils écoutèrent. La voix chantait sur un ton de mélopée :

« Gadder er noc
Gadder em ren
Gaddered skrista joc
Jo sirven Blemn dugàren.

Ir ganta do An-Thar skava'n'lo ?
Ir ganta do ?
Gadder er dal

Gadder ir zul
Gaddered parnumal
Klaè, klaè ! Badend'hul ?

Ir ganta do An-Thar skava'n'lo ?
Ir ganta do ?

Gadder er ban
Gadder em tin
A jo, skavil g'Eràn
Nu zenti d'amn ir azin.

Ir ganta do An-Thar skava'n'lo ?
Ir gant... »

– Madame, dit une voix, interrompant le chant. Vous devriez dormir. Si le roi votre époux apprenait par quelqu'un que vous chantez ainsi à la fenêtre, je gage qu'il en serait mécontent ! Cela n'est pas convenable.

Les battants de la fenêtre furent fermés à la hâte et les rideaux tirés.

Sougar, dès l'instant où il avait entendu la voix de la reine, s'était pétrifié sous la fenêtre. Avec étonnement, Mérida et Safinia le virent soudain plonger dans un abîme de pensées. Il restait tétanisé, privé de toute volonté, les yeux tournés en direction de la voix. À grand-peine, il fut ramené à la réalité par Mérida, qui le tirait par la manche. Les trois acolytes poursuivirent leur fuite silencieuse et laissèrent le hameau dans leur dos. Sougar, cependant, était plongé dans une rêverie dont lui seul connaissait la cause. Il avançait sans grande conviction, butant régulièrement sur des pierres ou des branches, en dépit de la clarté de la nuit. Mérida se doutait bien que cela pouvait avoir un rapport avec la voix entendue plus tôt dans la nuit, mais sans parvenir à deviner ce qui avait à ce point frappé leur compagnon.

L'aurore s'annonçant, ils s'arrêtèrent de marcher pour prendre quelque repos. Ils avaient bien avancé et Port Ghil'Dour était désormais bien loin. Le royaume d'An-Thar n'était pas très peuplé, hormis les côtes de l'océan Ganéide. Même s'ils remontaient par l'intérieur des terres, il leur paraissait cependant risqué de voyager en plein jour. Allumer un feu était à exclure, également. Ils se tapirent le long d'un petit sentier qui paraissait peu emprunté, se relayant pour monter la garde. Comme Mérida venait se coucher après deux heures de veille, elle eut le temps de demander à Sougar de confirmer ses soupçons sur l'identité de la chanteuse nocturne.

– Oui, c'était Eràn, la reine d'An-Thar, épouse et sœur de Li'An-Thar. Elle s'exprimait dans l'ancienne langue des Antharites. J'ai reconnu une de leurs chansons traditionnelles, mais elle en a modifié la fin.

– Vous comprenez cette langue ?!

– Je connais très bien la culture antharite. Je vous ai raconté l'autre soir que Kron m'avait envoyé secourir Eudérope dès le retour d'une précédente mission : j'avais en fait été envoyé à Liodorsc comme espion, quelques années avant la Guerre Noire. J'y ai vécu infiltré pendant cinq ans comme domestique au palais. Cette chanson est une complainte que les épouses aiment chanter quand elles sont tristes. Elle dit :

« Je chante la nuit
Je chante la pluie
Je te chante ô mon pays
Moi qui parle bien peu

Car que ne sait la femme antharite,
Que ne sait-elle ?

Je chante le nuage
Je chante le vent
Je te chante flot de larmes
Hélas, hélas ! Qui nous voit ?

Car que ne sait la femme antharite,
Que ne sait-elle ?

Je chante la neige
Je chante le givre
Car moi, la reine Eràn
Je n'ai rien d'autre dans le cœur. »

– C'est beau… et triste, soupira Mérida.

– On ne peut pas dire que la situation des femmes soit enviable chez les Antharites. Même l'existence d'une reine est austère et dure. Être l'épouse d'un être aussi cruel et violent que Li'An-Thar est une souffrance de tous les instants… Entre toutes les femmes antharites, Eràn est la plus malheureuse.

Mérida brûlait de demander à Sougar s'il avait connu la reine personnellement, mais alors le vieil homme se retourna sur sa couche, signifiant qu'il n'avait plus envie de discuter.

Mérida s'endormit en pensant à cette femme, cette sœur ennemie dont le chant l'avait remuée jusqu'au fond de l'âme. La complainte d'Eràn résonnait dans sa tête comme un long cri plaintif et vibrant. Un appel au secours.

Chapitre 34

Altercation

Sven et Bolof maniaient la barge avec puissance et fermeté. Il fallait bien deux hommes pour tenir le gouvernail, tant le cours du Dim-Dim était impétueux. C'était un fleuve agité, connu pour ses crues subites, ses courants irréguliers et sa vitesse redoutable. Les Terres Catabatiques qu'il traversait, encore prises par le froid et la neige quelques semaines auparavant, semblaient gonfler sous la timide chaleur du printemps. En cette saison, le Dim-Dim se faisait torrent. Les eaux bleutées du dégel palpitaient dangereusement.

Drachniel, par bravade, prenait plaisir à s'asseoir sur la rambarde. Il se tenait en bloquant ses pieds derrière les planches et levait les mains à chaque fois que Viperyne le regardait. Elle poussait un profond soupir, se contenant pour ne pas lui faire de remarque : tout commentaire aurait encouragé son camarade à continuer sa démonstration d'équilibrisme.

Ils filaient à bon train depuis deux jours. D'après les bateliers, il leur faudrait environ dix jours pour descendre le fleuve jusqu'à Parminga. Johan avait insisté pour qu'ils quittent avec lui la barge une centaine de lieues en amont pour bifurquer à cheval vers l'ouest. Il désirait les inviter chez son père, le duc de Nacre. Viperyne et Drachniel avaient enfin officiellement décliné l'offre, au motif qu'ils n'avaient déjà perdu que trop de temps. Arestion devait s'impatienter.

À la fin du deuxième jour de navigation, Viperyne, qui n'avait guère ouvert la bouche depuis le départ et paraissait ruminer de préoccupantes pensées, attrapa sans crier gare Zar au collet et le traîna à sa suite jusqu'à la poupe du navire en lui disant :

– Vous, venez par là, nous avons à parler.

Drachniel et Johan, les bateliers, et dans une moindre mesure l'O'haï, comprirent qu'il était préférable de rester à l'écart de la scène qui allait suivre.

Parvenue à l'arrière aux côtés d'un Zar visiblement amusé par la situation, Viperyne arpentait le pont d'un pas vigoureux. Malgré le tumulte conjugué des flots et du vent, sa voix portait haut et clair.

– Et comment, hurlait-elle, comment suis-je supposé comprendre tout cela ? Depuis des jours, vous ne me répondez que par des demi-vérités. Depuis des jours, je pense devenir folle. En fait, non, depuis le début, vous vous moquez de moi, profitant de votre petit ascendant d'ambassadeur corélien ou je ne sais quoi… Oh, c'est si facile… oui, si aisé, de berner la pauvre petite demoiselle de l'Abbaye du Pré. Elle est si insignifiante, n'est-ce pas, si inutile, si inoffensive. Mais maintenant cela suffit comme ça ! Vous allez parler !

Et cessez de rire sous cape, espèce de… de… morse des îles Salines !

Zar contemplait le spectacle de la furie rousse qui sillonnait les planches de leur embarcation comme si elle avait voulu les briser à coups de talons. En appui contre une des rambardes, les bras croisés, il tenait son menton d'une main pour tenter de montrer toute la gravité adéquate à cette remontée de bretelles en règle. Il espérait aussi secrètement parvenir ainsi à contenir un des inévitables sourires que cette démonstration de pure colère provoquait en lui. Hélas, son subterfuge ne tint pas longtemps. À la mention des morses des îles Salines, il éclata franchement de rire. Cela avait été plus fort que lui. Cependant, il n'était pas surpris le moins du monde : il lui était évident que cette petite conversation devait intervenir, tôt ou tard. Connaissant désormais le caractère volcanique et affirmé de Viperyne, il s'étonnait même qu'elle n'ait pas provoqué ce règlement de comptes plus tôt dans leur aventure.

Courroucée par l'hilarité de Zar, Viperyne suspendit son pas. Elle lui tourna le dos, et, l'espace d'un instant, il se demanda si elle allait se mettre à bouder. Mais quand elle fit volte-face, dégainant d'un geste nerveux le coutelas de chasse qu'elle tenait à sa ceinture, il sut que la conversation allait prendre une autre tournure.

D'un bond rageur accompagné d'un rugissement bestial, elle fut au-devant de lui. Elle le prit par surprise, lui crochetant la jambe. Il se retrouva au sol sans comprendre comment. Un genou à terre, la panthère rousse se pencha vers sa proie. Elle appuya la lame de son couteau contre sa gorge et, de sa main libre, agrippa une touffe de ses cheveux de manière à lui maintenir la tête au sol.

– Et maintenant, vous allez tout me dire, siffla-t-elle. Tout !

Il la contempla avec attention. Il n'avait encore jamais remarqué les minuscules taches de rousseur qui constellaient son nez et ses pommettes.

Lentement, il croisa les bras sous sa tête. Il cherchait manifestement à se montrer serein, ce qui eut pour don d'exaspérer encore un peu plus la jeune femme. Elle appuya plus fort sur sa lame. La carotide de l'émissaire d'Arestion palpita sous la pointe du coutelas, prête à éclater.

– Ne me forcez pas à me répéter, feula-t-elle, ses pupilles vertes se resserrant à la manière de celles des serpents, dans un éclat métallique et incandescent.

Si Zar pensa à cet instant précis que jamais il n'avait vu de femme aussi belle, il eut la sagesse de ne pas le mentionner. Adressant un geste d'apaisement à celle qui le tenait en respect, il retrouva prudemment la station assise. Elle consentit à relâcher son étreinte. Elle avait compris que l'heure était aux aveux. Il croisa les jambes en tailleur et rabattit les longs pans de son manteau de laine autour de son corps, invitant Viperyne de la main à s'asseoir en face de lui. Il ressemblait à un de ces conteurs itinérants qui arpentaient les différents royaumes du Continent.

– Que voudriez-vous savoir exactement Viperyne ? demanda-t-il calmement.

Elle le toisa durant plusieurs secondes.

– Qui êtes-vous ?

– J'appartiens à la cour d'Arestion. Il m'a envoyé à Sk'l pour vous accueillir et vous accompagner dans la deuxième partie de votre périple.

– Quel est votre nom ?

– Zar.

– Quoi, « Zar » tout seul ?

Il sourit, secoua la tête. Il savait déjà quelle réaction allait provoquer l'énoncé de son nom complet.

– Je me nomme Zar-Kap-Ous-Tal-Nam-Ra-Mir.

– Ce n'est pas un nom corélien.

– Je vous l'ai dit, je suis proche du roi, mais je ne suis pas corélien. Je… suis originaire des Terres Catabatiques. D'un peuple nomade. Nous approchons des terres des miens, d'ailleurs, et c'est pour cela entre autres qu'Arestion m'a choisi. Je peux vous servir de guide.

– Vous dites n'importe quoi, personne ne vit dans les Terres Catabatiques, sinon des bêtes féroces et quelques moutons sauvages.

– Et pourtant, je vous l'assure…

– Comment s'appelle votre clan ?

– Le Nam-Ra-Mir.

Viperyne poussa un soupir agacé. Elle n'avançait pas. Zar répondait à ses questions et cependant, elle ne parvenait pas à se faire une idée claire et précise de ses intentions. Elle décida d'attaquer un autre sujet qui lui tenait à cœur.

– L'autre soir, à l'auberge, juste avant la Passe Eloïn, vous avez parlé avec l'O'haï : que lui avez-vous dit, et en quelle langue ?

– Cela pourrait être un peu long à vous expliquer…

– Essayez toujours : mon coutelas me démange encore !

– Eh bien… je lui ai dit « Votre amie la serpente est-elle ici ? »… la serpente, c'était vous, je vous cherchais, Viperyne.

Elle le fixait, incrédule, attendant la suite.

– Il se trouve que je me suis adressé à notre protégée dans l'ancienne langue de mon peuple, justement. Comme je l'imaginais, elle l'a comprise. Vous n'imaginez pas à quel point j'ai été heureux de voir qu'elle me comprenait parfaitement ! C'est... vous ne vous rendez pas compte, mais cela illustre une de mes théories. Le peuple de l'O'haï et le mien ont la même origine, certainement très lointaine, mais nos langues l'attestent.

– Quoi, vous viendriez de Guernanor, vous aussi ?

– Moi ? Pas du tout, je vous l'ai dit, je suis originaire des steppes que ce fleuve traverse à l'heure même où nous parlons.

– Zar, je ne comprends strictement rien. Rien de tout cela n'a de sens. Chaque réponse m'ouvre mille et une autres questions.

– Essayez autre chose..., suggéra-t-il de manière assez impertinente.

Décidément, la situation le divertissait, alors qu'elle s'enfonçait dans des abîmes de perplexité. Pourtant, son interlocuteur se montrait désormais coopératif.

– Les... les pages du carnet d'Eudérope... Pourquoi étaient-elles cachées sous votre matelas, à Sk'l ? Comment se sont-elles retrouvées là ?

Il sursauta.

– C'est donc vous qui les avez récupérées ?!

Zar paraissait sincèrement soulagé. En guise de réponse, Viperyne glissa sa main sous son vêtement, au niveau de sa poitrine, et en retira la liasse des feuillets arrachés. L'homme en face d'elle tendit la main, mais elle les rangea d'où elle les avait tirés.

– Pourquoi ? répéta-t-elle.

Zar appuya ses deux paumes de mains sur ses genoux et se pencha vers elle pour donner plus de poids à ses paroles. Son regard s'était soudainement fait plus tranchant.

– Visiblement, ce carnet n'était pas en sécurité avec vous. Quand on voit avec quelle facilité je vous l'ai volé, ce soir-là... Je pense qu'Arestion aurait du mal à accepter qu'on ne lui apporte pas cet objet intact... Je veille sur ses intérêts, voyez-vous.

Les yeux de la jeune femme s'arrondirent de surprise. Tout d'abord, elle était stupéfaite de se sentir jugée par cet arrogant inconnu. De quel droit venait-il lui faire la morale ? Mais dans le même temps, il venait de confirmer, peut-être même sans le savoir, un de ses soupçons : elle ne savait pas par quel miracle, mais Jaquemot et Zar ne faisaient donc qu'un.

– Quand « vous » me l'avez volé ? répéta-t-elle.

– Oui, poursuivit-il, un éclat carnassier dans le regard. Et vous ne vous imaginez pas non plus à quel point il m'a coûté de vous le rendre. Mais quand j'ai vu dans quel pétrin vous étiez allée vous fourrer à Ber, j'ai eu pitié de vous... Je me suis dit que de toute façon, au point où nous en étions, cela ne changerait plus grand-chose.

Viperyne glissa ses deux mains contre sa bouche ouverte. De manière générale, il en fallait beaucoup pour la stupéfier. Là, son esprit s'enchevêtrait dans les méandres du plausible et de la logique : ainsi, cet énigmatique Zar, le jeune Jaquemot et le petit Zar ne formaient qu'une seule et même personne ? Un tel mystère étouffait même le camouflet qu'elle venait de recevoir.

– Expliquez-moi..., souffla-t-elle.

C'est à cet instant qu'une flèche survint de nulle part pour aller se ficher dans une des planches du pont, exactement entre eux deux. Ils identifièrent immédiatement son propriétaire à sa longue pointe de métal : c'était la feuille de laurier antharite.

Chapitre 35

Retrouvailles

Sougar était bien incapable de trouver le sommeil. En réalité, dès l'instant où il avait reconnu la voix de la reine, il avait pris sa décision. Il avait attendu que Safinia et Mérida soient complètement endormies, ce qui n'avait pas pris bien longtemps vu leur état de fatigue. Alors, il s'était discrètement levé et était revenu sur ses pas. Sans la présence des deux domestiques de l'Abbaye, il avançait plus vite. En une heure, il eut retrouvé la ferme au ras de laquelle ils étaient passés durant la nuit. Le hameau tout entier était plongé dans un silence ensommeillé. Sougar contourna la ferme à pas de loup. Elle n'était gardée que par deux hommes qui trompaient leur ennui en jouant aux osselets et bâillaient à s'en décrocher la mâchoire. Ils devaient avoir été de garde toute la nuit.

Eh bien… On ne peut pas dire que Li'An-Thar ait affecté une armée à la défense de sa reine ! songea-t-il.

Cette négligence allait le servir à merveille.

Sougar attendit un peu pour s'assurer que les deux gardes étaient seuls, puis il sortit à couvert et avança droit sur eux.

Il ne leur laissa pas le temps de crier : déjà son poignard se trouvait fiché dans la gorge du premier, tandis qu'il avait jeté une pierre en plein sur la tête du second, l'assommant sur le coup. L'action avait été d'une redoutable efficacité. En une fraction de seconde, Sougar venait de se rendre la voie libre pour pénétrer dans la ferme.

Il poussa la grosse porte en bois, qui n'était pas verrouillée, pour pénétrer de plain-pied dans une vaste pièce à vivre. Quelques femmes de la suite de la reine y dormaient sur des lits improvisés à même le sol, seulement éclairées par une cheminée rougeoyant au fond de la salle. Quelques-unes avaient dû l'entendre entrer dans leur sommeil, à en juger par les grommellements indistincts qui lui parvinrent, mais cela ne suffit pas à les réveiller. Sougar attendit que leur respiration se fasse à nouveau régulière. Puis il se coula jusqu'à l'escalier qui menait à l'étage supérieur. Il déboucha dans un petit couloir qui desservait quatre pièces. Prenant garde à ne pas faire craquer les planches, il avança vers la troisième porte, qui lui semblait pouvoir donner sur la chambre où se trouvait la reine.

Il ne s'était pas trompé. Non loin de la fenêtre se dressait un grand lit rustique garni d'un baldaquin dont les rideaux étaient tirés. Fort heureusement, la chambre était vide. Seul le rythme régulier du souffle de la reine se faisait entendre. Sougar hésita quelques instants. Il ne voulait pas que son intrusion provoque le moindre bruit. Il prit une grande inspiration et franchit lentement les derniers mètres qui le séparaient de la souveraine antharite. Il souleva un des pans du rideau. Eràn lui apparut alors couchée en chien de fusil, vêtue d'une épaisse chemise de nuit blanche. Sur l'oreiller se répandait une longue chevelure qui avait été brune autrefois, mais se teintait désormais de longs filaments argentés. Sougar avança une main noueuse en direction de son visage et lui caressa la joue. La reine s'éveilla en sursaut. Ses yeux s'écarquillèrent quand elle le reconnut. Soudain elle se jeta vers lui et l'étreignit comme si elle craignait de voir un mirage s'évanouir. Sougar lui rendit son étreinte en poussant un long soupir. Ils restèrent longtemps enlacés sans prononcer un mot. Enfin, Eràn murmura :

– Mais... comment...

– Le hasard, ma colombe, seulement le hasard. Je suis en fuite, poursuivi par les hommes de ton mari.

Eràn n'était pas du genre à se mêler de politique. Elle prit un air contrit, ne sachant que répondre. Elle n'avait pas d'avis sur la question, même si la conscience qu'elle agissait en transfuge l'avait taraudée plus d'une fois par le passé. Des sensations qu'elle croyait mortes à jamais ressurgissaient en elle. Les années avaient passé, certes, mais rien n'avait changé pour autant. Leur histoire était ainsi : simple et belle. Bonne et innocente : elle avait été une enfant malheureuse et ignorante, une épouse malheureuse et soumise, et même une mère malheureuse et peinée par ses fils. Elle avait connu plus que son lot de brimades, de solitude et d'amertume. Elle n'avait jamais cherché à savoir s'il existait autre chose. Qu'il s'agisse de celle d'un père, d'un mari ou d'un de ses garçons, il se trouvait toujours une main masculine pour lui rappeler de manière cuisante qu'elle n'était qu'une faible créature soumise au bon vouloir des hommes. Et encore s'estimait-elle plutôt gâtée : certes sa vie de famille n'était pas épanouissante, mais au moins était-elle reine. Elle avait chaud l'hiver. Son ventre ne criait jamais famine. Elle n'avait pas à s'abîmer les mains à des travaux grossiers. Elle se trouvait ingrate, quand les larmes lui montaient aux yeux. D'autres femmes vivaient avec bien moins de chance qu'elle dans le royaume d'An-Thar.

Voilà quelles avaient été ses pensées durant la première partie de sa vie. Et puis un jour, alors que sa première ride plissait le coin de ses paupières, même si son corps était encore jeune et svelte et sa chevelure d'un noir de jais, un nouveau serviteur était apparu dans l'entourage de Li'An-Thar. C'était un homme d'âge mûr, pas très grand, mais musculeux, puissant. Étrangement, il paraissait taillé pour tout autre chose que pour être domestique. Il déclarait s'appeler Tigval et être d'origine fodouke par sa mère. En effet, il s'exprimait avec un curieux accent. Après deux années de service zélé, il s'était fait remarquer par Li'An-Thar lors d'une séance de chasse au faucon. Les membres masculins de la famille royale adoraient se retrouver dans les landes qui s'étendaient au-devant de Liodorsc, la capitale antharite. Sougar, ou plutôt Tigval, avait impressionné Li'An-Thar par son habileté à se faire obéir des rapaces.

– Vous sifflez aussi bien qu'un Antharite ! s'était exclamé le roi.

– C'est que je m'y suis entraîné pour vous égaler, Votre Grandeur ! avait répondu le domestique.

Li'An-Thar avait éclaté de rire devant ce mélange d'arrogance et de politesse. Il s'était intéressé à Tigval. Il appréciait sa conversation à la fois simple et calme, ses réflexions quelquefois rustiques, mais non dénuées d'intelligence. Le roi et le serviteur discutaient fréquemment de tout et de rien, des affaires du royaume comme du temps qu'il faisait, le soir, au coin d'un feu crépitant.

Un soir, comme Tigval se rendait dans la chambre de Li'An-Thar, il avait croisé la route d'Eràn. Ils s'étaient contemplés en silence en se croisant dans l'escalier de pierre qui menait aux appartements du roi. La reine essayait tant bien que mal de cacher l'ecchymose pourpre qui lui barrait le côté droit du visage, de la tempe au menton. Elle parvenait encore plus mal à contenir les larmes qui lui perlaient au coin des yeux. Sougar l'avait regardée avec gentillesse. Il avait levé une main hésitante et caressé la joue de la reine. Elle l'avait fixé intensément, surprise au plus haut point d'attirer l'attention d'un homme pour en recevoir autre chose que des coups. Par la suite, grâce à Tigval, dont elle apprit rapidement le vrai nom, Sougar, Eràn comprit enfin ce que les mots « amour » et « bonheur » voulaient dire. Aussi souvent que possible, quand Sougar avait terminé de s'entretenir avec le roi, il rejoignait la reine dans un des mille endroits secrets que recelait la citadelle de Liodorsc. Leurs nuits d'amour étaient douces, apaisantes et voluptueuses tant pour leur corps que pour leur âme.

Enfin, la mission d'infiltration de Sougar en terre antharite avait pris fin. La Guerre Noire avait commencé. Kron de Corélie avait rappelé son espion. Sougar n'avait même pas dit adieu à Eràn. Les mots étaient superflus. Longtemps, la douleur de la séparation les avait étreints, chacun de leur côté. Mais la vie était ainsi faite. Jamais ils ne pourraient vivre leur amour au grand jour.

– Tu m'as tellement manqué, souffla Eràn dans le cou du vieil homme, retrouvant instinctivement ses anciennes habitudes. J'ai tant pleuré en repensant à toi.

– Moi aussi, j'ai beaucoup pensé à toi. Je n'ai jamais aimé autant une femme que toi, ma colombe.

Fidèle à son caractère placide, Eràn ne posa pas de question. Elle savait que Sougar était un espion corélien, mais son amour pour lui le plaçait au-dessus de toute considération stratégique. À la reine, Sougar n'avait jamais rien demandé en rapport avec sa mission. Leur histoire était un intermède privé qui n'avait aucun lien avec le monde extérieur. Leurs patries respectives pouvaient bien s'entre-déchirer, cela ne changeait rien à la douceur de leurs baisers.

Néanmoins, Sougar n'était plus un espion infiltré dans la torpeur d'un palais en temps de paix. Il était aujourd'hui un fugitif. Et il avait une mission à laquelle il risquait bien de faillir s'il ne reprenait pas rapidement les choses en main. Le temps était précieux. L'O'haï avait besoin de lui. Le roi Arestion de Corélie avait besoin de lui.

En rebroussant chemin pour la rejoindre, Sougar avait eu tout le temps de réfléchir à la question qu'il poserait à Eràn quand il l'aurait en face de lui.

S'écartant un peu d'elle, il soupira et demanda, pesant le poids de ses mots :

– Où est-il ?

Eràn réfléchit un instant puis répondit :

– Il la poursuit et il parviendra à l'attraper. Il est le plus doué des cinq. Il a toujours été le plus doué.

– Merci, répondit seulement Sougar.

Il savait maintenant ce qu'il lui restait à faire.

Chapitre 36

L'embuscade

– C'est une attaque ! Aux armes ! cria Viperyne, rameutant tous les occupants de la barge.

En un bond, Drachniel et Johan furent à leurs côtés, suivis de peu par l'O'haï. Soudain, le corps de Galibert, le batelier, s'affaissa contre le gouvernail, une flèche en travers du dos. Tous aperçurent alors au même instant une troupe de soldats qui longeait la berge du fleuve. La lueur de la lune était faible, mais bien suffisante pour leur permettre de reconnaître leurs agresseurs, en attendant l'arrivée prochaine de l'aube, que l'on devinait.

– Les Antharites…, souffla Drachniel, les dents serrées.

Viperyne mit un genou à terre et décocha une série de flèches. Chacune fit mouche. Trois hommes tombèrent à l'eau, immédiatement engloutis par la masse opaque et mouvante du Dim-Dim.

– Combien sont-ils ? Tu les vois ? cria Viperyne à l'intention de Johan, qui se trouvait à côté d'elle.

– Au moins trente. Plus, peut-être ! répondit-il tout en éventrant un des sacs de gravier qu'il venait de remonter sur le pont.

Les plus grosses pierres leur fourniraient des projectiles de fortune. De longues minutes durant, l'échange entre les occupants de la barge et leurs assaillants fut soutenu. Aux flèches des Antharites répondaient celles de Viperyne et les pierres lancées avec force et adresse par Drachniel, Zar et Johan.

Depuis que Galibert avait été abattu, plus personne ne tenait le gouvernail. La barge dérivait d'une rive à l'autre du fleuve. Le Dim-Dim était étroit, de sorte que même en longeant la rive opposée aux Antharites, ils pouvaient encore être atteints par leurs flèches. Ce n'étaient pas quelques cailloux jetés à la main qui allaient leur permettre de s'en sortir. Seuls les traits de Viperyne les couvraient. La situation était critique. Ils eurent alors la surprise de voir plusieurs Antharites s'effondrer, mortellement frappés à la tête. De la proue de la barge, débarrassée de sa cape noire, l'O'haï maniait sa fronde avec une dextérité surprenante. Drachniel et Viperyne se souvinrent comme elle les avait surpris en abattant du petit gibier durant le voyage. Ce talent s'avérait vraiment utile. Néanmoins, Lune était exposée. Elle se tenait debout sur la rambarde, les pieds calés contre les planches. Ses deux mains gantées jusqu'aux coudes tournoyaient au-dessus de sa tête pendant que la lanière de cuir projetait pierre sur pierre. Le voile noir qui cachait sa face battait le vent, s'enroulait autour de son cou comme un drapeau. On aurait dit un fantôme surgi de l'ombre. Les soldats ennemis commencèrent à tourner leurs visages vers elle, cherchant à capter dans l'air ambiant des indices sur son identité.

– Lune ! Attention ! hurla Viperyne.

Johan écarquilla les yeux. C'était la première fois qu'il entendait le nom de la jeune femme. Au même instant, un choc d'une violence inouïe secoua la barge. Lune fut projetée en l'air. Elle battit des jambes et des bras comme une désespérée puis disparut devant le bateau, aspirée par les eaux noires. Johan traversa le pont en courant et, sans hésiter, prit pied sur la rambarde et plongea. Viperyne allait le suivre quand la barge interrompit sa course dans un craquement terrible. Elle s'était encastrée dans une énorme souche dont les branches, grosses comme des poutres, avaient éventré la mince coque.

Les cinq chevaux parqués à l'arrière du pont poussaient des hennissements affolés. Des flots d'eau noire s'engouffraient en torrent dans la crevasse qui scindait la barge. D'un instant à l'autre, elle serait broyée par le courant. Les planches s'écartaient inexorablement. Le bateau se disloquait. Viperyne, les jambes écartées au-dessus du gouffre liquide qui s'ouvrait sous elle, aperçut les deux corps inertes de Sven et Bolof. Ils étaient criblés de flèches. Elle croisa le regard vitreux d'un des deux hommes. D'un instant à l'autre, elle risquait de basculer et de tomber dans le fleuve. Elle se tenait en équilibre précaire sur deux lattes disjointes du pont. Une secousse de plus et c'en était fini. Soudain, elle se sentit hissée par un bras décidé : Drachniel venait de sauter sur le dos de Khalem. Il avait saisi Viperyne sous les aisselles et la soulevait de terre pour la placer en croupe. Quand elle y eut pris place, il talonna sa monture qui bondit aussitôt de la barge. Il était temps car le sol se dérobait sous ses sabots. Viperyne vit encore le fleuve engloutir ce qu'il restait du bateau puis ils se retrouvèrent sur la rive gauche du fleuve, à plusieurs centaines de mètres en aval des Antharites. Zar, qui avait plongé juste avant que l'embarcation ne soit submergée, escalada la berge à quelques mètres de distance. À sa main se trouvait la longe qui reliait les quatre autres chevaux.

Une rafale de flèches s'abattit sur eux sans qu'ils aient eu le temps d'échanger trois mots. Les Antharites ne risquaient pas de laisser passer une si belle aubaine, maintenant que trois de leurs proies se trouvaient à terre, du bon côté du fleuve. Plaqués contre un gros rocher, Zar, Drachniel et Viperyne tentèrent d'analyser la situation. Les Antharites fondraient sur eux d'une seconde à l'autre. Alors que Zar et Drachniel réfléchissaient à une solution pour s'échapper, Viperyne quitta l'abri provisoire du rocher pour s'élancer en direction du fleuve. Elle allait sauter à l'eau quand Zar comprit son intention. Il se rua à sa suite, la rattrapa en quelques enjambées et la ceintura.

– Laissez-moi ! hurla-t-elle.

– Non, cria-t-il. Vous ne pouvez rien faire, sinon vous noyer !

Animée de l'énergie du désespoir, elle se rejeta en arrière, rugissant :

– Je dois y aller ! Je dois aller la chercher ! Elle est peut-être en train de se noyer… Je… je ne sais même pas si elle sait nager ! Lâchez-moi !

Zar reçut alors un coup de poing au menton. Elle se dégagea, profitant de l'effet de surprise, et faillit bien sauter à l'eau pour aller porter secours à l'O'haï. Il réussit à l'intercepter *in extremis*. Viperyne se débattit comme une diablesse, frappant Zar des pieds et des poings avec furie pour échapper à son emprise. Elle hurlait comme une possédée. Comme elle ne se calmait pas et que les Antharites pouvaient être sur eux d'une seconde à l'autre, Zar improvisa une autre tactique, la seule qui pouvait la faire taire. Sans crier gare, il modifia son étreinte. Il la fit tourner et prit son visage entre ses mains, la forçant à le regarder. Comme elle criait encore, il écrasa ses lèvres contre les siennes pour la réduire au silence. La jeune femme se contracta sous le coup de la surprise. Elle asséna encore à Zar quelques coups puis, comme il l'enserrait dans ses bras sans lui laisser la moindre possibilité de s'enfuir, comme il resserrait de seconde en seconde son emprise autour d'elle, elle se rendit progressivement à l'étrange baiser qu'il lui donnait. Elle ne chercha plus à parler, s'accrochant avec frénésie au cou de celui qui l'enlaçait si inopinément. Zar et Viperyne percevaient tout ce que leur étreinte avait d'incongru en ce lieu et en ces circonstances, mais ils sentaient aussi confusément qu'ils avaient attendu une telle occasion dès l'instant où ils s'étaient rencontrés. Le premier regard qu'ils avaient échangé dans les jardins du palais de Sk'l avait scellé entre eux un lien invisible qu'ils avaient d'abord cherché à ignorer. La tension de l'instant leur révélait subitement tout ce qu'ils avaient cru pouvoir contenir jusqu'alors. Ils étaient indubitablement attirés l'un par l'autre. C'était inédit pour elle, mais elle avait senti dès le début qu'ils en arriveraient là. Zar semblait avoir suivi en son for intérieur le même cheminement.

Peu à peu, la jeune femme rousse se laissa aller dans les bras de l'émissaire du roi Arestion, ne se débattant plus que mollement.

– Je... dois... y... aller, laissez-moi..., sanglota-t-elle finalement.

Elle sentait déjà que sa fière et altière indépendance de toujours, celle qui confinait à l'entêtement parfois, avait désormais mué en quelque chose de plus mature. Elle était habituée à foncer, à avancer à l'instinct. Maintenant que les circonstances l'exigeaient, elle devait apprendre à écouter sa raison. Moins elle luttait, plus elle sentait grandir en elle un sentiment nouveau de froide résolution, une acceptation certes douloureuse de son destin, mais dont elle n'aurait pas été capable encore quelques semaines en arrière.

Appuyant son front contre celui de Viperyne, Zar, qui voyait clair en elle, accompagna la reddition intérieure de la jeune femme. Leur respiration se fit plus lente, plus profonde. Ils inspiraient et expiraient maintenant au même rythme, puisant en eux des ressources de calme et de lucidité. Il lui chuchota enfin :

– Vous ne pouvez rien faire pour l'instant. Rassurez-vous, j'ai vu Johan et Lune nager en direction de l'autre rive. Je pense que les Antharites ne les ont pas encore repérés. Ils ont une chance de leur échapper car peut-être que nos assaillants ne savent même pas encore que nous avons été séparés.

Vaincue par ce dernier argument, Viperyne se laissa aller contre Zar avec un gémissement las. Il la ramena contre le rocher d'où Drachniel guettait avec inquiétude leurs ennemis.

– Ils sont embusqués à notre gauche, les informa-t-il. Je crois qu'ils attendent que nous soyons à découvert. Heureusement, nos chevaux ne sont pas loin et nous pouvons les atteindre sans être repérés en longeant la berge à couvert de ces rochers, juste là. Si nous courons très vite et que nous partons au galop, nous avons une chance.

– Vous pouvez faire cela, Viperyne ? demanda Zar.

Elle ne répondit pas, terrassée par une lassitude immense. Des larmes pleines d'abnégation, longtemps contenues, jamais autorisées jusqu'alors, troublaient ses yeux verts. Zar saisit sa main. Au signal de Drachniel, ils coururent à perdre haleine en direction des chevaux, les enfourchèrent d'un bond guidé par leur instinct de survie. Ils prirent la fuite sous une grêle de flèches, mais bientôt, une distance suffisante les mit temporairement à l'abri de leurs ennemis. Ils se jetèrent dans la forêt d'aulnes qui bordait le fleuve et s'éloignèrent de la berge. Les chevaux renâclaient au contact des branches qui fouettaient leurs flancs, mais avançaient tout de même.

Viperyne, complètement dépossédée, le regard dans le vague, était insensible aux traces de flagellation qui zébraient son visage et ses avant-bras. Elle fermait la marche, s'en remettant pour la première fois de sa vie à d'autres qu'elle-même pour lui dicter sa conduite. Elle n'éprouvait aucune peur en dépit de l'imminence du péril que leur faisaient courir les Antharites lancés à leurs trousses, seulement un sentiment profond d'abattement.

Elle savait qu'elle n'aurait dû éprouver que honte et dépit. Après tout, Drachniel et elle avaient failli. Zar avait bien souligné son incompétence. L'escorte de l'O'haï n'avait pas été capable de remplir sa mission. Ils se trouvaient maintenant éparpillés de part et d'autre d'un fleuve torrentueux, traqués par les guerriers d'An-Thar. Ils ne pouvaient communiquer, ne savaient où ni quand se rejoindre et n'avaient même pas imaginé que ce cas de figure puisse se produire.

Pourtant, du fond de son inquiétude pour Lune, Viperyne se remémorait le trajet formidable qu'elle avait accompli aux côtés de l'héritière cachée du peuple de Guernanor. Elles avaient changé, elles avaient grandi. Oui, elles pouvaient, même séparées, affronter maintenant leur destin. Viperyne sentit en elle une lueur ténue se frayer un chemin à travers le fardeau des scrupules et des regrets. C'était une lumière à la fois douce et belle, chaude et vivace.

Et cela avait un nom.

Cela s'appelait « un espoir ».

DEUX AVENTURES
ROMANESQUES ET HISTORIQUES
ROSALIE LOWIE
QUAND BRUISSENT LES AILES DES LIBELLULES
La Rose Blanche
Caroline von Krockow
EDITIONS PRISMA
Des secrets de famille.
Des femmes au destin singulier.
Une même envie de vérité.
Disponibles en librairie et en e-book
www.editions-prisma.com

LE NOUVEAU ROMAN DE
Jenny Colgan !
" Charmant, chaleureux et émouvant, notre coup de cœur de Noël ! "
Femme Actuelle
Jenny Colgan
NOËL AU BORD DE L'EAU
ÉDITIONS PRISMA
Passez Noël avec Flora sur l'île écossaise de Mure !
Ne manquez rien de la saga...
DISPONIBLES EN LIBRAIRIES ET SUR PRISMASHOP.FR
Cliquez sur Clé prismashop et saisissez le code COLGAN

Impression :
Achevé d'imprimer en France par
Aubin Imprimeur
pour le compte des éditions

Dépôt légal : novembre 2020
N° d'impression : 2008.0032

Directeur des éditions Nouveaux Auteurs : Jean-Laurent Poitevin

Pour les éditions Prisma :
Responsable éditoriale : Ambre Rouvière
Editrice : Amandine Schmit
Correction et composition : Nord Compo
Conception graphique de la couverture : Nord Compo
Illustration de couverture : © Getty Images / Grynold

ISBN : 978-2-8195-0629-4

PEFC
10-31-1601
Certifié PEFC
pefc-france.org

Depuis 2009, Prisma Media met en place une politique d'achat éco-responsable. Ainsi, près de 100 % du papier de nos magazines est certifié PEFC (gestion durable des forêts). La fabrication des livres des Éditions Prisma s'inscrit également dans cette démarche.